U0690129

# 中国现代文学史

主　编　尚德机构学术中心
副主编　欧　蓬　刘通博　杜　铮　高智威
编　者　赵梦尧　马明明　赖莎莎　孙　涛

清华大学出版社
北　京

## 内 容 简 介

文学作为一门语言艺术,是话语蕴藉的审美意识形态。它以丰富多彩的形式,表现作家的内心情感,再现一定时期和一定地域的社会生活,可以说,文学代表一个民族的艺术与智慧。正所谓"华夏之光,薪传千载;文人骚客,翰墨万篇"。

本书吸纳了尚德学术中心最新教研成果,以年代作为划分标准,介绍了中国进入现代以后文学的发展历史、发展状况、重要作家及相应作品。有助于考生正确评价并系统地了解中国现代的文学运动、文学思潮和文学创作的发展演变历史。

**图书在版编目(CIP)数据**

中国现代文学史 / 尚德机构学术中心主编. —北京:清华大学出版社,2020.4
ISBN 978-7-302-54857-7

Ⅰ.①中… Ⅱ.①尚… Ⅲ.①中国文学－现代文学史 Ⅳ.①I209.6

中国版本图书馆 CIP 数据核字(2020)第 022626 号

责任编辑:王如月
封面设计:尚德机构学术中心
责任校对:王荣静
责任印制:刘海龙

出版发行:清华大学出版社
  网  址:http://www.tup.com.cn,http://www.wqbook.com
  地  址:北京清华大学学研大厦 A 座    邮  编:100084
  社 总 机:010-62770175       邮  购:010-62786544
  投稿与读者服务:010-62776969,c-service@tup.tsinghua.edu.cn
  质量反馈:010-62772015,zhiliang@tup.tsinghua.edu.cn
印 装 者:三河市吉祥印务有限公司
经  销:全国新华书店
开  本:185mm×260mm   印  张:14   字  数:286 千字
版  次:2020 年 4 月第 1 版        印  次:2020 年 4 月第 1 次印刷
定  价:49.80 元

产品编号:086399-01

# 本书编委会

主　　编　尚德机构学术中心

副主编　欧　蓬　刘通博　杜　铮　高智威

编　　者　赵梦尧　马明明　赖莎莎　孙　涛

# 前　言

　　《中国现代文学史》一书,主要介绍自"五四"运动以来现代文学的发展脉络,内容包括文学革命与"五四"新文学、20 世纪 30 年代文学、40 年代文学、50—70 年代文学以及新时期文学五个部分。

　　本书严格依据最新版自学考试大纲编写,通过对历年真题的深度分析和研究,有助于考生在把握现代文学思潮兴替的基础上,深层把握现代文学流派、现代文学团体的理论主张与创作风格、重要作家作品的创作特色等内容。希望考生能在此书的帮助下,顺利通过考试、实现梦想。

## 全书思维导图

全书思维导图为我们呈现了本书的整体知识脉络,通过导图可以清晰地看出每章所需要掌握的主要知识点有哪些。学习的过程是对框架充实的过程,犹如亲手为树枝添加一片片的绿叶。同样,对于考前复习来说,导图也功不可没。沿着框架,以点带线,由线及面,能够帮助我们快速将知识点串联起来,使一本书由厚变薄,知识点就都装进我们的脑子里了。

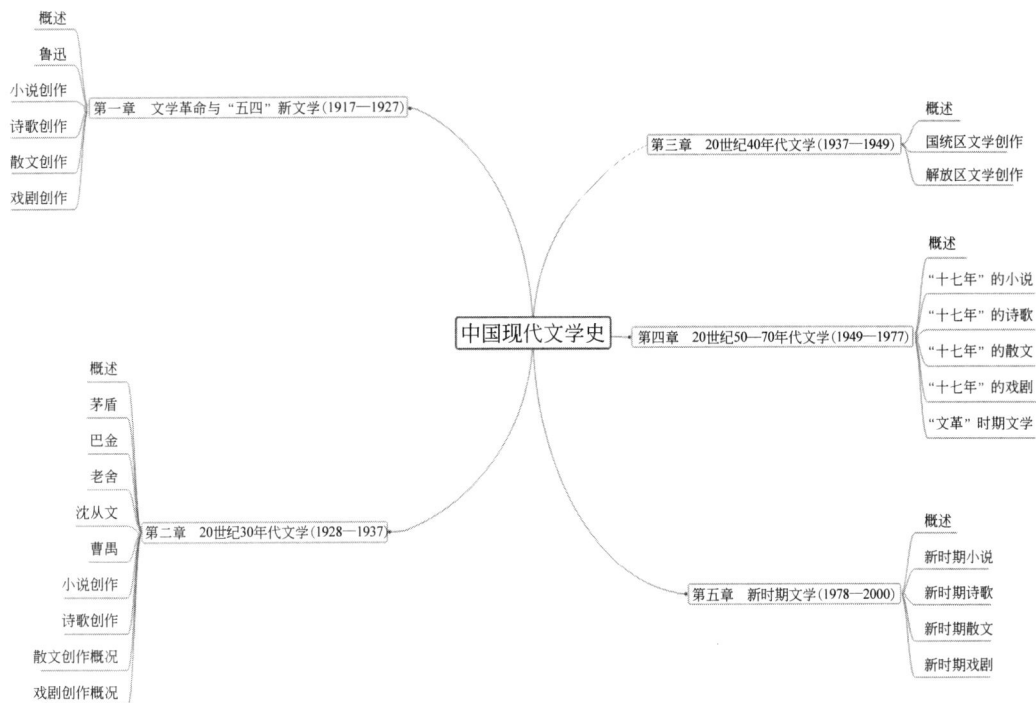

# 目 录

# 第一章　文学革命与"五四"新文学（1917—1927）

本 章 思 维 导 图

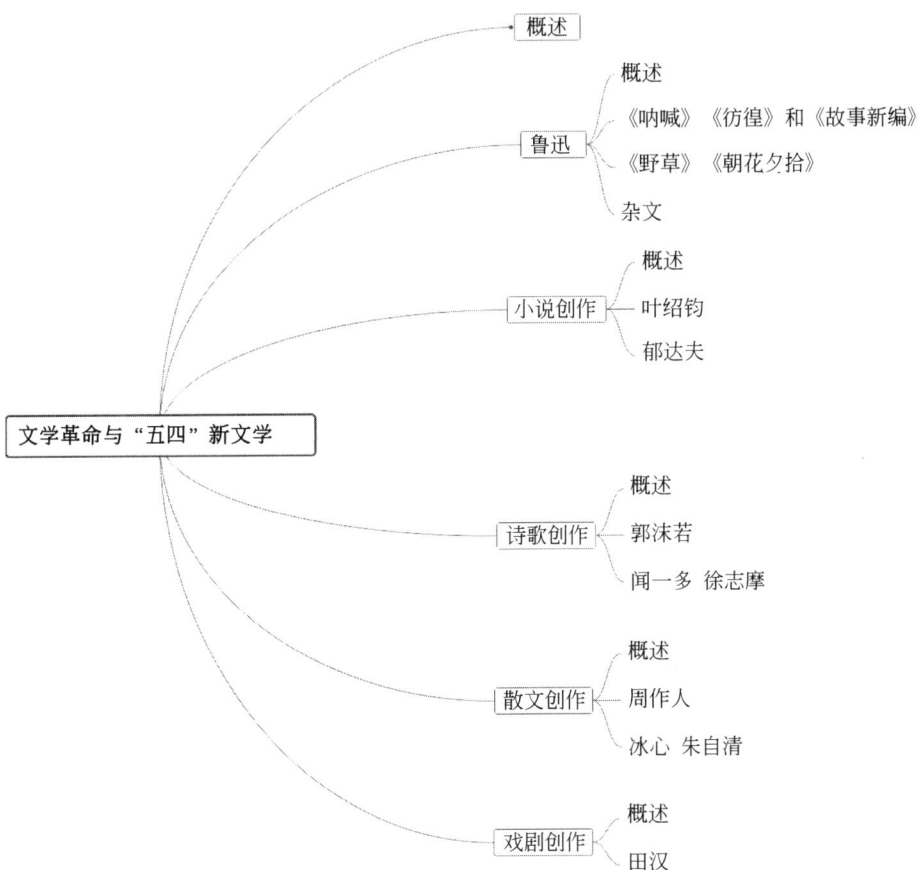

文学革命与"五四"新文学

- 概述
- 鲁迅
  - 概述
  - 《呐喊》《彷徨》和《故事新编》
  - 《野草》《朝花夕拾》
  - 杂文
- 小说创作
  - 概述
  - 叶绍钧
  - 郁达夫
- 诗歌创作
  - 概述
  - 郭沫若
  - 闻一多　徐志摩
- 散文创作
  - 概述
  - 周作人
  - 冰心　朱自清
- 戏剧创作
  - 概述
  - 田汉

# 第一节 概　　述 ☆☆☆

## 1. "五四"文学革命

**📖 官方描述**

"五四"文学革命是新文化运动的一个组成部分,承继了**梁启超**、**黄遵宪**等人提倡的"**新民**""**救国**"的近代文学改良精神。反对文言文、提倡白话文,反对旧文学、提倡新文学是文学革命运动的主要内容。

(1)"五四"文学革命的意义:中国现代文学的开端

(2)"五四"文学革命的直接背景和动力:"五四"新文化运动

(3)"五四"文学革命的主要阵地:1915 年陈独秀在上海主编的《新青年》杂志

(4)"五四"文学革命的开始时间:1917 年

(5)"五四"文学革命的发难者

① 第一个站出来的重要人物是**胡适**,《新青年》刊出他的文章《**文学改良刍议**》,提出"八事"主张,以**白话文学**为"正宗",主要内容:须言之有物,不模仿古人,须讲求文法,不作无病之呻吟,务去滥调套语,不用典,**不讲对仗**,不避俗字俗句。

② **陈独秀**出来声援,发表文章《**文学革命论**》,提出重要观点"**三大主义**",即"曰推倒雕琢的阿谀的贵族文学,建设平易的抒情的国民文学;曰推倒陈腐的铺张的古典文学,建设新鲜的立诚的写实文学;曰推倒迂晦的艰涩的山林文学,建设明了的通俗的社会文学。"

③ 胡适、陈独秀二人的主张得到了**刘半农**、**钱玄同**等人的响应。他们除了撰文支持文学革命,还在《新青年》上发表了"双簧信"。

④ 为了进一步建设新文学、提倡白话文学,北京大学傅斯年、罗家伦等创办了《新潮》月刊;**胡适**发表了《建设的文学革命论》,提出"国语的文学,文学的国语"。

**📖 名师讲解**

本部分内容的常考题型以选择题为主,考核文学革命的背景、开始时间、活动的主要阵地、具体人物及其相关主张。这一部分的知识可联想记忆,将考点形象化为一个具体的事件进行感受,理解记忆。

**📖 真题演练**

【单选题】

(2017 年 4 月全国)1917 年,陈独秀发表的提倡"三大主义"的文章是(　　)。

A.《文学改良刍议》　　　　　　B.《评新文化运动》

C.《文学革命论》　　　　　　　D.《人的文学》

【答案与解析】

C。陈独秀《文学革命论》："三大主义"，在内容上提倡国民文学、写实文学、社会文学。

## 牛刀小试

【单选题】

1. 中国现代文学的开端是（　　）。

    A. "五四"文学革命　　　　　　　　B. 新时期文学

    C. 白话文运动　　　　　　　　　　D. 诗界革命

【答案与解析】

A。"五四"文学革命是中国现代文学的开端，它是新文化运动的一个组成部分。故选 A。

2. 提出白话文学为中国文学之"正宗"的是（　　）。

    A. 陈独秀　　　　B. 胡适　　　　C. 鲁迅　　　　D. 李大钊

【答案与解析】

B。胡适的《文学改良刍议》，提出从"八事"入手，主张书面语与口头语接近，要求以白话文学为"正宗"。

3. "五四"文学革命开始于（　　）。

    A. 1915 年　　　　B. 1916 年　　　　C. 1917 年　　　　D. 1919 年

【答案与解析】

C。"五四"文学革命是指开始于 1917 年的反对旧文学、提倡新文学的文学变革。

## 2. "五四"文学革命的创作实绩

### 官方描述

文学革命带来文学观念、内容、语言载体、形式各方面全面的革新与解放，其实绩主要体现在创作上，具体表现在以下四种体裁和代表性的作家、作品：

（1）小说

1918 年 5 月，鲁迅发表中国现代文学史上第一篇白话文小说《狂人日记》，用现代化的小说形式直指封建文化体制。

（2）诗歌

**第一批**尝试白话新诗创作的，有**胡适**（《鸽子》）、**沈尹默**（《月夜》）、**刘半农**（《相隔一层纸》）。

（3）散文

周作人的《美文》是白话散文由议论文向抒情文演进的转折点。

（4）戏剧

胡适的独幕剧《终身大事》，是中国现代戏剧史上第一篇白话剧，反封建的主题鲜明。

■ **名师讲解**

本知识点主要考查在"五四"文学革命期间,第一批具有开创性的新文学作家作品。针对这种"第一次"类型的知识,可选择合并记忆的方法。

■ **牛刀小试**

【单选题】

新文学的创作中,第一批进行白话新诗尝试的作家有(　　)。

A. 胡适、闻一多　　　　　　　　B. 郭沫若、刘半农

C. 胡适、沈尹默　　　　　　　　D. 刘半农、徐志摩

【答案与解析】

C。"五四"新文学的创作实绩中,第一批尝试白话新诗创作的,有胡适(《鸽子》)、沈尹默(《月夜》)、刘半农(《相隔一层纸》)。

## 3. "五四"时期各文学社团以及代表性人物、主要刊物

■ **官方描述**

"五四"文学革命期间,受各种不同文艺思潮与艺术方法影响的作家们组成文学社团,创办体现自己追求的文艺刊物。

| 社团 | 时间 | 成立地点 | 代表人物 | 刊物 | 介绍 |
|---|---|---|---|---|---|
| 文学研究会 | 1921年1月成立 | 北京 | 沈雁冰、王统照、郑振铎、耿济之、周作人、叶绍钧、许地山等 | 《小说月报》 | 文学主张为"人生派"或"为人生",创作方法上强调写实主义,中国现代第一个文学社团 |
| 创造社 | 1921年6月成立 | 东京 | 郭沫若、张资平、郁达夫、成仿吾、田汉(原名田寿昌) | 《创造》季刊、《创造周报》《创作日》《洪水》 | 主张"为艺术而艺术",强调表现作者自己"内心的要求" |
| | 1925—1929年 | | 后期新增加了李初梨、冯乃超、彭康、朱镜我、李一氓、阳翰笙等 | 《创造月刊》《文化批判》《流沙》 | 提倡"表同情于无产阶级"的革命文学 |
| 语丝社 | 1924年11月创刊 | 北京 | 孙伏园、鲁迅、周作人、林语堂 | 《语丝》周刊 | 主要发表针砭时弊的杂感小品,倡导幽默泼辣的"语丝文体",获得"语丝派"的称号 |
| 沉钟社 | 1924年成立 | 北京 | 冯至、陈翔鹤、杨晦、蔡仪 | 《沉钟》周刊 | 致力于介绍外国文学,有浪漫主义色彩,鲁迅先生誉之为"中国的最坚韧,最诚实,挣扎得最久的团体" |
| 南国社 | 1927年成立 | 上海 | 田汉 | 《南国月刊》 | 戏剧演出着眼于揭示内容和人物思想 |

续表

| 社团 | 时间 | 成立地点 | 代表人物 | 刊　　物 | 介　　绍 |
|------|------|----------|----------|----------|----------|
| 新月社 | 1923年成立 | 北京 | 徐志摩、闻一多 | 《新月》月刊 | 倡导新格律诗 |

### ■ 名师讲解

本知识点主要以选择题和名词解释题进行考查,尤其是一些文学社团,如文学研究会、创造社以及语丝社是常考内容。针对这部分内容,考生应重点记忆,对其他社团也要有相应的了解。

### ■ 真题演练

【单选题】

1.（2015年10月全国）1921年夏,创造社成立于(　　　)。

　　A. 东京　　　　　B. 北京　　　　　C. 上海　　　　　D. 广州

【答案与解析】

A。创造社：1921年在日本东京成立。成员有郭沫若、张资平、郁达夫、成仿吾、田汉等。创办《创造周报》《创造日》等刊物。主张"为艺术而艺术",强调表现作者自己"内心的要求"。创造社的文学活动以1925年为界,分为前后两期,后期提倡"表同情于无产阶级"的革命文学,出版《文化批判》等杂志,成员增加了李初梨、冯乃超等。

2.（2012年7月全国）鲁迅评价"确是中国的最坚韧,最诚实,挣扎得最久的团体"是(　　　)。

　　　　A. 浅草—沉钟社　　　　　　B. 浅草社

　　　　C. 沉钟社　　　　　　　　　D. 莽原社

【答案与解析】

C。沉钟社成立于1925年,由浅草社成员冯至、陈鹤翔等加上杨晦、蔡仪等组成。刊物有《浅草》季刊、《沉钟》周刊,致力于介绍外国文学,作品特点朴实而带点悲凉,有浪漫主义色彩。在创作方面或翻译方面都切切实实地为新文学的发展做了许多工作。对沉钟社,鲁迅先生誉之为"中国的最坚韧,最诚实,挣扎得最久的团体。"

### ■ 牛刀小试

【名词解释题】

语丝社

【答案与解析】

(1)"语丝社"创办于1924年,因办《语丝》周刊而得其名。

(2)主要成员有鲁迅、周作人、林语堂、孙伏园等。

(3)《语丝》多发表针砭时弊的杂感小品,倡导幽默泼辣的"语丝文体"。

## 4. 文学革命论争中的守旧派代表人物和主要观点

■【官方描述】

1919 年初以**林纾**为代表的守旧分子开展了与新文学阵营的斗争,林纾发表文言小说《**荆生**》《**妖梦**》,反对白话文,攻击新派人物"覆孔孟,铲伦常",咒骂文学革命人物。新文化运动的先驱**蔡元培**、**李大钊**、**鲁迅**对此进行了批驳。

"**学衡派**":1922 年,**梅光迪**、**吴宓**、**胡先骕**等人创办《**学衡**》杂志,因其观点态度相近而被称为"学衡派",提倡融贯中西古今,主张"**昌明国粹,融化新知**",反对新文化运动和文学革命,**思想倾向保守**,鲁迅对此的驳斥最为有力。

"**甲寅派**":甲寅派得名于《**甲寅**》杂志。该刊于 1925 **年**在北京复刊,由**章士钊**等人提出**复古论调**,试图从理论上否定新文学,新文学阵营对此进行了全面有力的批驳。

■ 名师讲解

本知识点考查选择题和名词解释题,尤其是"学衡派"为常考点。针对这部分内容,考生应重点记忆,其他流派也要有相应的了解。

答题技巧:作答时结合主要内容写出各个流派的产生时间、代表人物、刊物和主要学说,再稍加自己的语言进行拓展即可。

■ 真题演练

【单选题】

(2012 年 4 月全国)"五四"文学革命时期,"学衡派"中反对新文化运动与文学革命的代表人物是(    )。

A. 林纾          B. 梅光迪          C. 章士钊          D. 严复

【答案与解析】

B。梅光迪、吴宓等创办《学衡》杂志,因其观点态度相近而被称为"学衡派"。他们以融贯中西古今的姿态,提出"昌明国粹,融化新知",反对新文化运动和文学革命,思想倾向保守。

■ 牛刀小试

【单选题】

章士钊宣传复古论调的杂志是(    )。

A.《新青年》          B.《甲寅》          C.《学衡》          D.《文学季刊》

【答案与解析】

B。与《学衡》相呼应的是章士钊所办《甲寅》杂志上的复古论调。

## 5. "五四"文学革命的历史意义

### 官方描述

"五四"文学革命大致经历了**三个阶段**：1917—1920 年是新文学的**萌芽期**；1921 年新文学社团出现到 1926 年北伐战争前夕，是文体大解放的**创作活跃期**；1926 年春到 1927 年冬，创作一度进入**沉寂期**。"五四"文学革命有着深刻、伟大的历史意义。

其二，**文学观念**发生重大变化，开始由传统的"文以载道"，**转向反映人与人生**。

其一，在内容上**彻底批判**、否定了整个封建制度及其思想文化体系；**贯穿**了个性解放、民主与科学、探索社会道路的**启蒙思想主题**；以农民和平民、知识分子**代替**旧文学中的帝王将相、才子佳人。

文学革命的历史意义

其三，**文学语言、文体形式、创作方法**得到革新，展现了**多元化**的倾向。

其四，融合了世界文学，**形成了面向世界又不脱离传统的开放性现代文学**。

### 名师讲解

此知识点中，文学革命的三个阶段以及所取得的历史意义都应进行了解记忆。

### 牛刀小试

【简答题】

简述"五四"文学革命经历的三个阶段。

【答案与解析】

（1）1917—1920 年是新文学的萌芽期。

（2）1921 年新文学社团出现到 1926 年北伐战争前夕，是文体大解放的创作活跃期。

（3）1926 年春到 1927 年冬，创作一度进入沉寂期。

## 6. 20 世纪 20 年代开始出现的台湾新文学运动的基本情况

### 官方描述

1920 年 1 月，在日本留学的台湾青年在东京成立了"**新民会**"，促进了"台湾文化协会"的成立。1921 **年** 10 月成立的"**台湾文化协会**"推动了台湾新文学运动的产生。

1920 年 7 月，**陈炘**的《**文学与职务**》一文发表在《台湾青年》的创刊号上，提出文学白话文学是负有传播文明思想、改造社会使命的真正的文学，台湾文坛应积极响应。接着，**甘文芳**发表《**实社会与文学**》，**陈瑞明**发表《**日用文鼓吹论**》，一起提倡改革台湾文学、建设白话文学。

《台湾民报》被称为"台湾新文学运动的摇篮"。台湾新文学提倡者以《台湾民报》为阵地,介绍大陆的新思潮和作家作品;提出建设新文体的理论主张;提出建设具有台湾特点文化的主张;着手进行新文学的创作。

### ■ 名师讲解

台湾新文学运动在整个中国现代文学史发展的过程中是不容忽视的,因此,考生应多留意本部分知识。

### ■ 真题演练

【单选题】

(2019年10月全国)被称为"台湾新文学运动的摇篮"的刊物是(    )。

A.《台湾》

B.《台湾民报》

C.《台湾青年》

D.《台湾文化》

【答案与解析】

B。《台湾民报》是"台湾新文学运动的摇篮",台湾新文学提倡者以《台湾民报》为阵地,介绍大陆的新思潮和作家作品;提出建设新文体的理论主张;提出建设具有台湾特点文化的主张;着手进行新文学的创作。

### ■ 牛刀小试

【单选题】

在《台湾青年》创刊号上发表了《文学与职务》一文的是(    )。

A. 陈炘          B. 甘文芳          C. 陈瑞明          D. 黄朝琴

【答案与解析】

A。1920年7月,陈炘在《台湾青年》创刊号上,发表了《文学与职务》一文,提出白话文学是负有传播文明思想、改造社会使命的真正的文字,台湾文坛应积极响应。故选A。

# 第二节 鲁 迅

## 一、概述 ☆☆☆

鲁迅的生平和思想特点

### ■ 官方描述

## 1. 鲁迅的生平

鲁迅(1881—1936),浙江绍兴人,原名**周樟寿**,后改名为周树人,字豫才。"鲁迅"是**1918**年在《新青年》发表《狂人日记》时首次使用的笔名。

| 1902 年 3 月 | 少年时代 |
| 官费到日本留学，先在东京进入**弘文学院** | 从小康之家坠入困顿的途中，鲁迅深深领略了世态炎凉 |

| | 1904 年 9 月 |
| | 前往仙台医专**学医**，因幻灯片事件弃医从文 |

| 1909 年 | |
| 离开日本返回祖国 | |

| | 1918 年 5 月 |
| | 在《**新青年**》发表第一篇白话小说《狂人日记》，具有划时代意义 |

| 1927 年 10 月 | |
| 定居上海 | |

| | 1930 年 |
| | 成为"左联"的发起人之一，以**杂文**为武器，投身于左翼文化运动 |

| 1936 年 10 月 19 日 | |
| 逝世于上海 | |

## 2. 鲁迅的思想内容与地位

- **毛泽东**称他是"中国文化革命的主将"，是"伟大的文学家""伟大思想家和革命家"。
- 鲁迅在留学日本期间弃医从文的最主要原因是：**用文艺唤醒国民的麻木灵魂**，呼唤精神界战士。
- 思想内容：**进化论、个性主义、精神发展、图强**。
- 鲁迅进化论"思路"轰毁和思想变化的原因有："四·一二"事变血的教训、马克思主义的学习、与共产党人的联系、严格的自我解剖。
- 鲁迅是现代最早对小说结构形式进行重大改革创新的人，被茅盾称为"**创造新形式的先锋**"。

### 名师讲解
本知识点常考选择题，对于鲁迅的生平可以按照时间轴的顺序进行记忆。

### 真题演练
【单选题】
（2012 年 7 月全国）现代最早对小说结构形式进行重大改革创新，被茅盾称为"创造新形式的先锋"的作家是（　　　）。

　　A. 郁达夫　　　　　B. 叶绍钧　　　　　C. 汪敬熙　　　　　D. 鲁迅

【答案与解析】

　　D。现代最早对小说结构形式进行重大改革创新,被茅盾称为"创造新形式的先锋"的作家是鲁迅,毛泽东称他是"伟大的文学家"。

📋 **牛刀小试**

【单选题】

1. 1902 年 3 月,鲁迅考取官费到日本留学,进了（　　　）。

　　A. 东京大学　　　　B. 弘文学院　　　　C. 关西学院　　　　D. 仙台医专

【答案与解析】

　　B。1902 年 3 月,鲁迅考取官费到日本留学,进了弘文学院。1904 年毕业后前往仙台医专学医。

2. 在创作上,鲁迅主要的武器是（　　　）。

　　A. 杂文　　　　　　B. 散文　　　　　　C. 小说　　　　　　D. 诗歌

【答案与解析】

　　A。在创作上,鲁迅主要以杂文为武器,投身于左翼文化运动,同时也以历史为题材创作小说。

## 二、《呐喊》《彷徨》和《故事新编》 ☆ ☆ ☆

📢 **知识点 1**　　《呐喊》《彷徨》

📋 **官方描述**

| 现实题材<br>小说集 | 创作时间 | 小说<br>篇数 | 具体篇目 | 题　意 |
|---|---|---|---|---|
| 《呐喊》 | 1918—1922 | 14 篇 | 《狂人日记》《孔乙己》《药》《明天》《一件小事》《头发的故事》《风波》《故乡》《阿 Q 正传》《端午节》《白光》《兔和猫》《鸭的喜剧》《社戏》 | 鲁迅受新文化运动的鼓舞,"有时候仍不免呐喊几声,聊以慰藉那在寂寞里奔驰的猛士,使他不惮于前驱" |
| 《彷徨》 | 1924—1925 | 11 篇 | 《祝福》《在酒楼上》《幸福的家庭》《肥皂》《长明灯》《示众》《高老夫子》《孤独者》《伤逝》《弟兄》《离婚》 | 鲁迅经历了新文化运动统一战线的分裂,他独立地同反动势力进行坚韧的斗争,精神上有"寂寞""彷徨"之感 |

# 1.《狂人日记》

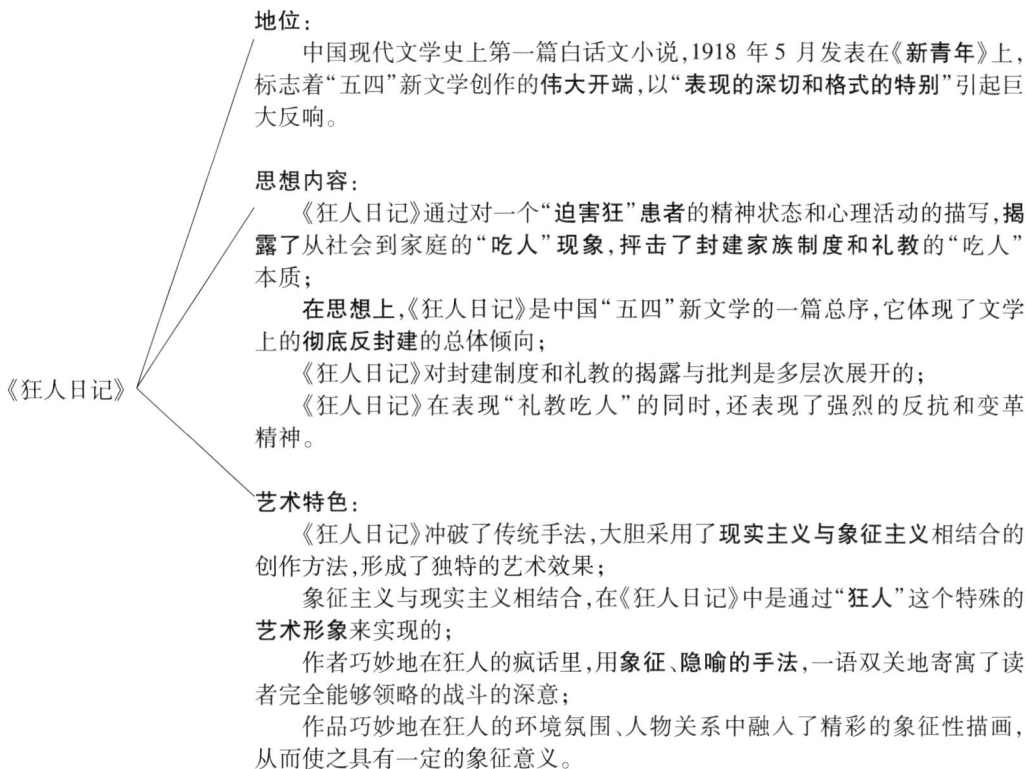

《狂人日记》

**地位：**

　　中国现代文学史上第一篇白话文小说，1918年5月发表在《新青年》上，标志着"五四"新文学创作的**伟大开端**，以"**表现的深切和格式的特别**"引起巨大反响。

**思想内容：**

　　《狂人日记》通过对一个"**迫害狂**"患者的精神状态和心理活动的描写，**揭露了从社会到家庭的"吃人"现象**，抨击了封建家族制度和礼教的"吃人"本质；

　　**在思想上**，《狂人日记》是中国"五四"新文学的一篇总序，它体现了文学上的**彻底反封建**的总体倾向；

　　《狂人日记》对封建制度和礼教的揭露与批判是多层次展开的；

　　《狂人日记》在表现"礼教吃人"的同时，还表现了强烈的反抗和变革精神。

**艺术特色：**

　　《狂人日记》冲破了传统手法，大胆采用了**现实主义与象征主义**相结合的创作方法，形成了独特的艺术效果；

　　象征主义与现实主义相结合，在《狂人日记》中是通过"**狂人**"这个特殊的**艺术形象**来实现的；

　　作者巧妙地在狂人的疯话里，用**象征、隐喻的手法**，一语双关地寄寓了读者完全能够领略的战斗的深意；

　　作品巧妙地在狂人的环境氛围、人物关系中融入了精彩的象征性描画，从而使之具有一定的象征意义。

## 名师讲解

　　《呐喊》《彷徨》是鲁迅作品创作的前期代表作，知识点考查也比较细致，比如两部小说集各自的篇数都是应当特别注意的。

　　《狂人日记》是考试的重中之重，考生在学习时，可将其地位、思想内容和艺术特色结合起来记忆。特别注意：《呐喊》《彷徨》的总主题是**反封建**。

## 真题演练

【单选题】

1.（2011年7月全国）《彷徨》收入鲁迅写于1924—1925年间的小说（　　）。

　　A. 14篇　　　　　B. 11篇　　　　　C. 8篇　　　　　D. 12篇

【答案与解析】

　　B。《彷徨》收入鲁迅写于1924—1925年的小说11篇。《彷徨》在反封建的内容上与《呐喊》相承续。

　　2.（2017年4月全国）以"表现的深切和格式的特别"引起巨大反响的鲁迅小说是（　　）。

　　A.《狂人日记》　　B.《明天》　　　C.《在酒楼上》　　D.《伤逝》

【答案与解析】

A。《狂人日记》,以"表现的深切和格式的特别",从问世起就引起巨大的反响。其中,"表现的深切"是指直接揭示封建礼教吃人的本质,"格式的特别"指的是新颖的日记体。

### ■ 牛刀小试

【单选题】

1. 鲁迅小说集《呐喊》《彷徨》的总主题是(　　)。

　　A. 反帝国主义　　　B. 反婚姻制度　　　C. 反封建　　　D. 反家长制度

【答案与解析】

C。鲁迅的两部小说集《呐喊》和《彷徨》的总主题是反封建。A项与题干无关,B、D两项太片面。故选C。

2. 鲁迅在 1918 年 5 月,在《新青年》发表的具有划时代意义的第一篇白话文小说是(　　)。

　　A.《狂人日记》　　　B.《呐喊》　　　C.《彷徨》　　　D.《莽原》

【答案与解析】

A。鲁迅在 1918 年 5 月,在《新青年》发表的具有划时代意义的第一篇白话文小说是《狂人日记》,小说发表后引起巨大反响。

## 2.《阿 Q 正传》

### ■ 官方描述

（1）阿 Q 人物形象及思想性格特征

- 一无所有的农民

- 守旧思想

- 扭曲的革命观

- 阿 Q 思想性格最突出的特点是他的**精神胜利法**

（2）《阿 Q 正传》思想意义

在《阿 Q 正传》中,作者把探索**中国农民问题和考察中国革命问题**联系在一起,作品通过对阿 Q 的遭遇和阿 Q 式的革命的描写,深刻地总结了辛亥革命之所以归于失败的历史教训。**小说要告诉人们的是中国迫切需要真正的革命,而要使真革命获得胜利,首先需要有真的革命者和觉醒了的人民。**

（3）《阿 Q 正传》社会意义

《阿 Q 正传》具有广泛的社会意义,它画出了国人的灵魂,暴露了国民的弱点,达到了"**揭出病苦,引起疗救的注意**"的效果。《阿 Q 正传》具有深远的历史意义,作品所揭示的"阿 Q 精神",作为一种历史和社会的病状,将在相当长的一个历史阶段中存在,它将作为一面"镜子"，使人们从中窥测到这种精神的"病容"而时时警戒。

（4）《阿Q正传》的艺术风格

- **外冷内热**。作者将思想启蒙者的高度热情，在小说中转化为对阿Q的痛苦生活、愚昧无知和悲剧命运的深切同情，"**哀其不幸,怒其不争**"，转化为对辛亥革命中途夭折的无比痛惜，转化为对赵太爷、假洋鬼子之流凶残暴虐、横行乡里的憎恶、鄙视。

- **以讽抒情**。作者以讽刺手法批判了阿Q的落后、麻木和精神胜利法，鞭挞了赵太爷、假洋鬼子等人的凶残、卑劣，谴责了知县大老爷、把总、"民政帮办"的反动实质，而其**讽刺，又贵在旨微而语婉，虽无一贬词，而情伪毕露**。

- **形喜实悲**。作品展现了阿Q种种可笑的行径，其背后隐藏着深刻的悲剧。这种形喜实悲的悲喜剧色彩，正是**作品产生巨大艺术魅力的重要因素之一**。

**名师讲解**

《阿Q正传》是鲁迅《呐喊》中的又一代表作，也是中国现代小说创作上的一个杰出成就。阿Q最典型的形象就是**农民**，充满了**狭隘**、**保守和落后**的性格特征。

本知识点中，阿Q的人物特征以及艺术风格常考选择题，思想意义以及社会意义常考简答题。

**真题演练**

【单选题】

（2012年7月全国）阿Q性格中最突出的特点是（　　）。

A. 纯朴　　　　B. 勤劳　　　　C. 敢于反抗　　　　D. 精神胜利法

【答案与解析】

D。阿Q思想性格最突出的特点是他的精神胜利法，阿Q在实际中常常遭受挫折和屈辱，而精神上却永远优胜，总能得意而满足，所凭借的是可悲的"精神胜利法"。

**牛刀小试**

【多选题】

《阿Q正传》的艺术风格是（　　）。

A. 外冷内热　　　　B. 乐观开朗　　　　C. 朴实善良　　　　D. 以讽抒情

E. 形喜实悲

【答案与解析】

ADE。《阿Q正传》的艺术风格：一是外冷内热。作者将思想启蒙者的高度热情，在小说中转化为对阿Q的痛苦生活、愚昧无知和悲剧命运的深切同情，"哀其不幸,怒其不争"，转化为对辛亥革命中途夭折的无比痛惜，转化为对赵太爷、假洋鬼子之流凶残暴虐、横行乡里的憎恶、鄙视。

二是以讽抒情。作者以讽刺手法批判了阿Q的落后、麻木和精神胜利法,鞭挞了赵太爷、假洋鬼子等人的凶残、卑劣,谴责了知县大老爷、把总、"民政帮办"的反动实质,而其讽刺,又贵在旨微而语婉,虽无一贬词,而情伪毕露。

三是形喜实悲。作品展现了阿Q种种可笑的行径,其背后隐藏着深刻的悲剧。这种形喜实悲的悲喜剧色彩,正是作品产生巨大艺术魅力的重要因素之一。

## 3. 《呐喊》《彷徨》

### ▣ 官方描述

(1)《呐喊》《彷徨》中农民题材小说的思想内容及意义

- 深切同情中国农民的命运,反映农民所遭遇的苦难,批判黑暗的社会现实。
- 悲悯农村妇女的不幸命运,反映封建礼教对她们的戕害,批判锋芒直指封建宗法制度。
- 批判农民的性格弱点,表现他们的愚昧、保守、狭隘,提出了"国民性"改造的问题。

(2)《呐喊》《彷徨》中知识分子题材小说的思想意义

- 鲁迅《呐喊》《彷徨》中有大量知识分子题材的小说。
- 鲁迅所写的知识分子题材的小说有**各种类型**,其中有以**深受封建科举制度毒害**的下层知识分子为主人公的《孔乙己》和《白光》,有**以封建卫道士为讽刺对象**的《高老夫子》和《肥皂》。
- 鲁迅**着力描写**的,是那些在中国民主革命道路中**寻找道路**的知识分子。他们是一些具有一定现代意识,首先觉醒,然后又从前进道路上败退下来,带有浓重的悲剧色彩的人物。鲁迅一方面**充分肯定**他们的历史进步作用,一方面也**着重揭示**他们的精神痛苦和自身的精神危机。

(3)《呐喊》《彷徨》的创作方法、艺术风格和主要表现手法

- 在创作方法上,鲁迅**开辟了多种创作方法**的源头:如清醒的**现实主义**(《孔乙己》),**现实主义与象征主义**的结合(《狂人日记》),对人物潜意识的描摹、在某些局部又带有**心理剖析**的色彩(《兄弟》)。
- 在艺术风格上,形成了**多样化**的创作,有白描、抒情、讽刺、乡土风情。
- 在格式上,《狂人日记》所采用的是第一人称的主人公**独语**自白的叙述方式;《孔乙己》通过**截取**人物生平片段的方式来概括人的一生;《药》从事件**中途**起笔。这些写法,**打破了中国传统**小说有头有尾、单线叙述的格式。
- 在情节的提炼和设置方面,鲁迅不追求离奇与曲折,而是注重**情节的深刻蕴涵**。
- 在人物塑造上,具有**典型性**,注重**个性化**塑造以及环境描写,常采用"画眼睛"的方式。

（4）《呐喊》《彷徨》的人物形象塑造

- 采用"**杂取种种人，合成一个**"的办法，对生活中的原型进行充分的**艺术集中和概括**，使人物形象具有较为广泛的典型性。
- 强调**人物的灵魂**，常常通过眼睛来画出一个人的特点。
- 用个性化的人物语言来揭示**人物的内心世界**。
- 将人物**摆在一定的环境**中加以表现，这种环境大到时代背景，小到人物具体生活的生存环境和生活氛围，从而使作品对人物性格形象原因的揭示和对人物性格社会意义和时代意义的揭示都得到了强化。

### 名师讲解

关于作品类的考查，建议考生选取一些篇章进行阅读，真题往往考查一些重要文章中的人物：如《白光》中的陈士诚、《药》中的夏瑜和华老栓们、《祝福》中的祥林嫂、《离婚》中的爱姑、《在酒楼上》中的吕纬甫、《孤独者》中的魏连殳、《伤逝》中的涓生与子君，等等。

本知识点是简答题、论述题出题的高频区，包括《呐喊》《彷徨》的题材、艺术表现和人物形象的塑造。针对这部分内容考生应理解记忆，着重记忆加粗部分，作答时再稍加自己的语言进行拓展即可。

### 真题演练

【论述题】

（2015 年 10 月全国）结合作品，论述《呐喊》《彷徨》农民题材小说的思想内容及意义。

【答案与解析】

（1）深切同情中国农民的命运，反映农民所遭遇的苦难，批判黑暗的社会现实。

（2）悲悯农村妇女的不幸命运，反映封建礼教对她们的戕害，批判锋芒直指封建宗法制度。

（3）批判农民的性格弱点，表现他们的愚昧、保守、狭隘，提出了"国民性"改造的问题。

### 牛刀小试

【单选题】

祥林嫂这个女性形象出自于（　　）。

A.《祝福》　　　　B.《伤逝》　　　　C.《在酒楼上》　　　D.《离婚》

【答案与解析】

A。《伤逝》中的主人公是涓生和子君，《在酒楼上》中的主人公是吕纬甫，《离婚》中的主人公是爱姑。祥林嫂这个女性形象出自于《祝福》。

## 知识点2　《故事新编》

### 📋 官方描述

## 1.《故事新编》的内容

| | |
|---|---|
| 故事新编 | 包含 8 篇历史小说,鲁迅自己认为,这是一部"**神话、传说及史实的演义**"的历史小说总集 |
| | 《**补天**》《**奔月**》《**铸剑**》,属于鲁迅前期的作品。《**补天**》写于 1922 年冬天,作者着重描绘了**女娲**进行创造工作时的辛苦喜悦,借助女娲这个形象,热情赞颂了先民的劳动创造精神和创造毅力。《**奔月**》取材民间流传的嫦娥奔月的神话。《**铸剑**》取材于古代一个动人的**复仇故事**。眉间尺的父亲在奉命为大王铸剑的完成之日,被多疑而残忍的大王杀掉。小说在描写眉间尺的复仇行为时,着力描写了黑衣人宴之敖令人战栗的冷峻。**这 3 篇历史小说,主要是通过古代的神话传说,歌颂了古代劳动人民伟大的创造精神和反抗暴虐的大无畏精神** |
| | 《**理水**》《**采薇**》《**出关**》《**非攻**》《**起死**》是鲁迅的**后期**之作。<br>**歌颂性**:《**非攻**》与《**理水**》。《**非攻**》塑造了墨子这一理想的形象,《**理水**》歌颂了"**中国的脊梁**"式的人物——古代治水英雄大禹。<br>**批判性**:《**采薇**》《**出关**》《**起死**》3 篇小说。《**采薇**》取材于武王伐纣的历史记载,**批判否定了周伯夷、叔齐等人消极避世的思想** |

## 2.《故事新编》的写作特点

写作特点

- **古今交融**:《故事新编》在写作上的鲜明特点之一是**依据古籍和容纳现代**。《故事新编》各篇的主要人物、主要事件,都有历史文献的依据,将现代人的生活融入古人古事之中

- **将古人写活**:又一个重要的艺术特色。从现实生活出发,不给古人戴上光圈,不"神化"或"鬼话"古人,而是**将古人当作人**,寻找古今人思想感情上相通之处加以推想和发展

- **"油滑"**:在穿插性的喜剧人物身上,赋予现代化的细节,**为"借古讽今"服务**,这是《故事新编》的重要手段。舞台上的二丑人物,有时可以脱离剧情而插入有关现代生活的语言、动作,作用是**对现实进行讽刺**

### 📋 名师讲解

《故事新编》的内容,考查知识点会比较细致,常以选择题的形式进行考查。写作特点不仅会出选择题,还会以简答题的形式进行考查。因此,需要考生进行重点记忆。

### 📋 真题演练

【单选题】

1.(2008 年 4 月全国)历史题材作品中,掺进部分现代生活内容,具有古今杂糅艺术特色

的作品是(　　)。

    A. 鲁迅的《故事新编》　　　　　　B. 郭沫若的《屈原》

    C. 郁达夫的《采石矶》　　　　　　D. 冯至的《伍子胥》

【答案与解析】

A。《故事新编》在写作上的鲜明特点之一是依据古籍和容纳现代。形成了《故事新编》古今交融的艺术特点。

2.(2009 年 7 月全国)鲁迅在《故事新编》中表现历史上"中国的脊梁"的名篇是(　　)。

    A.《铸剑》　　　　B.《非攻》　　　　C.《眉间尺》　　　　D.《理水》

【答案与解析】

D。《理水》歌颂了"中国的脊梁"式的人物——古代治水英雄大禹。

## 牛刀小试

【单选题】

收入了《理水》《铸剑》的作品集是(　　)。

    A.《呐喊》　　　　B.《彷徨》　　　　C.《故事新编》　　　　D.《朝花夕拾》

【答案与解析】

C。鲁迅在 20 年代创作的《补天》《奔月》《铸剑》和在 30 年代创作的《非攻》《理水》《采薇》《出关》《起死》8 篇历史小说,后来一并收入《故事新编》中。

【简答题】

简析《故事新编》的创作特点。

【答案与解析】

(1)古今交融:依据古籍,容纳现代,在历史故事的基础上进行艺术加工和改造。

(2)将古人写活:又一个重要的艺术特色。从现实生活出发,寻找古今人思想感情上相通之处加以推想和发展。

(3)运用"油滑"手段,在穿插性的喜剧人物身上赋予现代生活的细节,为"借古讽今"服务。

# 三、《野草》《朝花夕拾》 ☆☆☆

## 知识点 1　《野草》

## 官方描述

### 1.《野草》简介

- 写于 1924 —1926 年,加上《题辞》,共 24 篇。
- 陆续发表在《语丝》上。

- 作品表现了鲁迅在**苦闷**、**彷徨**中求索的心路历程,又体现了鲁迅在思想大转变前夕所作的严肃的**自我解剖**。
- 中国现代散文诗走向成熟的**第一个里程碑**。

## 2.《野草》的主要思想内容

- 《野草》体现出了作者勇敢地面对黑暗现实的**清醒的现实主义态度**,以及作家尽管绝望、苦闷却始终坚持着的持续、**坚韧的战斗精神**。《秋夜》中的"我"赞扬了枣树的无畏无惧的韧性战斗精神;《过客》中的"过客"即便长途跋涉,劳顿不堪,仍顽强而执着地前进着。
- 《野草》是鲁迅彷徨时期的作品,真实地记录了**作者解剖自我灵魂,袒露思想上的悲观、孤独、失望和矛盾的情绪**。《影的告别》描写命运十分寂寞的"影",与黑暗进行执着的战斗;《希望》中对"绝望"进行了否定。
- 《野草》还对**病态的社会和黑暗的现实**进行了无情的**针砭和批判**。《淡淡的血痕》直指当局者的当前罪行;《复仇》揭露和批判"奴隶"们及弱者的麻木苟安的处境。

## 3.《野草》在艺术上的探索和主要艺术成就

- 《野草》是鲁迅在艺术探索上的新成果,也是中国**现代散文诗**走向成熟的**第一个里程碑**。
- 《野草》是**诗与散文的结合**,采用以抒情为主的手法,往往篇幅较短,内容含蓄、凝练。
- 《野草》具有**哲理性**、**象征性和形象性相结合的艺术风格**。最显著的特点,是在**取象、造境、构思上的独特性**:对现实景象和梦境的交错描写,把一些微妙难言的感觉、直觉、情绪、想象、意识与潜意识准确而生动地表现了出来,有着丰富的心理内涵。
- 《野草》在语言上表现为反义词语的相生相克,由此又派生出句式、节奏上的**回环反复**,把散文诗的抒情特点及诗的意韵发挥到了极致。
- 《野草》大量运用了**象征**、**隐喻手法**,自然景物、人物或故事,往往既是写实的,而同时又具有象征和隐喻的意义。

### 📖 名师讲解

《野草》是鲁迅彷徨时期的作品,作者总体的感情基调是抒发内心的苦闷与矛盾。

考生需了解《野草》的篇数和发表期刊、思想内容、艺术成就等内容。

**识记小窍门**:联想作家在特殊历史时期的特殊心境以及诗与散文两种文体的相应艺术特征,进行理解记忆。

**■ 真题演练**

【论述题】

（2015年4月全国）论述《野草》在艺术上的探索及成就。

【答案与解析】

（1）《野草》是鲁迅在艺术探索上的新成果，也是中国现代散文诗走向成熟的第一个里程碑。

（2）《野草》是诗与散文的结合，采用以抒情为主的手法，往往篇幅较短，内容含蓄、凝练。

（3）《野草》具有哲理性、象征性和形象性相结合的艺术风格。最显著的特点，是在取象、造境、构思上的独特性：对现实景象和梦境的交错描写，把一些微妙难言的感觉、直觉、情绪、想象、意识与潜意识准确而生动地表现了出来，有着丰富的心理内涵。

（4）《野草》在语言上表现为反义词语的相生相克，由此又派生出句式、节奏上的回环反复，把散文诗的抒情特点及诗的意韵发挥到了极致。

（5）《野草》大量运用了象征、隐喻手法，自然景物、人物或故事，往往既是写实的，而同时又具有象征和隐喻的意义。

**■ 牛刀小试**

【单选题】

1. 鲁迅大量运用象征、隐喻手法创作的作品是（    ）。

    A.《朝花夕拾》    B.《野草》    C.《彷徨》    D.《故事新编》

【答案与解析】

B。《野草》大量运用了象征、隐喻手法，自然景物、人物或故事，往往既是写实的，而同时又具有象征和隐喻的意义。故选B。

2. 中国现代散文诗走向成熟的第一个里程碑是（    ）。

    A.《死火》    B.《野草》    C.《彷徨》    D.《朝花夕拾》

【答案与解析】

B。《野草》是鲁迅在艺术探索上的新成果，也是中国现代散文诗走向成熟的第一个里程碑。

**知识点2　《朝花夕拾》**

**■ 官方描述**

# 1.《朝花夕拾》简介

- 写于1926年，都是带有**回忆性质的叙事散文**，共计**10篇**。
- 最初陆续刊载于《**莽原**》，总题为《**旧事重提**》。

- 鲁迅当时的心情是"想在纷扰中寻找一点闲静来",以回顾和反思以往的生活。

## 2.《朝花夕拾》的基本内容

- **回忆往事**:这一组散文记述了鲁迅自己的童年、少年、青年时代的生活片段;抒发了对亲朋和师友的诚挚怀念;展现了家乡的风俗、中外的社会相、清末民初的时代剪影;寄托了对现实的思考。《朝花夕拾》与鲁迅的小说一样,善于以生活琐事反映社会面貌。

- **批判现实**:《朝花夕拾》中所写的人和事,往往饱含着作家强烈的爱憎,闪烁着社会批判的锋芒,**在平淡的叙述中寓有褒贬,在简洁的描述中分清是非**,使回忆往事与批判现实融合在一起。例如在给媚态的猫画像时,狠狠鞭挞了帮闲文人的丑恶。

## 3.《朝花夕拾》的写作特点和艺术风格

- 《朝花夕拾》以叙事为主,但同时穿插了议论,融入了浓厚的抒情,是**叙事和议论、抒情的有机结合**。当作者回顾往事、重提旧事时,总是撷取那些体会最深切的典型感受,以抒发内心的方式表达出来,从而赋予作品以抒情、感人的力量。

- **清新恬淡与幽默讽刺的统一是《朝花夕拾》的艺术风格**。这一组回忆散文,基调是恬静明快的,读来亲切动人,但在恬静平淡的回忆中,却时时可见讽刺机锋和幽默笔调,使人咀嚼回味之余,深受启发。

### ■ 名师讲解

《朝花夕拾》的艺术风格为重点内容,其他内容稍作了解即可。

### ■ 真题演练

【单选题】

1.(2008年4月全国)鲁迅的《朝花夕拾》是一部(　　)。

　　A. 抒情散文集　　　　　　　　　B. 回忆性叙事散文集

　　C. 传记　　　　　　　　　　　　D. 杂文集

【答案与解析】

B。《朝花夕拾》是一部带有回忆性质的叙事散文集,共计10篇,写于1926年。

2.(2011年7月全国)《朝花夕拾》曾经陆续发表于《莽原》,总题是(　　)。

　　A.《朝花夕拾》　　B.《画梦录》　　C.《旧事重提》　　D.《切梦刀》

【答案与解析】

C。《朝花夕拾》共计10篇,写于1926年,都是带有回忆性质的叙事散文。最初陆续刊载于《莽原》,总题为《旧事重提》,1927年成书时改为现名。

### ■ 牛刀小试

【简答题】

简述鲁迅《朝花夕拾》的艺术风格。

【答案与解析】

（1）叙事、议论、抒情有机结合，寓褒贬于平淡的叙述中。

（2）清新恬淡与讽刺幽默相统一。

# 四、杂文

■ **官方描述**

鲁迅杂文创作的基本情况

- 鲁迅的杂文集共有 16 部。
- 从 1918 年在《新青年》上面发表"**随感录**"起，至 1936 年逝世前未完篇的《**因太炎先生而想起的二三事**》止，杂文创作贯穿鲁迅文学活动的始终。
- 鲁迅的杂文创作以 1927 年为界，分为前后**两个时期**。
- 鲁迅呼唤"**精神界之战士**"在中国的出现，这部作品是《**摩罗诗力说**》。

## 1. 鲁迅前期杂文的主要内容和思想意义

■ **官方描述**

| | |
|---|---|
| 前期时间 | 1918—1926 |
| 前期杂文集 | 《坟》《热风》《华盖集》《华盖集续编》和《而已集》 |
| 主要思想内容 | 广泛的文明批评和社会批评 |
| 指导思想 | 民主与科学 |
| 贯穿杂文始终的灵魂 | 彻底的反帝反封建的精神 |

**思想特色**

**批判性：**反对国粹主义（《说胡须》《看镜有感》）；批判迷信落后思想；反对封建礼教，主张妇女儿童和青年的社会解放（《我之节烈观》《我们现在怎样做父亲》）；揭示和批判国民性的弱点；后来增加了政治批评的内容（《记念刘和珍君》）

**深刻性：**鲁迅的杂文对各种问题的论述，都极其深刻，富有辩证哲理。

如《灯下漫笔》中揭露中国几千年的历史是"**暂时做稳了奴隶的时代**"和"**想做奴隶而不得的时代**"的循环，这从人民的社会地位和心理对中国历史所作出的本质性论断，是何等的深刻

### ■ 名师讲解

本知识点常以选择题的形式进行精细化考查,因此,考生应进行针对性记忆,包括杂文集总数量以及前期的集数和时间,等等。

杂文集识记小窍门:"坟上的热风,华盖而已"。

### ■ 真题演练

【单选题】

(2007 年 4 月全国)下列能概括鲁迅杂文主要思想内容的是(    )。

A. 对帝国主义的抨击                           B. 对国民党反动统治的揭露

C. 广泛而深刻的社会批评和文明批评             D. 歌颂人民革命

【答案与解析】

C。广泛而深刻的社会批评和文明批评是鲁迅前期杂文的特色,民主与科学是鲁迅前期杂文创作的指导思想,彻底的反帝反封建的精神是贯穿他杂文始终的灵魂。

【多选题】

(2012 年 7 月全国)鲁迅前期的杂文集有(    )。

A.《热风》          B.《华盖集》          C.《坟》          D.《南腔北调集》

E.《伪自由书》

【答案与解析】

ABC。鲁迅的杂文创作以 1927 年为界,分为前后两个时期。鲁迅前期的杂文收入《坟》《热风》《华盖集》《华盖集续编》和《而已集》这五本杂文集中。《南腔北调集》《伪自由书》属于 1928 年后鲁迅的杂文集。

## 2. 鲁迅后期杂文的主要内容和思想意义

### ■ 官方描述

> 1928 年后鲁迅杂文主要收入《三闲集》《二心集》《南腔北调集》《且介亭杂文》《且介亭杂文二集》《**且介亭杂文末编**》(该集为鲁迅去世后,由许广平编成)、《准风月谈》《伪自由书》《花边文学》等。

```
                    ┌─ 政治斗争和时评的文字增多了，杂文广泛揭露批判了
                    │   日本帝国主义和国民党的罪行
                    │   对旧中国社会、文明进行了更广泛的批判，对帝国主
        思想内容和意义 ┤   义奴化思想和半殖民地都市种种病态心理现象也予以
                    │   深刻剖析
                    │
                    └─ 把历史批判和现实批判相结合
                        辩证分析各种问题
                        能运用阶级观点分析问题
                        后期杂文表现出一种革命乐观主义精神
```

## 名师讲解

鲁迅后期的杂文常与前期一起考查，考生需将前后期的思想内容与意义进行对比记忆。

杂文集识记小窍门："三三两两，南腔北调，且谈风月、自由与花边"

## 真题演练

【多选题】

（2009 年 7 月全国）鲁迅后期的杂文集有（　　）。

A.《热风》　　　　B.《华盖集》　　　　C.《三闲集》　　　　D.《南腔北调集》

E.《伪自由书》

【答案与解析】

CDE。1928 年后鲁迅的杂文主要收入如下集子：《三闲集》《二心集》《南腔北调后集》《伪自由书》《准风月谈》《花边文学》《且介亭杂文》《且介亭杂文二集》《且介亭杂文末编》（该集为鲁迅去世后，由许广平编成）。A、B 两项属于鲁迅前期的杂文集。

## 牛刀小试

【单选题】

鲁迅杂文集中，在其去世后由许广平编成的是（　　）。

A.《且介亭杂文二集》　　　　　　　　B.《南腔北调集》

C.《且介亭杂文末编》　　　　　　　　D.《华盖集续编》

【答案与解析】

C。鲁迅杂文集中，《且介亭杂文末编》在其去世后由许广平编成，收录杂文 35 篇。

### 3. 鲁迅杂文的主要艺术特点

■ 官方描述

善于抓取类型，画出富有典型意义的形象，议论与形象相结合。

善于运用生动、幽默的语言，展开逻辑严密的论点。篇章短小凝练，文字犀利深刻，语言简洁幽默。

艺术特点

善用联想将不同时空的现象联系起来，增强历史底蕴、深邃内涵。

善用反语、比喻、暗示、对比、夸张等手段，亦庄亦谐，含不尽之意于言外。如《现代史》一文表面上文不对题，通篇都在写变戏法，实际上是以此比喻现代史，揭露现代统治者的剥削本质。

■ 名师讲解

本知识点中，艺术成就是常考的内容，通常以简答题的形式出现。因此，考生应重点记忆，记忆时可加入自己的理解，不用逐字逐句地背诵。

■ 真题演练

【简答题】

（2010 年 7 月全国）简述鲁迅杂文的艺术特色。

【答案与解析】

（1）善于抓取类型，画出富有典型意义的形象，议论与形象相结合。

（2）善于运用生动、幽默的语言，展开逻辑严密的论点，篇章短小凝练，文字犀利深刻，语言简洁幽默。

（3）用联想将不同时空的现象联系起来，增强历史底蕴、深邃内涵。

（4）反语、比喻、暗示、对比、夸张。

■ 牛刀小试

【单选题】

表面上显得文不对题，通篇都在写变戏法，实际揭露现代统治者剥削本质的是（　　　　）。

A.《现代史》　　　　B.《二丑艺术》　　　　C.《爬和撞》　　　　D.《夏三虫》

【答案与解析】

A。《现代史》一文表面上显得文不对题，通篇都在写变戏法，实际上以此比喻现代史，揭露现代统治者的剥削本质。

# 第三节　小 说 创 作

## 一、概述 ☆☆☆

**知识点 1**

**官方描述**

　　鲁迅的《狂人日记》是中国文学的第一篇真正具现代意义的小说。除鲁迅外,现代小说最早的作者,还有《新潮》的作家群,即《雪夜》《一个勤学的学生》的作者汪敬熙,《渔家》《贞女》的作者杨振声,《这也是一个人》《春游》的作者叶绍钧,《花匠》的作者俞平伯等人。作品都体现出艺术**"为人生"**的启蒙主义倾向。

**文学研究会的主要小说作家以及重要的小说作品**

　　（1）文学研究会以"为人生"为基本创作宗旨,这就势必引起对人生意义和目的的思考,出现了"问题小说"。问题小说是指 **1921** 年以后,一些作家沿着文学研究会"为人生"的方向,创作的一批反映社会问题的小说。其思想特征在于揭示社会问题,批判社会黑暗,并试图**提出解决办法**。代表作有:冰心的《斯人独憔悴》,叶绍钧的《这也是一个人》,王统照的《沉思》等。

| 代表性的作品 | 主要作家 | 主 要 观 念 |
|---|---|---|
| 《斯人独憔悴》《两个家庭》《超人》 | 冰心 | **"爱的哲学"** |
| 《海滨故人》 | 庐隐 | 揭开欢乐的假面具 |
| 《缀网劳蛛》《商人妇》 | 许地山 | 试图用宗教意识来解人间苦闷 |
| 《沉思》《微笑》 | 王统照 | 以对现实的深切关注和浓郁的人道主义思想为基本特征;以揭示社会问题,表达对于人生与社会问题的思考和对于社会黑暗的批判为目的,从不同的角度提出了人生的问题;以"美"和"爱"来弥合缺陷、净化人生 |
| 《火灾》《线下》《城中》 | 叶绍钧 | **"冷静地谛视人生,客观地,写实地,描写着灰色的卑琐的人生"**,最成功的是对小市民和中下层知识分子灰色人生的描写 |

　　（2）**"乡土文学"**:乡土文学作家群崛起于 **1923** 年左右,代表作家有王鲁彦（别名鲁彦）、废名（原名冯文炳）、许钦文、彭家煌、许杰、蹇先艾、台静农等。乡土文学作家普遍地受到鲁迅

乡村题材小说创作的深厚**影响**。共同的志趣使他们**将笔触一致地投向了中国乡村**,并表现出了共同的创作倾向。

### 其他小说作家以及重要的小说作品

| 其他小说类型 | 主要作家 | 主 要 作 品 | 主 要 观 念 |
|---|---|---|---|
| 创造社的"自叙小说" | **郁达夫** 郭沫若 | 《沉沦》 《漂流三部曲》 | 取材多为自己个人的经历和身边琐事,抒发内心情怀 |
| 心理分析小说 | 郭沫若 鲁迅 | 《残春》《叶罗提之墓》 《不周山》《补天》 | 运用意识流手法描写人物性心理 |
| 无产阶级 革命文学 | **蒋光赤** | 《少年漂泊者》 《短裤党》 | 描写现实斗争和刻画早期革命者的形象 |

■ **名师讲解**

文学研究会是主张"为人生"的文学社团,"问题小说"和"乡土文学"两个知识点常以名词解释的形式进行考查,考生应重点记忆。另外,问题小说的主要代表人物以及他们的代表性作品和观念也要有所了解。

其他小说创作以创造社的"自叙小说"和无产阶级革命文学为考试主要内容,多以选择题的形式出现,考生应注意了解。

■ **真题演练**

【单选题】

1.(2012 年 4 月全国)"五四"时期"问题小说"的代表作品是(    )。

   A.《沉沦》              B.《斯人独憔悴》

   C.《水葬》              D.《赌徒吉顺》

【答案与解析】

B。"问题小说"要"为人生",最有代表性的作品有:冰心的《斯人独憔悴》《两个家庭》《超人》,庐隐的《海滨故人》,许地山的《缀网劳蛛》《商人妇》,王统照的《沉思》《微笑》等。

2.(2012 年 7 月全国)中篇小说《少年漂泊者》的作者是(    )。

   A. 蒋光赤      B. 柔石      C. 洪灵菲      D. 茅盾

【答案与解析】

A。1925 年前后,无产阶级革命文学的概念和有关创作方法开始进入现代文学的领域,一些先行者更尝试进入革命文学的创作领域。在小说创作上,最突出的革命文学作家是蒋光赤,他此时期的代表作品有《少年漂泊者》与《短裤党》等。

【多选题】

(2004 年 4 月全国)下列都属于 20 世纪 20 年代"乡土小说"的主要作者有(    )。

   A. 台静农、冯文炳              B. 废名、师陀

   C. 彭家煌、寒先艾              D. 鲁彦、许钦文

E．许杰、萧红

【答案与解析】

ACD。乡土文学作家群崛起于 1923 年左右,代表作家有王鲁彦(别名鲁彦)、废名(原名冯文炳)、许钦文、彭家煌、许杰、蹇先艾、台静农等。

■ **牛刀小试**

【名词解释题】

问题小说

【答案与解析】

(1)1921 年以后,一些作家沿着文学研究会"为人生"的方向,创作的一批反映社会问题的小说,被称为"问题小说"。

(2)其思想特征在于揭示社会问题,批判社会黑暗,并试图提出解决办法。

(3)代表作有:冰心的《斯人独憔悴》,叶绍钧的《这也是一个人》,王统照的《沉思》等。

**知识点 2**　20 年代台湾文学已开始出现的新文学的小说创作

■ **官方描述**

| 时　间 | 人　物 | 作　　品 | 重　要　意　义 |
|---|---|---|---|
| 1922 年 | 追风 | 《她要往何处去》 | 台湾现代文学史上的**第一篇小说** |
| 1926 年 | 赖和 | 《斗闹热》《一杆"称仔"》 | 台湾新文学中的一些**奠基性的作品** |
| | 杨云萍 | 《光临》 | |
| | 张我军 | 《买彩票》 | |

**赖和小说创作的题材特点和艺术特色**

题材特点:
(1)日本统治下台湾人民的悲惨遭遇;
(2)日本殖民统治者的丑恶本质;
(3)传统封建思想和旧势力的愚昧;
(4)台湾知识分子的苦闷。

艺术特色:
(1)体现出较强的故事性、戏剧性和浓郁的地方色彩;
(2)语言生动、口语化,对台湾方言进行了成功的运用

题材特点和艺术特色

■ **名师讲解**

　　台湾新文学在现代文学史上具有重要的价值,它的第一篇代表性作家及作品、奠基性的作家和作品都是考生应当重点记忆的。

　　另外,**赖和作为台湾新文学的奠基者,也被称作"台湾的鲁迅"**,其创作的题材特点和艺术特色会涉及简答题,应着重记忆。

■ **真题演练**

【简答题】

(2014 年 10 月全国)简述台湾新文学早期作家赖和小说题材的主要特色。

【答案与解析】

(1)描写日本殖民统治下台湾人民的悲惨遭遇和反抗。

(2)揭露日本殖民统治者的丑恶本质。

(3)批判传统封建思想和旧势力的愚昧。

(4)表现台湾知识分子的苦闷。

■ **牛刀小试**

【多选题】

下列属于台湾作家赖和创作的小说的是(　　　　)。

A.《斗闹热》　　　　　B.《光临》　　　　　C.《一杆"称仔"》

D.《她要往何处去》　　　　　E.《买彩票》

【答案与解析】

　　AC。追风的《她要往何处去》是台湾现代文学史上的第一篇小说。到了 1926 年,台湾新文学中的一些奠基性的作品开始出现,小说方面主要有赖和的《斗闹热》《一杆"称仔"》,杨云萍的《光临》,张我军的《买彩票》等。

## 二、叶绍钧 ☆☆

■ **官方描述**

### 1. 叶绍钧的生平经历

- 叶绍钧,字圣陶,**1919 年加入新潮社**,同年在《新潮》上发表短篇小说《这也是一个人》,正式步入了新文坛。

- 1921 年叶绍钧参与发起文学研究会,并很快成为其小说创作上的主力作家。

- 在 20 世纪 **20 年代**,叶绍钧先后出版了**短篇小说集《隔膜》《火灾》与《线下》**。

### 2. 叶绍钧的散文和童话作品创作

- 他是中国现代文学史上优秀的散文作家,也是中国现代童话创作的开创者。

- 散文作品：《五月卅一日急雨中》《没有秋虫的地方》。
- 童话作品：《稻草人》《古代英雄的石像》。

## 3. 叶绍钧的小说创作

- 在**小说创作**上，叶绍钧经历了从"问题小说"向更广泛的现实主义的**发展过程**。
- 在创作**初期**，以对普泛"**爱**"的人道主义的追求作为题旨。
- **创作题材**上多取材于**教育界**的人和事。在同一创作题材领域中**更侧重**的是对于小市民知识分子的"灰色"生活进行描摹与揭示。如《饭》《校长》《前途》《外国旗》《潘先生在难中》等；叶绍钧还曾取**农村生活**题材。《多收了三五斗》反映是当时农村中丰收成灾的畸形社会现象。
- 1925年以后，随着社会政治的向前发展，叶绍钧的**创作题材已经拓展到时代革命的领域中**。**1928年，叶绍钧出版了长篇小说《倪焕之》**，这是一部在中国现代文学长篇小说发展史上具有阶段性意义的重要作品，**被茅盾称为"扛鼎之作"**。
- 在总体艺术风格上，基本创作方法是**以写实为主要特征**的现实主义创作方法；结构严密细致，形式多种多样；语言上注重炼字炼句，对于中国现代汉语的规范化有着积极的意义。

### 名师讲解

本知识点通常以选择题的形式考查，针对这部分内容，考生应做相应的了解，对重要的标注处加以记忆，比如叶绍钧是如何步入新文坛的，以及作为童话创作的开创者，他的代表作有哪些。

### 真题演练

【单选题】

(2016年4月全国)叶绍钧的《潘先生在难中》是(　　　)。

A. 散文　　　　　　B. 小说　　　　　　C. 童话　　　　　　D. 诗歌

【答案与解析】

B。在小说创作上，叶绍钧经历了从"问题小说"向更广泛的现实主义的发展过程。在创作初期，以对普泛"爱"的人道主义的追求作为题旨。在创作题材上多取材于教育界的人和事。在同一创作题材领域中更侧重的是对于小市民知识分子的"灰色"生活进行描摹与揭示。如《饭》《校长》《前途》《外国旗》《潘先生在难中》等。

### 牛刀小试

【单选题】

1919年在《新潮》上发表短篇小说《这也是一个人》，正式步入了新文坛的是(　　　)。

    A．郭沫若        B．赖和        C．叶绍钧        D．郁达夫

【答案与解析】

C。叶绍钧 1919 年加入新潮社,同年在《新潮》上发表短篇小说《这也是一个人》,正式步入了新文坛。

# 三、郁达夫 ☆☆

## 官方描述

### 1. 郁达夫的小说创作及其创作风格的转变

前期:郁达夫早年的小说创作以《沉沦》为代表,多以作家个人经历为创作基础,着重表达个人内心对于客观世界的感受,表现出浓烈的抒情和个人自剖色彩,叙述视角多是第一人称;郁达夫是"自叙传"小说的开创者与成就最卓著者。"自叙传"小说是中国现代抒情小说的开端。

1923 年前后:郁达夫的创作风格有所改变。《春风沉醉的晚上》《薄奠》将题材领域拓展到普通劳动者阶层,表现了普通劳动者的生活。

30 年代:郁达夫的创作风格又有新的改变,作品反映的社会生活面更广,**关注中心由"性"苦闷转移到"生"的苦闷**,对下层民众的生活有更多的表现。**艺术风格转变最显著的是创作于 1932 年的短篇小说《迟桂花》。**

### 2. "自叙传小说"

自叙传小说是中国现代抒情小说的开端,作者多集中于创造社,以郁达夫和倪贻德为代表。郁达夫 1921 年出版的《沉沦》小说集使自叙传小说成为一种潮流。作品中以第一人称为叙述视角,最常用的手法是直抒胸臆,即在表现自我主人公所经历的日常生活情景时,以充满激烈情绪的笔调去描写,在事件的叙述中作坦率的自我解剖。

### 3.《沉沦》的艺术风格

《沉沦》以大胆直率的表现手法,真诚而充分地袒露了主人公隐秘的"性"心理世界,显示了作者对于封建礼教的反抗与批判以及对于个性解放的热烈追求。作者强烈的主体情感融注在作品中,使作品具有很强的震撼力。

## 4. 郁达夫的小说的主要艺术特点

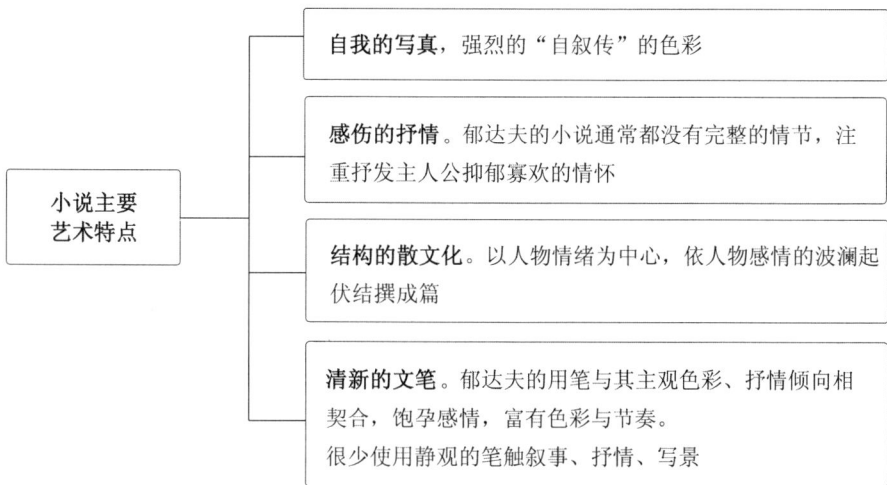

```
                        ┌─────────────────────────────────────────┐
                        │ 自我的写真，强烈的"自叙传"的色彩          │
                        └─────────────────────────────────────────┘
                        ┌─────────────────────────────────────────┐
                        │ 感伤的抒情。郁达夫的小说通常都没有完整的情节，注 │
                        │ 重抒发主人公抑郁寡欢的情怀                    │
        小说主要         └─────────────────────────────────────────┘
        艺术特点         ┌─────────────────────────────────────────┐
                        │ 结构的散文化。以人物情绪为中心，依人物感情的波澜起 │
                        │ 伏结撰成篇                                  │
                        └─────────────────────────────────────────┘
                        ┌─────────────────────────────────────────┐
                        │ 清新的文笔。郁达夫的用笔与其主观色彩、抒情倾向相 │
                        │ 契合，饱孕感情，富有色彩与节奏。              │
                        │ 很少使用静观的笔触叙事、抒情、写景           │
                        └─────────────────────────────────────────┘
```

### ■ 名师讲解

本知识点中,郁达夫的小说创作风格以及艺术特点常考主观题。针对这部分内容,考生应着重进行记忆,可加入自己的理解,不需要逐字逐句地背诵。

另外,《沉沦》不仅是一篇小说,还是一部小说集,里面收录了郁达夫其他的短篇小说作品,于 1921 年结集出版。**这是中国现代文学史上第一部短篇小说集。**

### ■ 真题解析

【论述题】

(2013 年 4 月全国)论述郁达夫小说从《沉沦》到《薄奠》《迟桂花》创作风格的变化。

【答案与解析】

(1) 郁达夫早年以《沉沦》为代表的小说创作,多以作家个人经历为创作基础,着重表达个人内心对于客观世界的感受,表现出浓烈的抒情和个人自剖色彩,叙述视角多是第一人称。

(2) 1923 年前后写的《薄奠》《春风沉醉的晚上》等作品,题材由知识分子拓展到普通劳动者,写实成分增多,感情基调也有所改变。

(3) 20 世纪 30 年代的《迟桂花》等作品,反映的社会生活面更为宽广,由"性"的苦闷到"生"的苦闷,对于下层民众的生活也有更多的表现,艺术风格转变最显著的是创作于 1932 年的短篇小说《迟桂花》,客观再现的成分进一步增强。

### ■ 牛刀小试

【单选题】

中国现代文学史上第一部短篇小说集是( )。

A.《狂人日记》　　　B.《阿 Q 正传》　　　C.《沉沦》　　　D.《牧羊哀话》

【答案与解析】

C。中国现代文学史上第一部短篇小说集是《沉沦》，于 1921 年结集出版，故选 C。

# 第四节　诗　歌　创　作

## 一、概述　☆☆☆

■ 官方描述

### 1. 20 年代新诗创作的基本情况

| 尝 试 阶 段 |
| --- |
| 1917 年 2 月，《新青年》发表胡适的《白话诗八首》。<br>1920 年 3 月，胡适的《尝试集》（新文化运动中**第一部白话新诗集**）初版 |
| 1918 年 1 月，《新青年》发表胡适、沈尹默、刘半农的九首白话诗。<br>作品：刘半农的《相隔一层纸》《人力车夫》《教我如何不想她》。<br>　　　沈尹默的《月夜》《鸽子》。<br>初期艺术特征：强调"经验"、偏于说理、平实、明白如话，散文化。主张："诗体大解放" |
| 1921 年，朱自清、叶绍钧、俞平伯组织了中国新诗社，是"五四"文学革命后的**第一个新诗社团**，出版了第一本诗歌刊物《诗》月刊。朱自清 1922 年的抒情长诗《毁灭》更贴近人生现实。周作人的《小河》是当时新诗中的杰作 |
| 浪漫新诗风：郭沫若的《女神》 |

### 2. 20 年代新诗各个类别的主要诗人、代表性作品和主张

| 类　　别 | 主要诗人、代表性作品和主张 |
| --- | --- |
| 湖畔诗人 | 湖畔诗人是指**汪静之、应修人、潘漠华、冯雪峰**等人。他们于 1921 年左右写诗，1922 年在杭州成立湖畔诗社，出版**诗合集《湖畔》**。同年 5 月**汪静之出版了个人诗集《蕙的风》**。1923 年出版诗合集《春的歌集》。歌唱自然和爱情 |
| 小诗 | 小诗的形成受到了周作人所译介的日本的短歌、俳句和郑振铎所译介的泰戈尔的《飞鸟集》的影响。最早的小诗作者有**朱自清、刘半农**等。对诗坛形成重大影响的，是**冰心的《繁星》《春水》**。多写个人即时的感兴 |
| 新月诗派 | 新月诗派始于 1926 年 4 月 1 日的《晨报副刊·诗镌》，代表人物有**徐志摩、闻一多**等，后期又出现了卞之琳、李广田等人。在艺术上，他们要求艺术的"和谐""均齐"，强调诗人戴着镣铐跳舞，表现为追求诗歌的格律，因此，该派也称格律诗派。为建立新诗的形式规范，闻一多提出"三美"主张 |
| 象征诗派 | 象征诗派指以 1925 年出版**李金发**的**诗集《微雨》**为起点的，活跃在 20 年代中后期的诗派，代表人物是李金发。他的诗受到法国象征主义诗人波德莱尔、魏尔伦等人的影响，不在乎别人是否理解，只是抒发自己难以名状的情绪。其他代表人物还有穆木天、冯乃超等人 |

| 类　　别 | 主要诗人、代表性作品和主张 |
|---|---|
| 政治抒情诗 | 蒋光赤的《新梦》（1925）、《哀中国》（1927），郭沫若的《前茅》《恢复》等，是 30 年代革命的政治抒情诗的先驱 |

## 3. 冯至的诗歌创作

冯至（1905—1993）本时期的诗风是浪漫主义的，在冯至的诗艺探索过程中，可以见出德国浪漫主义诗歌尤其是**海涅的《还乡集》**的影响。

| 浪漫主义诗风 | 抒情诗集《昨日之歌》，鲁迅称他为"中国最杰出的抒情诗人" |
|---|---|
| 现实主义诗风 | 叙事诗集《北游及其他》，朱自清称他的"叙事诗堪称独步" |

## 4. 台湾新诗创作

20 世纪 20 年代的台湾在新诗创作方面有**赖和的《觉悟下的牺牲》**、施文杞的《送林耕余君随江校长渡南洋》、追风的《诗的模仿》、杨云萍的《橘子开花》等。1925 年 12 月，**台湾现代文学史上的第一部新诗集——张我军的《乱都之恋》**在台北出版。

### 📖 名师讲解

本知识点内容比较繁杂，重点考查选择题和名词解释题，对于重要作家的重要诗歌作品要对比记忆，切勿混淆。

针对台湾新诗的创作，考生可稍作了解。

### 📖 真题演练

【单选题】

1.（2019 年 10 月全国）李金发 1925 年出版的被认为是中国象征诗派起点的诗集是（　　）。

　　A.《食客与凶年》　　B.《为幸福而歌》　　C.《微雨》　　　　D.《旅心》

【答案与解析】

C。象征诗派以 1925 年出版李金发的诗集《微雨》为起点，活动在 20 世纪中后期。

2.（2017 年 10 月全国）中国新文化运动中的第一部个人新诗集是（　　）。

　　A.《繁星》　　　　B.《尝试集》　　　　C.《红烛》　　　　D.《女神》

【答案与解析】

B。胡适（1891—1962）的诗集《尝试集》，1920 年 3 月出版，是新文化运动中第一部白话新诗集。

3. (2011年4月全国)被鲁迅誉为"中国最杰出的抒情诗人"是(    )。

    A. 郭沫若        B. 冯至        C. 徐志摩        D. 刘半农

【答案与解析】

B。鲁迅称冯至为"中国最杰出的抒情诗人",而朱自清则更看重冯至的叙事诗,以为其"叙事诗堪称独步"。

■ 牛刀小试

【名词解释题】

湖畔诗人

【答案与解析】

(1) 湖畔诗人是指汪静之、应修人、潘漠华、冯雪峰等人。

(2) 他们于1921年左右写诗,1922年在杭州成立湖畔诗社。

(3) 1922年出版诗合集《湖畔》,同年5月汪静之出版了个人诗集《蕙的风》,1923年出版诗合集《春的歌集》。歌唱自然和爱情。

# 二、郭沫若 ☆☆☆

■ 官方描述

## 1. 郭沫若的生平和文学创作

"沫若"是他**1919年**发表新诗时的笔名,后即以此为号,受**泛神论**的影响。

郭沫若的《女神》为诗坛开了**浪漫的新风**。**1921年诗集《女神》**的出版,不仅确立了郭沫若在我国现代文学史上的卓越地位,同时也为**中国新诗开辟了一个崭新的时代**。

继《女神》之后,郭沫若20世纪20年代又出版了《**星空**》《**瓶**》《**前茅**》和《**恢复**》四部诗集。

## 2. 郭沫若诗集《女神》的主要思想内容

《女神》是郭沫若的**第一部新诗集**,占据一、二两辑主体部分的"五四"以后的诗作,**体现了"五四"狂飙突进的时代精神**,格调雄浑豪放,唱出了民主科学的时代最强音。

《女神》最强烈而集中地体现了诗人**呼唤新世界诞生**的民主理想,这种**爱国热忱**是诗人呈献给"五四"运动的最美好的诗情,也成为《女神》全书的**诗魂**。

《女神》中**创造精神与反抗叛逆精神**融合一体,构成了一个互补的整体。《女神》中的"大我"是勇于破旧创新的"五四"时代觉醒的民族形象的象征。

《女神》中的"大我"热烈执著地追求着**革命理想**与**个性解放**;《女神》充分表达了诗人**对自我的崇尚和对自然的礼赞**。

## 3. 郭沫若诗集《女神》的艺术特色、意义和贡献

> **艺术特色：**《女神》实践了诗人绝对的自由、绝对的自主的艺术主张。它没有固定的格律和形式，完全服从诗人感情自然流泻的需要。既有独到的诗剧形式，更有自由活泼的自由体诗。诗行可以是浩荡的语言行列，也可以每行两三字

> **意义和贡献：**《女神》在中国新诗发展史上的意义和贡献在于，集中而强烈地表现了冲破封建藩篱的"五四"时代精神。奇特雄伟的想象扩大了新诗的表现领域，创造了全新的现代诗歌抒情主人公的自我形象。创作形式自由多变，大量采用比喻、象征手法

### ■ 名师讲解

本部分内容中，郭沫若的生平、创作情况以及代表作《女神》的主要思想内容是考查重点，常以选择题的形式出现。因此，知识点的考查会非常细致，考生应准确把握。另外，《女神》艺术特色以及相关的意义和贡献也应该作为了解的内容。

### ■ 真题演练

【单选题】

(2011 年 7 月全国)《女神》出版于(　　　)。

A. 1919 年　　　　B. 1922 年　　　　C. 1923 年　　　　D. 1921 年

【答案与解析】

D。郭沫若的《女神》为诗坛开了浪漫的新风。1921 年诗集《女神》出版。

【多选题】

(2012 年 7 月全国)《女神》的思想内容包括(　　　)。

A. 强烈的个性解放要求　　　　　　B. 强烈的反抗、叛逆与创造精神

C. 炽热的爱国情思　　　　　　　　D. 青春、爱情的欢唱

E. 大自然神奇力量的否定

【答案与解析】

ABC。《女神》是郭沫若的第一部新诗集，占据一、二两辑主体部分的"五四"以后的诗作，体现了"五四"狂飙突进的时代精神，格调雄浑豪放，唱出了民主科学的时代最强音。《女神》的这种爱国热忱是诗人呈献给"五四"运动的最美好的诗情，也成为《女神》全书的诗魂。《女神》中创造精神与反抗叛逆精神融合一体，构成了一个互补的整体。《女神》中的"大我"是勇于破旧创新的"五四"时代觉醒的民族形象的象征；热烈执著地追求着革命理想与个性解放；充分表达了诗人对自我的崇尚和对自然的礼赞。

## ◻ 牛刀小试

【单选题】

1. 下列均属于郭沫若创作的诗集是(    )。

    A.《女神》《前茅》《瓶》《红烛》        B.《女神》《前茅》《瓶》《恢复》

    C.《女神》《前茅》《恢复》《猛虎集》    D.《女神》《瓶》《恢复》《黎明的通知》

【答案与解析】

B。继《女神》之后,郭沫若20世纪20年代又出版了《星空》《瓶》《前茅》和《恢复》四部诗集。

2. 最能体现"五四"时期狂飙突进的时代精神,唱出了民主科学的时代最强音的诗篇或诗集是(    )。

    A. 胡适的《尝试集》        B. 周作人的《小河》

    C. 郭沫若的《女神》        D. 朱自清的《毁灭》

【答案与解析】

C。《女神》是郭沫若的第一部新诗集,也是中国现代文学史上第一部具有杰出成就和巨大影响的新诗集,体现了"五四"狂飙突进的时代精神,格调雄浑豪放,唱出了民主科学的时代最强音。

# 三、闻一多、徐志摩 ☆☆

**知识点 1**　闻一多

◻ **官方描述**

## 1. 闻一多的诗歌主张和新诗创作情况

- 出版诗集《红烛》(**1923**)、《死水》(**1925**)。
- 贯穿《红烛》和《死水》的**诗魂**,是浓烈、真挚的**爱国主义情思**。

## 2. 闻一多诗的主要思想意义和艺术特色

- **主要思想意义**:① 歌颂祖国、思恋祖国;

                ② 反帝反种族歧视;

                ③ 对军阀统治下的祖国黑暗现实的失望和对祖国新生的信念。

- **艺术特色**:作为前期新月派的主将之一,闻一多的诗歌理论对新月派诗人有着很大影响;其诗论的核心内容是讲究诗的"三美",即音乐美、绘画美、建筑美。

### ■ 名师讲解

前面我们对新月派已经有所了解,闻一多作为新月派主将之一,其诗歌创作主张以及艺术特色等方面需要考生重点了解,针对此部分内容,常以选择题的形式考查,考生应做细致化记忆。

### ■ 真题演练

【单选题】

(2009年7月全国)贯穿闻一多《红烛》《死水》两部诗集的诗魂是(　　)。

A. 唯美主义　　　　　B. 爱国主义　　　　　C. 人道主义　　　　　D. 个性解放

【答案与解析】

B。贯穿闻一多《红烛》《死水》两部诗集的诗魂是闻一多浓烈、真挚的爱国主义情思。

### ■ 牛刀小试

【单选题】

新月派诗人闻一多的诗论的核心内容是"三美",包括(　　)。

A. 音乐美、绘画美、建筑美　　　　　B. 音乐美、韵律美、绘画美

C. 韵律美、格律美、音乐美　　　　　D. 格律美、建筑美、绘画美

【答案与解析】

A。新月派诗人闻一多的诗论的核心内容是"三美",包括音乐美、绘画美、建筑美。

### 知识点 2　徐志摩

### ■ 官方描述

## 1. 徐志摩的新诗创作情况

- 徐志摩有诗集《**志摩的诗**》(**1925**)、《**翡冷翠的一夜**》(**1927**)、《**猛虎集**》(**1931**)和《**云游集**》(**1932**)。

- 以 **1927** 年为界,徐志摩的诗歌创作分为前后两期。收入《志摩的诗》《翡冷翠的一夜》两诗集中的前期作品,除少数作品流露出一些消极、虚幻的情思外,大多具有比较积极的思想意义,真挚地独抒心灵,追求爱与美以实现个性解放,在一定程度上反映了"五四"的时代精神,格调清新健康。

- 《再别康桥》与早年所作的《康桥再会吧》都以剑桥大学的校园景色为对象,抒发了深厚感情。

- 徐志摩的**爱情诗**是他全部诗作中**最有特色**的部分。

## 2. 徐志摩诗的主要思想意义和艺术特色

- 思想意义:(1) 独抒心灵,追求爱与美,以实现个性解放,在一定程度上反映了"五四"

的时代精神,格调清新健康。

   (2) 表达了为自由恋爱勇于向旧礼教挑战的决心,包含着反对封建伦理道德、要求个性解放的积极因素,热烈清新,真挚自然。社会与人的灵性的对立模式,与社会和大自然的对立模式同构。

- 艺术特色:(1) 构思精巧,意象新颖;

         (2) 韵律和谐,富于音乐美;

         (3) 章法整饬,灵活多样;

         (4) 辞藻华美,风格明丽。

### 名师讲解

前面我们对新月派已经有所了解,徐志摩作为新月派主将之一,其诗歌创作基本情况以及艺术特色等方面需要考生另作了解,此部分内容常以选择题的形式考查,考生应进行细致化的记忆。

### 真题演练

【单选题】

(2009 年 4 月全国)徐志摩的诗歌创作以 1927 年为界分为前后两期,属于前期的两本诗集是(　　)。

  A.《志摩的诗》《云游》         B.《志摩的诗》《翡冷翠的一夜》

  C.《翡冷翠的一夜》《云游》     D.《翡冷翠的一夜》《猛虎集》

【答案与解析】

B。徐志摩有诗集《志摩的诗》(1925)、《翡冷翠的一夜》(1927)、《猛虎集》(1931)和《云游集》(1932)。以 1927 年为界,徐志摩的诗歌创作分为前后两期。收入《志摩的诗》《翡冷翠的一夜》两诗集中的前期作品,除少数作品流露出一些消极、虚幻的情思外,大多具有比较积极的思想意义,真挚地独抒心灵,追求爱与美以实现个性解放,在一定程度上反映了“五四”的时代精神,格调清新健康。

### 牛刀小试

【单选题】

1. 徐志摩的诗歌创作分为前后两个时期,分界时间是(　　)。

  A. 1923 年     B. 1925 年     C. 1927 年     D. 1929 年

【答案与解析】

C。以 1927 年为界,徐志摩的诗歌创作分为前后两期,有诗集《志摩的诗》《翡冷翠的一夜》《猛虎集》《云游集》。

2. 下列哪一项不属于徐志摩诗歌的艺术特色(　　)。

  A. 构思精巧,意象新颖        B. 韵律和谐,富于音乐美

C. 辞藻华丽,风格明丽　　　　　　　D. 丰富的想象,神奇的夸张

【答案与解析】

D。徐志摩诗歌的艺术特色有构思精巧,意象新颖;韵律和谐,富于音乐美;章法整饬,灵活多样;辞藻华丽,风格明丽。D 选项神奇的夸张不准确。

# 第五节　散文创作

## 一、概述 ☆☆☆

■ **官方描述**

### 1. 20 年代散文创作的基本情况

在"五四"新文学创作中,**散文是最有成就的门类**。"五四"时期稍有成就的作家,基本上都是散文家。"五四"时期最早出现的散文作品,是以议论时政为主的杂感短论,即**杂文**。

### 2. 代表性的杂文栏目

**1918 年** 4 月《新青年》第 4 卷第 4 期开始设立**"随感录"**栏目,稍后不久,李大钊、陈独秀主持的《每周评论》,李辛白主持的《新生活》,瞿秋白、郑振铎主持的《新社会》,邵力子主持的《民国日报·觉悟》等,都相继推出了类似的栏目,形成了声势浩大的杂感散文的创作浪潮。**在杂感散文创作中成就最高、也最具有代表性的作家是鲁迅。**

### 3. 20 年代一些富有代表性的散文作家的创作情况

| 散文作家 | 散文创作情况 |
|---|---|
| 林语堂 | 《语丝》的作家除了鲁迅、周作人（他们也都曾是"随感录"的重要作家）两位主将外,还有孙伏园、孙福熙、川岛、林语堂等。**林语堂也是《语丝》的撰稿人**,他早期的散文大多收入《翦拂集》中,20 世纪 30 年代创办《论语》,提倡闲适、幽默 |
| 郭沫若 | 郭沫若的散文集有《塔》《橄榄》《水平线下》等。作品主人公的自我抒情色彩很浓。郭沫若还写过不少散文诗。1925 年发表的《小品六章》是郭沫若散文的代表作 |
| 徐志摩 | 20 世纪 20 年代中期,一批留学欧美的自由主义知识分子归国后结成"现代评论派",其重要的散文作家有徐志摩、陈西滢、吴稚晖等。徐志摩以诗著名,但他的散文亦写得自由而华丽,自成一体。**他的《北戴河海滨的幻想》《翡冷翠山居闲话》《我所知道的康桥》都是有名的篇章** |
| 瞿秋白 | 在"五四"时期,散文方面取得突出成就的还有"文学研究会"的冰心、朱自清等人。这一时期的散文创作还应提到的是瞿秋白的**两部通讯散文集《新俄国游记》（又名《饿乡纪程》）和《赤都心史》**。最值得注意的是它的某些篇目已经初具报告文学形态,可视为中国现代报告文学的萌芽 |

| 散文作家 | 散文创作情况 |
|---|---|
| 郁达夫 | 郁达夫的散文不太讲究章法,率真坦诚,具有比郭沫若还要浓烈的**自叙传色彩** |

## 4. "五四"时期的两类散文文体以及散文的文学史意义

| "五四"时期的散文 | 两类文体 | "语丝文体":"语丝派"以 1924 年创刊的《语丝》杂志为创作集结地,鲁迅和周作人都是"语丝派"的核心作家。"语丝文体"的特色是短小犀利,富于俏皮和讽刺,任意而谈,无所顾忌 |
|---|---|---|
| | | "美文":周作人最早从西方引入"美文"的概念,于 1921 年发表《美文》,提倡"记述的""艺术的"叙事抒情散文,"给新文学开辟出一块新土地"。王统照、傅斯年、胡适等曾撰文进行应和,冰心、朱自清、郁达夫、俞平伯、涂志摩和周作人自己等一大批作家富有成效的拓荒,彻底打破了美文不能用白话的迷信。美文作为一种独立文体的地位遂得以在文学史上确立 |
| | 文学史意义 | 首先,打破了用白话不能作美文的迷信;其次,散文成为新文学的一个独立门类;再次,"五四"散文所张扬的"个性解放"民主与科学、反封建等理念,构成了中国文学宝贵的精神资源与反复言说的主题 |

### 名师讲解

本知识点中,常以选择题的形式考查散文作家的散文创作,考生应进行细致化的记忆。

### 真题演练

【多选题】

(2012 年 4 月全国)新文学早期写苏俄见闻的报告文学集有( )。

A.《包身工》
B.《赤都心史》
C.《白种人——上帝的骄子》
D.《饿乡纪程》
E.《执政府大屠杀记》

【答案与解析】

BD。瞿秋白的两部通讯散文集《新俄国游记》(又名《饿乡纪程》)和《赤都心史》以描写苏联见闻为主要内容。它的某些篇目已经初具报告文学形态,可视为中国现代报告文学的萌芽。

### 牛刀小试

【多选题】

郭沫若的散文集有( )。

A.《塔》
B.《橄榄》
C.《水平线下》
D.《北戴河海滨的幻想》
E.《翡冷翠山居闲话》

【答案与解析】

ABC。郭沫若的散文集有《塔》《橄榄》《水平线下》等。他的散文记叙的多是自己的个人生活,从回忆童年到描述在异国的生活经历,纵情抒写,无拘无束,似乎不讲究锤炼,但别有一股潇洒自如之态。

## 二、周作人 ☆☆☆

■ **官方描述**

### 1. 周作人的生平以及创作概况

- 周作人,浙江绍兴人,1906 年赴日求学,此间与鲁迅一起筹办过《**新生**》杂志。回国后又是《**新青年**》"随感录"的重要作者,后来亦曾与鲁迅一起成为《**语丝**》的主要作者。前期作品的思想意义与社会作用比较积极,后期作品则更能代表周作人的创作个性,**具有闲适、青涩,充满知识性和趣味性等特点**。

- 1918 年他在《新青年》发表的《**人的文学**》一文,是继胡适《**文学改良刍议**》、陈独秀《文学革命论》之后的又一篇重要的论述文学革命的文章,主张"用这人道主义为本、对于人生诸问题,加以记录研究的文字,便谓之人的文学",在当时产生过积极的影响。他还提倡过同样有进步意义的"**平民文学**"的主张。

- 周作人早期的创作是从**新诗**入手的,发表过《**小河**》《**两个扫雪的人**》《**路上所见**》《**北风**》《**画家**》等,以接近口语的白话作诗,表达了作者对人生问题的严肃思考。

- 周作人的主要成就集中体现在他的散文创作方面,其散文集有《**自己的园地**》《**雨天的书**》《**泽泻集**》《**谈龙集**》《**谈虎集**》《**永日集**》《**看云集**》等。

### 2. 周作人散文的内容特征和艺术成就

- 内容特征:批判死鬼的精神;抨击国民性的弱点;宣扬一种隐逸的、逸乐的士大夫情趣。

- 艺术成就:

（1）**旁征博引**,于谈天说地中显示出深厚的学识、才情。

比如《故乡的野菜》,在介绍每一种野菜时都征引了与这种野菜相关的大量的民俗、儿歌、古籍记载等,既显示了作者丰富的知识积累,又使读者在增长见闻的基础上获得一种知性的享受。

（2）**舒展自如,娓娓而谈**。

如《乌篷船》,以书信的形式,好似絮语似的缓缓描叙中,为友人作导游,介绍的又是故乡风情,因而情真意切,舒展自如,娓娓而谈,让读者感受到浓郁的水乡气息和生活情趣。

（3）**平和冲淡**,恬适淡远。

以《乌篷船》为例,以淡笔写淡情,所写的是故乡常见无奇的乌篷船,文笔朴素而优美,采用了质朴淡雅的抒情方式,能于平易的叙述和朴素的描绘中,抒写平和冲淡的情怀。

（4）**语言简练**而意蕴丰厚。

（5）**机智幽默**,情趣似盎然而实苦涩。

■ **名师讲解**

周作人作为20世纪20年代中国现代散文史上富有影响的作家,出题概率相对比较大。考生需了解周作人的散文集及其艺术成就。

■ **真题演练**

【单选题】

（2009年4月全国）下列均属于周作人的散文集是(　　)。

A.《自己的园地》《雨天的书》《小河》　　　B.《自己的园地》《热风》《泽泻集》

C.《雨天的书》《自己的园地》《谈龙集》　　D.《雨天的书》《自己的园地》《踪迹》

【答案与解析】

C。周作人的主要成就集中体现在他的散文创作方面,其散文集有《自己的园地》《雨天的书》《泽泻集》《谈龙集》《谈虎集》《永日集》《看云集》等。

■ **牛刀小试**

【多选题】

下列关于周作人散文艺术成就的描述,正确的有(　　)。

A. 旁征博引,于谈天说地中显示出深厚的学识、才情

B. 舒展自如,娓娓而谈

C. 平和冲淡,恬适淡远

D. 语言简练而意蕴丰厚

E. 机智幽默,情趣似盎然而实苦涩

【答案与解析】

ABCDE。周作人散文艺术成就:旁征博引,于谈天说地中显示出深厚的学识、才情;舒展自如,娓娓而谈;平和冲淡,恬适淡远;语言简练而意蕴丰厚;机智幽默,情趣似盎然而实苦涩。故选 ABCDE。

# 三、冰心、朱自清 ☆☆

■ **官方描述**

冰　心

## 1. 冰心的生平经历

冰心,原名谢婉莹,1919年"五四"运动爆发时,她积极投身于爱国运动的行列,在《晨报

副刊》上发表小说,署名冰心女士。

## 2. 冰心的散文创作及其艺术特色

冰心的"问题小说"带有明显的反封建倾向,早期还写过一些婉约典雅的**小诗**,曾独步一时,被人们誉为"**冰心体**"。

1921 年,**冰心加入"文学研究会"**,转入散文创作,发表在《小说月报》上的《笑》即是其散文已经取得了初步的成功并确立自己的风格特征的一个标志。贯穿于她的散文创作的,是"**爱**"的哲学。主要作品有《寄小读者》《往事（一）》《往事（二）》《山中杂记》等。

艺术特色:（1）在表达上,善于捕捉刹那间的感触,抒发内心世界,抒情性浓郁。

（2）在结构上,布局自然,不讲究结构,空灵飘逸。

（3）在文体、文字上,别有一种美妙的韵味,既清丽又典雅。

朱　自　清

## 1. 朱自清的生平经历

朱自清最早是以**诗人身份**步入文坛的,**1922 年**以后转向散文创作。20 世纪 20 年代出版的散文集有《踪迹》《背影》,在当时曾引起广泛反响,作者亦成为"五四"以来最有影响的散文作家之一。其中的《背影》《荷塘月色》等,长期以来被认为是散文创作的典范。

## 2. 朱自清散文的题材类型和主要艺术特色

（1）朱自清散文的**题材**

**社会性、政治性较强的题材**:《白种人——上帝的骄子》《执政府大屠杀记》等。

**描写感人至深的亲情、友情、人情**:《背影》《给亡妇》《一封信》等。

**写景抒情**:《荷塘月色》《绿》《南京》《说扬州》等。

**表现生活情趣**:《看花》《择偶记》《谈抽烟》等。

（2）朱自清散文的主要**艺术特色**

**一是善于细腻地描写景物**。调动多种艺术手段,或工笔细描,或运用想象、比喻、通感,或融情于景,复现一个个构图完美、色彩斑斓的意境,又传达其中内在的神韵。

**二是语言华美秀丽,修辞繁复**。朱自清散文的语言,历来为评论家们交口称赞,"**清幽**""**清秀**""**秀丽**""**隽永**"是人们谈及他散文的语言时常用的词语。

## ■ 名师讲解

此知识点主要以论述题等形式考查。考生需掌握冰心散文创作的主要艺术特色,了解朱自清的散文集。

## ■ 真题演练

【论述题】

(2017年4月全国)结合作品,论述冰心散文创作的主要艺术特色。

【答案与解析】

(1)在表达上,善于捕捉刹那间的感触,抒发内心,抒情性浓郁。如冰心的散文《图画》,就是在外出游玩时,看到了一片残败景象,通过描写这样的景象,来抒发自己内心感伤。

(2)在结构上,布局自然,不讲究结构,空灵飘逸。如冰心的《笑》,从安琪儿无比甜美的微笑,写到小孩子充满童真的微笑,再写茅屋里老妇人慈母一般的微笑,这三个微笑,层层递进,并巧妙地构成一体。

(3)在文体、文字上,别有一种美妙的韵味,既清丽又典雅。

## ■ 牛刀小试

【单选题】

1. 下列属于朱自清20世纪20年代出版的散文集的是(    )。

　　A.《踪迹》　　　B.《你我》　　　C.《看花》　　　D.《绿》

【答案与解析】

A。朱自清20世纪20年代出版的散文集有《踪迹》《背影》,在当时曾引起广泛反响,作者亦成为"五四"以来最有影响的散文作家之一。

2. 下列朱自清作品中政治性、社会性较强的是(    )。

　　A.《白种人——上帝的骄子》　　　　B.《南京》

　　C.《给亡妇》　　　　　　　　　　　D.《看花》

【答案与解析】

A。朱自清作品中政治性、社会性较强的有《白种人——上帝的骄子》《执政府大屠杀记》。

3. 冰心早期写过一些婉约典雅的小诗,曾独步一时,被人们誉为(    )。

　　A."哲学体"　　B."爱的哲学"　　C."冰心哲学"　　D."冰心体"

【答案与解析】

D。冰心早期写过一些婉约典雅的小诗,曾独步一时,被人们誉为"冰心体"。1921年加入"文学研究会",转入散文创作。

# 第六节　戏剧创作

## 一、概述 ☆ ☆ ☆

■ 官方描述

### 1. 20 年代主要戏剧团体和类型

> 中国现代戏剧活动开始于留日学生组织的春柳社 1907 年在日本东京演出《茶花女》和《黑奴吁天录》。中国人自己创作的话剧，最早是 1911 年洪深的《卖梨人》和与此差不多同时的欧阳予倩的《运动力》。自 1919 年胡适在《新青年》上发表《终身大事》起，形成了各种戏剧流派的雏形。

| 主要戏剧团体和类型 | 主 要 方 面 |
|---|---|
| 春柳社 | 成立于 1906 年，并于 1907 年在日本东京演出《茶花女》和排演五幕话剧《黑奴吁天录》，是中国现代话剧的最初萌芽 |
| 民众戏剧社 | 1921 年，由汪仲贤、沈雁冰、郑振铎、陈大悲等人成立，创办了《戏剧》，这是以新的形式最早出现的一个专门性戏剧杂志。他们对堕落的文明戏进行猛烈的抨击，强调戏剧反映时代、人生的功利主义，提倡"写实的社会剧"。他们还提倡"爱美剧"，即"非职业"的业余演剧，以摆脱商业化倾向，进行严肃的艺术创作 |
| 南国社 | 1927 年成立于上海，是田汉领导创立的综合性艺术社团，以戏剧的成就与影响最大。主要成员：田汉、欧阳予倩、徐志摩、徐悲鸿、周信芳等 |
| 爱美剧 | 1921 年，汪仲贤、陈大悲等组成的民众戏剧社，与应云卫、欧阳予倩等组成的上海戏剧协社，着力提倡"爱美剧"。"爱美剧"，即"非职业"的业余演剧。它针对文明戏的堕落，力求摆脱商业化倾向，进行严肃的艺术创作；主张戏剧表现时代、人生，并重视舞台实践、剧场组织工作以及剧本的创作与改编，促进了中国现代话剧的发展 |
| 问题剧 | 是 20 世纪 20 年代"五四"文坛上出现的一批借鉴易卜生的戏剧类型，往往以历史题材来影射现实，出现了一大批以胡适的《终身大事》为代表的"娜拉"型戏剧作品和"出走型"戏剧人物 |
| 写实的社会剧 | 是描写社会现实、反映真实人生的剧作。如蒲伯英的《道义之交》和四幕剧《阔人的孝道》，揭露讽刺上流社会虚伪的"道义"和"孝道" |

## 2. 20年代主要话剧作家和代表性话剧作品

| 主要话剧作家 | 代表性话剧作品 | 主 要 方 面 |
|---|---|---|
| 胡适 | 《终身大事》 | **表现"五四"时代精神的剧作**。洪深介绍说:"这一时期,理论非常丰富,创作却十分贫乏。只有胡适《终身大事》一部剧本,是值得称道的。" |
| 洪深 | 《赵阎王》 | 1922年创作话剧《赵阎王》,借鉴奥尼尔《琼斯皇》的戏剧手法,以大段的独白和心理幻觉表现人物的恐惧心理,使剧界耳目一新 |
| 丁西林 | 《一只马蜂》《压迫》 | 被誉为写独幕剧能手的丁西林的剧作对有封建意识的人物有所讽刺。他的讽刺是带有诙谐意味的,温和委婉的批判。他的戏剧具有"**优雅的喜剧**"的特色<br>1923年写出的**第一部独幕喜剧《一只马蜂》**一鸣惊人,显露出他出众的幽默才能和高度的喜剧艺术技巧 |
| 郭沫若 | 历史剧 | 20年代专注于**历史题材戏剧创作**,1923年发表了《卓文君》和《王昭君》,1925年又创作了《聂莹》,1926年将这三部戏剧结集为《三个叛逆的女性》出版 |

■ **名师讲解**

　　本知识点中,戏剧团体以及类型常以名词解释的形式进行考查,针对这部分内容,考生应重点记忆,戏剧类型基本上是由戏剧团体的主张延伸出来的,因此,理解性记忆更有助于考生识记知识点;另外,主要戏剧家和代表性作品常以选择题的形式进行考查,这部分内容需要考生进行区分记忆。

■ **真题演练**

【单选题】

1.(2019年10月全国)丁西林展现了出众幽默才能和高度喜剧艺术技巧的成名作是(　　)。

　　A.《压迫》　　　　B.《一只马蜂》　　　C.《北京的空气》　　D.《亲爱的丈夫》

【答案与解析】

　　B。丁西林1923年写出的第一部独幕喜剧《一只马蜂》一鸣惊人,显露出他出众的幽默才能和高度的喜剧艺术技巧。

　　2.(2015年4月全国)中国最早的话剧团体是(　　)。

　　A.南国社　　　　B.辛酉社　　　　C.民众戏剧社　　　D.春柳社

【答案与解析】

　　D。春柳社成立于1906年,并于1907年在日本东京演出《茶花女》和排演五幕话剧《黑奴吁天录》,是中国现代话剧的最初萌芽。可知,最早的话剧团体为春柳社。

■ 牛刀小试

【单选题】

中国现代戏剧活动开始于春柳社在日本东京演出《茶花女》和（　　　）。

A.《黑奴吁天录》　　　B.《卖梨人》　　　C.《运动力》　　　D.《终身大事》

【答案与解析】

A。中国现代戏剧活动开始于留日学生组织的春柳社于 1907 年在日本东京演出《茶花女》和《黑奴吁天录》。中国人自己创作的话剧,最早是 1911 年洪深的《卖梨人》和与此差不多同时的欧阳予倩的《运动力》。自 1919 年胡适在《新青年》上发表《终身大事》起,现代话剧逐渐进入建设时期,此后出现了各种戏剧团体,形成了各种戏剧流派的雏形。

【名词解释题】

爱美剧

【答案与解析】

（1）1921 年,汪仲贤、陈大悲等组成的民众戏剧社,与应云卫、欧阳予倩等组成的上海戏剧协社,着力提倡"爱美剧"。

（2）"爱美剧",即"非职业"的业余演剧。它针对文明戏的堕落,力求摆脱商业化倾向,进行严肃的艺术创作。

（3）主张戏剧表现时代、人生,并重视舞台实践、剧场组织工作以及剧本的创作与改编,促进了中国现代话剧的发展。

# 二、田汉 ☆ ☆

■ 官方描述

## 1. 田汉话剧创作的主要艺术成就

- 田汉的创作追求从内心出发,注重表现"灵的世界",具有**感伤情调**。无论是《咖啡店之夜》里的白秋英,还是《获虎之夜》里的黄大傻,田汉都从人生哲学的角度,表现了一代青年感受黑暗压迫的苦闷和彷徨。

- 田汉早期创作出现**两组有所交错的形象系列**:一是艺术家形象系列,剧中的主人公多为歌女、乐师、诗人、画家等,《南归》里面浪迹天涯的流浪者弹着吉他唱着感伤的歌,一身诗人气质;二是漂泊者形象系列,《梵峨嶙与蔷薇》中柳翠与秦信芳者都是孤身飘荡,《苏州夜话》与《名优之死》中画家刘叔康和名优刘振声皆辗转流离。

- **现实主义与浪漫主义熔为一炉**、交相辉映,是田汉"五四"时期戏剧创作的重要艺术特色。现实主义指真实描绘当时的黑暗现实,浪漫主义则包括了传统浪漫主义重主观和想象以及西方唯美主义、感伤主义等的特质。**《名优之死》是公认的现实主义力作**,

是田汉艺术探索转变期中最优秀的重要代表作品。**主人公刘振声的人格上也闪耀着理想主义光彩。**作品由刻意追求扣人心弦的戏剧性到追求像生活本身一样真实。

## 2. 田汉在 1927 年 4 月以后的戏剧创作情况

- 田汉在 1927 年 4 月以后的戏剧创作《火之跳舞》《第五病室》《垃圾桶》《一致》等,显示出现实主义和阶级意识的明显强化。
- 1931 年 1 月,中国左翼戏剧家联盟成立,田汉当选为主席。"转向"后的田汉创作了《梅雨》《一九三二年的月光曲》《洪水》等剧作。
- 30 年代田汉还创作了许多表现抗日救亡主题的戏剧,如《暴风雨中的七个女性》《乱钟》《扫射》《战友》等。
- **《回春之曲》:三幕剧,因为回归到他所擅长的抒情风格而取得了较高的成就。**
- 抗战爆发后,田汉探索和尝试过对平剧(京剧)、湘剧、桂剧、川剧等传统地方戏曲的改革,改编和创作了《新雁门关》《新儿女英雄传》《江汉渔歌》《风云儿女》《武则天》《武松》等二十多个传统戏曲剧本。
- **1947 年创作的《丽人行》:打破"幕"的分割,运用话剧的多场次结构,将全剧分为二十一场,由三位女性——女工刘金妹、革命者李新群、资产阶级女性梁若英各自牵引情节。**
- 1958 年发表的十二场历史剧《关汉卿》成功塑造了元代戏剧家关汉卿的艺术形象。

### 📑 名师讲解

本知识点常以选择题的形式进行考查,作家的主要代表作品以及某些作品中的典型人物都是要重点掌握的,考生应进行区分记忆。

### 📑 真题演练

【单选题】

(2012 年 7 月全国)田汉艺术探索转变期中最优秀的重要代表作品是(　　)。

A.《苏州夜话》　　　　B.《丽人行》　　　　C.《名优之死》　　　　D.《卢沟桥》

【答案与解析】

C。《名优之死》是公认的现实主义力作,是田汉艺术探索转变期中最优秀的重要代表作品。

### 📑 牛刀小试

【多选题】

下列属于田汉创作的剧本有(　　)。

A.《五奎桥》　　　　B.《家》　　　　C.《丽人行》　　　　D.《回春之曲》

E.《南归》

【答案与解析】

CDE。田汉 1947 年创作的话剧《丽人行》，是他在整个民主主义革命时期戏剧创作的集大成之作。三幕剧《回春之曲》因为回归到他所擅长的抒情风格而取得了较高的成就。《南归》是田汉创作的剧本，主要讲的是浪迹江湖的诗人。

# 第二章　20世纪30年代文学（1928—1937）

本章思维导图

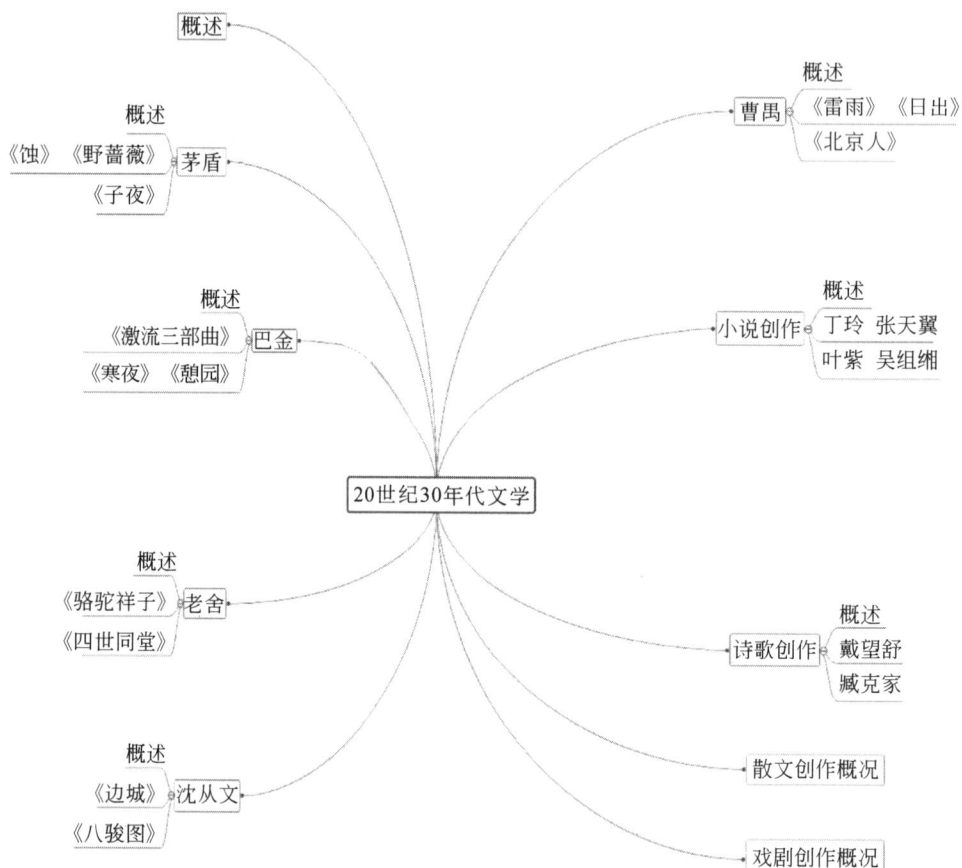

概述

概述　《蚀》《野蔷薇》《子夜》　茅盾

概述　《激流三部曲》《寒夜》《憩园》　巴金

概述　《骆驼祥子》《四世同堂》　老舍

概述　《边城》《八骏图》　沈从文

20世纪30年代文学

曹禺　概述　《雷雨》《日出》《北京人》

小说创作　概述　丁玲　张天翼　叶紫　吴组缃

诗歌创作　概述　戴望舒　臧克家

散文创作概况

戏剧创作概况

# 第一节　概　　述 ☆☆☆

## 1. 无产阶级革命文学的发生与发展

### ◼ 官方描述

1928—1937 年是中国现代文学史上的第二个十年，又统称为"30 年代文学"。以"五四"文学革命为开端的中国新文学，到 **1928 年**发生了重要转折，其**转折点**就是 1928 年**新文学队伍发生的新的组合以及随之开始的关于无产阶级革命文学的倡导和论争**。

（1）无产阶级革命文学倡导和兴起的历史背景和深刻的历史原因

- 首先，**大革命失败以后**，现实政治斗争和新的革命形势，**要求无产阶级在文学上提出自己明确的口号**，建设无产阶级文学。

- 其次，1928 年前后，正是国际无产阶级文学运动波澜壮阔开展的时候，苏联文学以及西方有革命倾向的作家、作品对中国文学界产生了很大影响。

- 再次，大革命失败以后，大批原来参加实际革命工作的知识分子汇聚上海，**从实际的政治革命走向了文学革命**。

- 最后，由于马克思主义思想和国际无产阶级文学思潮的影响，革命的小资产阶级知识分子暂时成了无产阶级文化的代表。

（2）无产阶级革命文学运动的发起与论争

- **无产阶级革命文学运动首先由后期创造社和太阳社成员发起**。后期创造社出版《创作月刊》，又新创《文化批判》；太阳社于 1927 年年底成立，主要成员有蒋光慈、钱杏邨、孟超等，出版刊物有《太阳月刊》《海风周刊》等。此后，许多提倡无产阶级文学的文章被发表。这些倡导初步论述了革命文学的根本性质、任务，接触到作家世界观的转变问题。

- **创造社和太阳社举起无产阶级革命文学的旗帜**，为 20 世纪 30 年代革命文学的发展作出了贡献。但无产阶级革命文学初创期还不够成熟，批判的矛头指向了鲁迅、茅盾、叶绍钧、郁达夫等。

- **鲁迅**在与创造社的论争中肯定无产阶级革命文学的提倡，针对创造社忽视艺术特性的错误，他指出"一切文艺固是宣传，而一切宣传却并非全是文艺"。**茅盾**在此同时，主张描写小资产阶级的生活和苦闷。他批评了创造社有革命热情而忽视艺术性，形成标语口号化，既不能正确表现无产阶级意识，又不为工农大众所接受。

### ◼ 名师讲解

20 世纪 30 年代无产阶级革命文学的兴起与发展，有它内外在的因素，考生应识记其转折点以及无产阶级革命文学运动的发起和论争。另外,针对这部分内容的历史背景和原因,考生应充分了解,这有助于更好地把握"30 年代文学"发生转变的状况。

**◾ 真题演练**

【单选题】

(2014 年 4 月全国)中国无产阶级革命文学运动兴起于(　　)。

A."五四"新文化运动时期　　　　B."五卅"运动时期

C. 大革命失败之后　　　　　　　D."左联"成立之后

【答案与解析】

C。无产阶级革命文学的倡导和兴起有着特定的历史背景和深刻的历史原因。其一是大革命失败以后,现实政治斗争和新的革命形势,要求无产阶级在文学上提出自己明确的口号,建设无产阶级文学。

**◾ 牛刀小试**

【单选题】

发起无产阶级革命文学运动的主要社团,除了创造社,还有(　　)。

A. 太阳社　　　　B. 未名社　　　　C. 文学研究会　　　　D. 沉钟社

【答案与解析】

A。无产阶级革命文学运动首先由后期创造社和太阳社成员发起。太阳社于 1927 年年底成立,主要成员有蒋光慈、钱杏邨、孟超等,出版刊物有《太阳月刊》《海风周刊》等。

## 2. "中国左翼作家联盟"的成立以及主要的文学活动

**◾ 官方描述**

　　**中国左翼作家联盟**:简称左联,于 **1930 年**在上海成立。主要人物有茅盾、钱杏邨、鲁迅、田汉等。"站在无产阶级解放斗争的战线上""援助而且从事无产阶级艺术的产生"是左联的理论纲领和奋斗目标。**鲁迅还在成立大会上作了著名的《对于左翼作家联盟的意见》的演讲**。左联于 **1936 年自动解散**,完成了它的历史使命。左联先后出版的刊物有:《北斗》《文学月报》《文学导报》。

　　"左联"进行的主要文学活动和论争

- 加强了对马克思主义文艺理论的译介与传播。周扬的《社会主义的现实主义与革命的浪漫主义》,**第一次**向国内介绍了"社会主义现实主义"的理论。
- 自觉地加强了与世界文学,特别是世界无产阶级文学运动的联系;介绍并引进苏联文学和西方进步文学的作家作品。
- 推进文艺大众化运动。左联将文学的大众化作为建设无产阶级革命文学的"**第一个重大问题**"。

- 积极开展创作。左联作家如鲁迅、茅盾、丁玲、张天翼等都有出色的成就,同时也培养了大批新作家。
- 1935 年"一二·九"运动爆发,在全民族抗日救亡运动的推动下,由左翼作家周扬、郭沫若等提出的"**国防文学**"口号,之后,胡风、冯雪峰为补救其不足,提出了"**民族革命战争的大众文学**"口号,于是出现了论争。鲁迅为此写了《**论我们现在的文学运动**》《**答徐懋庸并关于抗日统一战线问题**》,主张两个口号并存,并解释了抗日统一战线内部的关系。

### 名师讲解

本部分内容中,有关左联的考题相对比较集中,常常作为考查的重点。因此,它的成立情况以及这期间所发生的文学活动和论争,考生都应该进行识记。考查方式以名词解释和简答题为主。

### 真题演练

【单选题】

(2016 年 10 月全国)1936 年,左翼文学界内部发生了"两个口号"的论争,其中提出"国防文学"口号的是(　　)。

A. 鲁迅　　　　　B. 瞿秋白　　　　　C. 夏衍　　　　　D. 周扬

【答案与解析】

D。1935 年"一二·九"运动爆发,左翼作家周扬、郭沫若等提出"国防文学"口号。

【简答题】

(2015 年 4 月全国)简述"左联"成立后主要开展的文学活动。

【答案与解析】

(1) 加强对马克思主义文艺理论的译介与传播。

(2) 自觉地加强了与世界文学,特别是世界无产阶级文学运动的联系。

(3) 推进文艺大众化运动。

(4) 积极从事创作,鲁迅、茅盾、丁玲等都有出色的成就,同时培养了大批新作家。

### 牛刀小试

【单选题】

"左联"成立后,第一次向国内介绍社会主义现实主义理论,发表了《社会主义的现实主义与革命的浪漫主义》的理论家是(　　)。

A. 夏衍　　　　　B. 周扬　　　　　C. 冯雪峰　　　　　D. 茅盾

【答案与解析】

B。"左联"成立后,第一次向国内介绍社会主义现实主义理论的理论家是周扬。他发表了《社会主义的现实主义与革命的浪漫主义》。

## 3. 30年代较为重大的文学论争

### ■ 官方描述

（1）关于"文学基于普遍人性"的论争

- 这场论争于1928—1930年发生在**左翼作家与新月派理论家梁实秋**之间。
- 梁实秋针对左翼作家提倡的无产阶级文学，在《文学与革命》《文学是有阶级性的吗?》等文章中主张"文学乃是基于固定的普遍的人性"，提出"文学是没有阶级性的"，主张"天才"创造文学。
- **鲁迅**指出文学只有通过人，才能表现"人性"；然而"一用人，而且还在阶级社会里，即断不能免掉所属的阶级性"。鲁迅还指出文学与阶级性的关系，是都带，而非"只有"。

（2）关于"文艺自由"的论争

- "文艺自由"的论争发生在**胡秋原**、**苏汶**和左翼作家之间，争论的焦点是文艺与政治的关系。
- 1931年年底，以"**自由人**"自诩的胡秋原，连续发表文章，谈"文学与艺术，至死也是自由的，民主的"，在左翼文学与国民党民族主义文学之间左右开弓。瞿秋白、冯雪峰著文批判。
- 苏汶自称代表"作者之群"的"**第三种人**"为胡秋原辩解，展开论战。争论的焦点是文艺与政治的关系。苏汶等反对政治"干涉"文学，强调文学真实性的独立地位。
- 左翼的反批评对于文艺与政治的关系有所阐发，有时却又不免趋向另一极端。**歌特（张闻天）**维护了文学真实性标准的独立价值，对真实性与党性、政治倾向性作了较为辩证的分析。

（3）关于"大众语"的论争

- 这场论争是由1934年5月汪懋祖、许梦因等发动"**文言复兴运动**"引起的。
- 6月，进步作家集会，决定掀起反对文言、保卫白话的运动，展开大众语的讨论。**论争的焦点集中于文学语言问题**。论争总结了"五四""文白之争"以后文学语言发展的经验教训，批评了"欧化"与"半文半白"的倾向，纠正了一些作家否定白话的错误，探讨了现代文学语言的特点及其发展的方向。
- 此外，20世纪30年代还有左翼作家对林语堂、周作人"**性灵文学**"的批判；左翼作家与朱光潜、沈从文等的论辩，这些**京派理论**强调文学与时代、政治的"距离"，追求所谓人性的、永久的文学价值。

### ■ 名师讲解

本部分内容中，有关20世纪30年代文坛的重大论争的考题相对比较集中，常常作为考查的重点。因此,不管是三个论争中的代表性人物或是代表性观点,考生都应该进行细致化的记忆。考查方式以选择题为主。

**■ 真题演练**

【单选题】

1.（2008年7月全国）在中国现代文学思潮史上,胡秋原曾经属于（　　）。

　　A. 学衡派　　　　　B. 战国策派　　　　　C."自由人"　　　　　D."第三种人"

【答案与解析】

C。1931年年底,自称"自由人"的胡秋原连续发表文章,谈"文学与艺术,至死也是自由的,民主的",在左翼文学与国民党民族主义文学之间左右开弓。

2.（2017年10月全国）1928—1930年发生关于"文学基于普遍人性"的论争,作为新月派理论代表参加论争的是（　　）。

　　A. 闻一多　　　　　B. 徐志摩　　　　　C. 梁实秋　　　　　D. 胡适

【答案与解析】

C。关于"文学基于普遍人性"的论争于1928—1930年发生在左翼作家与新月派理论家梁实秋之间。

## 4. 30年代文学发展的基本面貌和创作特点以及台湾文学和香港文学发展的情况

**■ 官方描述**

（1）20世纪30年代文学发展的基本面貌和创作特点

- 基本面貌:左翼文学运动和民主主义作家的文学活动,构成了20世纪30年代文学发展的基本面貌。后者更作出了巨大的贡献,出现了老舍、巴金、曹禺、沈从文等卓然的作家。

- 创作特点:从**文学内容**上看,运用科学的社会理论（如茅盾等左翼作家）剖析中国社会;由文化层面（如老舍和京派作家）批判社会、探究人生;题材内容空前广泛,涉及中国社会各阶层生活,表现农村破产、农民的苦难和反抗斗争的内容尤为突出;新兴的都市文学引人瞩目。

　　从**文学形式**上看:长篇叙事文学,特别是长篇小说形式日趋成熟,抒情写意小说得到长足发展;戏剧、诗歌、散文也都有长足发展。

　　从**创作方法**上考查:浪漫主义在变异中发展;现代主义崭露头角;现实主义成为主流,同时又包容浪漫主义、现代主义的方法技巧。文学理论批评,呈多元发展态势。

（2）20 世纪 30 年代台湾新文学发展的主要特点

- 一是受世界性的左翼文学思潮的影响,无产阶级文艺开始兴起。1934 年,以实行文艺群众化为进取目标的"**台湾文艺联盟**"成立,1930—1931 年间,出现了**倡导无产阶级文艺性质的刊物**《伍人报》《台湾战线》《台湾文学》等。

- 二是乡土文学的观念成为一个重要的内容。这主要集中在乡土文学的论战,代表性的文章有**黄石辉**的《怎样不提倡乡土文学》《再谈乡土文学》以及**郭秋生**的《建设台湾白话文—提案》《建设台湾话文》等。黄、郭二人的主张引发了**台湾新文学史上的第一场乡土文学论争**。

- 三是出现了真正的**专业文学杂志和文学社团**,出现了一批有影响的作家和作品。重要的文学刊物主要有《南音》《福尔摩沙》《先发部队》(《第一线》)、《台湾文艺》和《台湾新文学》等。**主要的文学社团有"盐分地带派"和风车诗社**。在创作上,出现了台湾新文学创作的繁荣景象。

（3）20 世纪 30 年代香港新文学的产生和文学创作情况

- 由于香港新文学的出现比内地的新文学晚将近十年,因此到 20 世纪 20 年代末 30 年代初,香港新文学才开始成型。1928 年 8 月,香港的**第一本**新文学杂志《**伴侣**》创刊。**1929 年**春,香港的**第一个**文学社团"**岛上社**"成立。它们标志着香港新文学在 20 年代末正式登上了历史舞台。

- 这一时期的重要作家作品有:小说家、诗人侣伦的小说《殿薇》、诗歌《讯病》;诗人**陈江帆**的诗集《**南国风**》;路易士的诗集《行过之生命》等。

### ▣ 名师讲解

本部分知识点,虽然在历年来的考题中涉及概率较小,但却是了解整个 20 世纪 30 年代文学必不可少的部分。针对这部分内容,考生在复习时可作常识性理解,对标记重点的部分稍作记忆即可。

### ▣ 牛刀小试

【单选题】

1. 香港的第一本新文学杂志是(        )。

　　A.《伍人报》　　　B.《台湾战线》　　　C.《台湾文学》　　　D.《伴侣》

【答案与解析】

D。1928 年 8 月,香港的第一本新文学杂志《伴侣》创刊。

# 第二节 茅 盾 ☆☆☆

## 一、概述 ☆☆☆

### 官方描述

茅盾(1896—1981)，原名沈德鸿，字雁冰。中国现代知名作家及文学评论家。早在 1920 年年初，**他就发表了《现在文学家的责任是什么?》和《新旧文学平议之评议》等论文**，为"五四"新文化运动摇旗助阵，其中提出的**"文学为人生"的主张**，更是成为稍后成立的文学研究会基本精神的先声。1921 年加入中国共产党，置身于社会革命的旋涡中，复杂的生活经验为其以后的创作提供了丰富的素材。

1927 年大革命失败，茅盾陷入痛苦和迷惘。**这一时期他写作了《从轱岭到东京》等论文以及小说《蚀》三部曲，典型地表现了他的矛盾复杂心态。**1949 年 10 月被任命为文化部部长。他死后留下的稿费建立了**"茅盾文学奖"**，作为当代长篇小说的一个重要奖项。

### 1. 茅盾的主要文学作品

- 长篇小说：创作于 1929 年的长篇小说《虹》，故事的时代背景是从"五四"到"五卅"，塑造了主人公**梅行素女士**的人物形象，标志着茅盾试图以一种表现知识分子与人民大众相结合的方式走出昔日的彷徨阴影。创作于 1933 年的《子夜》，奠定了茅盾中国现代文学史上的重要地位。1940 年前后，他又创作了**《腐蚀》和《霜叶红似二月花》**（第一部)，其中《腐蚀》塑造了主人公**赵惠明**这个女性形象，以**日记体的形式**展现其矛盾复杂的内心世界，是茅盾小说创作的又一高峰，其中，暴露、抨击了国民党特务黑暗统治。

- 中篇小说：《蚀》三部曲（《幻灭》《动摇》《追求》）；《林家铺子》。

- 短篇小说："农村三部曲"（《春蚕》《秋收》《残冬》），《春蚕》是茅盾一篇描写浓郁江南水乡风土人情味的风俗画作品，反映农村生活，是三部曲的第一篇；《野蔷薇》。

- 散文：《卖豆腐的哨子》《白杨礼赞》。

### 2. 茅盾为中国现代小说的成熟与发展所作出的贡献

- 他的贡献体现在其丰富的创作成果和富有特色的艺术创作特点上。

- 他的小说最大的特点在于关注时代的风云变幻，表现时代风采。其作品多选择表现社会的重大题材，侧重对社会作全面而广阔的全景式摹画。另外，强调恢宏阔大的结构安排,具有纵横捭阖的宏大气势。其较强的理念色彩显示出作者对社会冷峻深刻的解剖力,但也往往导致作品的艺术性、形象性不足。

- 他遵循现实主义的表现方法。对现实的客观的切实的描写、真实地再现现实生活,是茅盾创作的突出特点。在其影响下,现代文学史上曾出现了一大批追随他的创作风格的作者和作品,茅盾和这些作家的创作被后来一些文学史家称为"**社会剖析派小说**"。

# 3. 社会剖析派小说

**社会剖析派小说**是在茅盾的《子夜》等作品影响下形成的一种小说类型。其特点是多表现社会的重大题材,采用典型环境中的典型人物的创作手法反映重大的社会问题,侧重对生活作全面而广阔的全景式展示。结构恢宏阔大,具有纵横捭阖的宏大气势。在写实风格中具有较强的理念色彩,致力于表现时代的主题和社会发展规律。

## ■ 名师讲解

此知识点主要以选择题形式考查,考生需掌握茅盾的主要文学作品,此外"社会剖析派小说"常以名词解释形式考查,请考生留意。

## ■ 真题演练

【单选题】

(2014年4月全国)茅盾采用日记体形式的小说是(　　)。

A.《蚀》 　　　　　　　　　　　　B.《虹》

C.《腐蚀》 　　　　　　　　　　　D.《霜叶红似二月花》

【答案与解析】

C。长篇小说《腐蚀》的内容是以日记体形式展示人物复杂矛盾的内心世界,控诉国民党特务统治。

【多选题】

(2008年4月全国)下面属于茅盾的短篇小说有(　　)。

A.《林家铺子》 　　B.《残冬》 　　C.《腐蚀》 　　D.《秋收》

E.《春蚕》

【答案与解析】

BDE。茅盾的短篇小说"农村三部曲"是《春蚕》《秋收》《残冬》,中篇小说有《林家铺子》,长篇小说有《腐蚀》。

## ■ 牛刀小试

【名词解释题】

社会剖析派小说

【答案与解析】

（1）在茅盾的《子夜》等作品影响下形成的一种小说类型。

（2）表现社会的重大题材,采用典型环境中的典型人物的创作手法,侧重对生活作全面而广阔的全景式展示。

（3）结构恢宏阔大,具有纵横捭阖的宏大气势。

（4）在写实风格中具有较强的理念色彩,致力于表现时代的主题和社会发展规律。

## 二、《蚀》《野蔷薇》☆ ☆ ☆

### ◼ 官方描述

《蚀》

### 1. 《蚀》三部曲的思想内容

《蚀》是茅盾创作的小说处女作,由三个相互联系的中篇所组成:《幻灭》《动摇》《追求》。三部曲既有联系又有区别,整个作品以大革命前后一群小资产阶级知识青年的生活经历和心灵历程为题材,深刻地揭示了革命中的各种矛盾和阶级分化。

### 2. 《蚀》的创作动机

创作动机:"表现青年在革命壮潮中所经历的三个时期"。

（1）革命前夕的亢奋和革命到来时的**幻灭**;

（2）革命斗争剧烈时的**动摇**;

（3）幻灭、动摇后不甘寂寞的**追求**。

### 3. 《蚀》的介绍

（1）《幻灭》:小资产阶级女性对个性解放的由追求到幻灭的全过程。

静女士：读书—爱情—革命—性爱,小资产阶级的软弱和不切实际。

（2）《动摇》：侧重于对知识分子生存的社会现实环境的再现。

方罗兰：对于反革命势力态度的动摇;妻子和情人之间的动摇。

胡国光：伪装成革命者导致革命政权的动摇。

（3）《追求》：大革命失败后知识分子人生追求的悲剧。

张曼青：教育强国。

王仲昭：新闻改革;爱情治愈。

章秋柳女士：肉欲的放纵;以死亡追求新生。

## 4. 《蚀》的艺术特色

### （1）再现与表现

作品采用了两种不同的描写视角,描写了一群小资产阶级知识分子的形象,相当逼真地反映了大革命前后社会生活的动荡,具有鲜明现实主义的创作特征。

### （2）现实与象征相结合

《追求》本是想写成"又重新点燃希望的火炬,去追求光明了"的,然而结局却是"幻灭",它超出了客观描写的本意,而趋于本能的表现。作者常以象征主义手法赋予物体、自然景物等以特定的内涵。

### 《野蔷薇》

短篇小说集《野蔷薇》的主要内容和艺术价值

**主要内容**：《野蔷薇》是茅盾1929年7月出版的短篇小说集,它**收录了**作者创作于1928年至1929年的《创造》《自杀》《诗与散文》《一个女性》《昙》5篇短篇小说。这些作品都以恋爱为题材,通过对时代青年知识分子生活苦闷、寄希望于爱情而最终又只能在迷惘中盘旋的现实心灵状况的描写,**表现与《蚀》相近的"追求"与"幻灭"的主题**。

**艺术价值**：《野蔷薇》的突出意义体现在其艺术价值上。在创作中,茅盾较多地借鉴了现代西方文学的表现方法,尤为突出的是作品细腻真切的心理描写和运用环境氛围对人物心理的渲染烘托,使作品具有独特魅力和艺术价值。

### ■ 名师讲解

本知识点考查的重点在《蚀》三部曲,常以选择题的形式对内容作细致化的考核,因此,考生应进行区别记忆。近年来,《野蔷薇》常作为出题方向,考生在复习时,需特别注意。

### ■ 真题演练

【单选题】

1. （2007年4月全国）茅盾的《蚀》三部曲包括的三部作品是(　　　)。

    A. 《幻灭》《彷徨》《追求》           B. 《呐喊》《动摇》《追求》

C.《幻灭》《动摇》《新生》　　　　　　D.《幻灭》《动摇》《追求》

【答案与解析】

D。《蚀》是茅盾小说创作的处女作，它由三个各自独立成篇、相互间又有内在联系的中篇小说《幻灭》《动摇》《追求》所组成。

2.（2014年10月全国）塑造了章秋柳形象的小说是（　　）。

A.《幻灭》　　　B.《虹》　　　C.《动摇》　　　D.《追求》

【答案与解析】

D。《追求》写的是大革命失败以后知识分子的人生追求悲剧。作品主要写了三类人物的追求道路。一个是主张教育强国的张曼青，一个是从事新闻工作的王仲昭，作品塑造得最成功的人物形象是章秋柳，她追求肉欲的放纵，但却以死亡追求新生。

■ 牛刀小试

【单选题】

《野蔷薇》是茅盾的短篇小说集，收录的作品不包括（　　）。

A.《子夜》　　　B.《创造》　　　C.《自杀》　　　D.《一个女性》

【答案与解析】

A。《野蔷薇》是茅盾的短篇小说集，收录的作品有《创造》《自杀》《一个女性》《诗与散文》《昙》五篇短篇小说。

# 三、《子夜》

■ 官方描述

《子夜》是茅盾的长篇小说代表作，它的问世，**标志着中国现代长篇小说发展的成熟**。《子夜》一问世，即引起很大的社会反响，有论者把作品出版的1933年称为"《子夜》年"。

## 1.《子夜》的思想意义

反映中国社会三方面的内容：

（1）民族工业在帝国主义经济侵略的压迫下，在世界经济恐慌的影响下，在农村破产的环境下，为要自保，使用更加残酷的手段加紧对工人阶级的剥削。

（2）工人阶级斗争。

（3）当时的南北大战农村经济破产以及农民暴动又加深了民族工业的恐慌。

《子夜》把20世纪30年代从农村到城市的错综复杂的阶级关系和社会矛盾交织在一起，**再现了中国的全景式生活图画**，并且揭示出半殖民地半封建的中国，**不可能走资本主义道路**，反而更加殖民化了。

## 2.《子夜》的人物形象

赵伯韬是个买办资产阶级的形象：
（1）他是美国垄断资产阶级的走狗，并且与反动统治阶级有关系。
（2）作者还用他荒淫的生活方式来揭示他骄奢的性格特征。

屠维岳：资本家的走狗，从反抗资本家到死心卖命。　←　《子夜》人物形象塑造　→　冯云卿：乡下地主，为经济私利出卖女儿。

吴荪甫是《子夜》的主要人物，是20世纪30年代中国民族工业资本家的典型。吴荪甫资本雄厚，又竭尽全力地奋斗，但仍无法改变惨遭破产的悲剧命运。他充分体现了民族资产阶级的双重矛盾性：（1）对帝国主义、买办资产阶级、封建主义的不满；面对工农运动和革命武装极端恐惧与仇视。（2）对统治阶级的腐败制度与军阀混战的局面不满；又依靠反动势力镇压工人农民运动。吴荪甫的形象及其失败命运，形象地揭示了当时中国社会的半殖民地半封建性质，更昭示了资本主义道路在中国是行不通的。

## 3.《子夜》的艺术特色

**（1）纷繁复杂的人物世界、宏大宽阔的社会场景、气势宏伟的艺术构架**

作品以吴荪甫为矛盾冲突的轴心，辐射出各种人物和事件。几条线索错落有致地进行铺叙，其中以吴赵斗法为整个作品的主线，以此带动其他几条线索的展开，使之融合为一个有机的整体。整个作品的情节发展十分紧凑，时间跨度小，人物众多，经纬交会地建成了《子夜》这部作品的"网状结构"。

**（2）对生活场景的准确描写**

《子夜》描绘的生活场景非常广泛，勾勒了一幅时代生活的真实图画。

**（3）人物塑造细致真实**

A.采用传统的肖像描写、人物语言描写以及细节描写的方法刻画人物。

B.心理描写，意识和幻觉的描绘。

**（4）运用象征的手法。**

《太上感应篇》在作品中几次出现，象征封建制度和思想的没落。

（5）**缺陷**

人物塑造的概念化,主题的理念化。

**■ 名师讲解**

《子夜》是茅盾文学创作中最具代表性的一部长篇小说,主要涉及的三个方面,如思想意义、人物形象以及艺术特色都是可能考查的知识点,除了常考的选择题形式,主观题也应该注意一下,考生可进行理解性记忆。

**■ 真题演练**

【单选题】

(2007 年 4 月全国)属于茅盾《子夜》中创造的民族资本家形象的是(　　　)。

A．周朴园　　　　　B．吴荪甫　　　　　C．潘月亭　　　　　D．赵伯韬

【答案与解析】

B。吴荪甫是茅盾《子夜》的主要人物,是 30 年代中国民族工业资本家的典型。

# 第三节　巴　金 ☆☆☆

## 一、概述 ☆☆☆

**■ 官方描述**

### 1. 巴金的生平和文学创作情况

巴金,原名李尧棠,字芾甘,1904 年生于四川成都一个封建官僚家庭。"五四"运动后受新思潮影响参加社会活动。接触克鲁泡特金的政论《告少年》、廖抗夫的剧本《夜未央》,被**无政府主义激进的思想**吸引,这成为其最初的人生信仰。巴金早期世界观的实质是"把革命民主主义的内核裹藏在无政府主义的外衣之中"。1923 年到上海、南京求学。1927 年赴法国留学,参加无政府主义活动,成为真诚的理想主义者。但政治活动失败使之陷入矛盾和痛苦中,转向文学来宣泄自己的感情,**1928 年创作处女作《灭亡》**。

### 2. 巴金主要小说作品

《灭亡》:是巴金**第一部带有自传色彩的中篇小说**。作品详尽地表现了有着"恨人类"思想的主人公杜大心的形象。

《激流三部曲》:《**家**》《**春**》《**秋**》。

《火》三部曲又称抗战三部曲。

《爱情三部曲》:《**雾**》《**雨**》《**电**》,表现社会革命、探索青年革命道路。

### 3. 巴金短篇小说种类

第一类,数量较多又具特色,以**反映外国人民的生活**为主。这是巴金的一个独特贡献。主要集中在《复仇集》《电椅集》《沉默集(二)》等,主要是在法国和日本的见闻。还有反映法国**大革命**的,共 3 篇:《马拉的死》《丹东的悲哀》《罗伯斯庇尔的秘密》。

第二类,**反映国内各阶层人民的苦难生活以及他们的反抗斗争**。有《将军集》《抹布集》。

第三类,**童话**。主要收在《长生塔》中。有些童话没有儿童文学的特点,只是表达他的政治目的。

### 4. 巴金短篇小说创作的特点

**在形式上**,由于作家创作一贯偏向于感情的宣泄,巴金多采用"第一人称写小说"。

**在人物塑造上**,巴金注重对人物心灵的探索,并从人的心理角度来透视社会,注重人物的复杂性格。

**在结构上**,巴金往往由一个说故事的主人公来对读者娓娓道来,有时大故事套小故事,抑或是几个不相关的故事互相交织,表达共同的主题。

**■ 名师讲解**

巴金先生是一位富有激情的作家,本知识点考查方式多是选择题,他早期所受无政府主义的影响常常作为出题点,另外有关他的主要作品也是常考的内容。建议考生有时间选读一些他的作品。

**■ 真题演练**

【单选题】

(2005 年 4 月全国)巴金创作的第一部小说是(  )。

A.《家》          B.《雾》          C.《灭亡》          D.《新生》

【答案与解析】

C。1927 年巴金赴法国留学,参加无政府主义活动,成为真诚的理想主义者。但政治活动失败使之陷入矛盾和痛苦中,他转向文学来宣泄自己的感情,1928 年创作处女作《灭亡》。

【多选题】

(2016 年 10 月全国)巴金的《爱情三部曲》由三个中篇构成,它们是(  )。

A.《雾》          B.《春》          C.《雨》          D.《电》

E.《秋》

【答案与解析】

ACD。巴金的《爱情三部曲》包括《雾》《雨》《电》三篇,表现了对社会革命的探索。

■ 牛刀小试

【单选题】

巴金的童话类作品主要收录在( )。

A.《长生塔》　　　　B.《抹布集》　　　　C.《陈落集》　　　　D.《光明集》

【答案与解析】

A。巴金的童话类作品主要收录在《长生塔》中,有些童话没有儿童文学的特点,只是表达他的政治目的。

## 二、《激流三部曲》

■ 官方描述

### 1.《激流三部曲》的主要思想内容

《激流三部曲》由《家》《春》《秋》三部长篇组成。其中《家》的**成就最高**,影响最大。《激流三部曲》所反映的时间是从 1919 年至 1924 年,背景是四川成都。

其思想内容为**控诉封建大家庭的罪恶腐朽**,描述其走向崩溃,表现了**青年一代的呼声**及其对整个旧社会旧制度的批判性斗争。

《家》描写高家祖孙之间的矛盾,以**瑞珏**、**梅**、**鸣凤三个女性的悲剧**控诉封建家庭的罪恶,以**觉民抗婚**、**觉慧出走**表现了青年一代民主主义的觉醒和反抗,**高老太爷在绝望中死去**标志着封建大家庭开始走向崩溃。

《春》继续这一主题。蕙和觉新相爱,但由于封建包办婚姻酿成了悲剧;淑英则在觉民等的帮助下,敢于反抗包办婚姻离家到上海,走上新生。

《秋》写封建大家庭彻底崩溃。一方面一些年轻生命的悲剧在继续;另一方面败家子变本加厉地挥霍,最后把高公馆卖掉,大家族解体。

### 2.《激流三部曲》的主要艺术特色

● 作品具有很高的**典型化**程度。作品将高家作为整个社会的代表或"缩影"来写。高家金字塔形的权力结构集中体现了几千年的中国社会的封建专制主义的法则,作品所描写的社会生活和揭示的问题都有着很强的典型性。

● 在**塑造人物形象**方面,注重发掘人物的内心世界。尤其是在表现肯定型人物时,巴金重在刻画人物内在的心灵美、人情美,重在传情。

● 在结构上以事件为主线索,以场面串联故事。例如《家》中的学潮、过年、军阀混战、鸣凤之死,等等,将大小事件联结在一起,通过场面描写把各种人物汇聚起来,构成了网状的结。

- 在风俗画的描写中寄寓作家强烈的道德评判。旨在揭示风俗画描写背后的阶级对立,否定其背后的社会表征。

## 3. 人物形象塑造

高觉慧:大胆而幼稚的叛逆者,封建家庭的掘墓人。

(1)反抗封建政治

(2)反抗封建家庭制度

(3)反抗封建陋习,如封建阶级的荒淫和迷信

(4)反抗封建婚姻制度

(5)反抗封建等级制度

(6)反对封建迷信

(7)离家出走,表现了他与旧家庭的决裂

高觉新:是一个重要的**贯穿全书的中心人物**,是矛盾而病态的封建家庭制度的牺牲品,属于典型的"多余人"形象。

(1)对封建家庭制度的俯首听命

在封建等级制度和封建传统思想的毒害下,觉新处处怕别人说闲话,时时考虑"光宗耀祖",担心高家从他手中败落,害怕承担不孝的罪名。

(2)内心无法压抑对自由的渴望

觉新是一个受过新式教育的思想进步的青年,他的内心也有属于自己的对于自由、对于感情的渴望,但是在家庭、在自幼受到的传统思想的影响下,他却只能默默压抑这种渴望。

(3)懦弱苟且国民性的典型代表

觉新所代表的不仅仅是自己,更是一代青年知识分子的处境,他们是新时代的新青年,但旧思想旧制度却在他们身上烙下了深深的烙印,挣扎、动摇是他们共同的心理

高老太爷:作家着重突出了他性格中的专横、虚伪和孤独感。他是封建大家族的专制家长,作品揭露了封建宗法家族制度压抑自由、制造悲剧的负面品性。高老太爷的衰朽也预示封建大家族的衰落。

作品还揭示了他处于新旧交替时代所具有的矛盾的文化心态。

📖 **名师讲解**

《激流三部曲》中,重点考查的对象是人物形象的塑造,因此,要求考生针对性记忆,它是论述题的常考内容。

■ **真题演练**

【单选题】

(2008 年 4 月全国)属于小说巴金《家》中的一组女性形象是(　　　)。

A. 梅、瑞珏、愫芳    B. 鸣凤、梅、曾树生    C. 梅、鸣凤、瑞珏    D. 鸣凤、愫芳、瑞珏

【答案与解析】

C。巴金的作品《家》描写高家祖孙之间的矛盾,以瑞珏、梅、鸣凤三个女性的悲剧控诉封建家庭的罪恶,以觉民抗婚、觉慧出走表现了青年一代民主主义的觉醒和反抗,高老太爷在绝望中死去标志着封建大家庭开始走向崩溃。

【论述题】

(2017 年 4 月全国)结合作品,分析巴金《家》中的觉新形象。

【答案与解析】

觉新是一个重要的贯穿全书的中心人物,是矛盾而病态的封建家庭制度的牺牲品,属于典型的"多余人"形象。

(1) 对封建家庭制度的俯首听命

在封建等级制度和封建传统思想的毒害下,他处处怕别人说闲话,时时考虑"光宗耀祖",担心高家从他手中败落,害怕承担不孝的罪名。

(2) 内心无法压抑对自由的渴望

觉新是一个受过新式教育的思想进步的青年,他的内心也有属于自己的对于自由、对于感情的渴望,但是在家庭、在自幼受到的传统思想的影响下,他却只能默默压抑这种渴望。

(3) 懦弱苟且国民性的典型代表

觉新所代表的不仅仅是自己,更是一代青年知识分子的处境,他们是新时代的新青年,但旧思想旧制度却在他们身上烙下了深深的烙印,挣扎、动摇是他们共同的心理。

# 三、《寒夜》《憩园》

■ **官方描述**

| 《寒夜》 | |
|---|---|
| 主题思想 | 《寒夜》是最能**代表巴金 40 年代创作水平与风格**的一部长篇力作。作品的**思想主题**是通过一个小公务员在现实生活的重压下所经历的家庭破裂的悲剧,来揭示旧中国正直善良的知识分子的命运,**暴露了抗战后期"国统区"的黑暗现实**。作品的主要人物是**汪文宣**和他的母亲以及他的**妻子曾树生** |
| 风格特征 | 《寒夜》体现了巴金的美学思想"无技巧的艺术",**由"热"转"冷"**,标志着巴金在现实主义艺术探索中所达到的最高成就 |

| | |
|---|---|
| 艺术成就 | 《寒夜》在艺术上最突出的成就在于详尽地刻画了**汪文宣**这个人物的屈辱心理,深刻地表现了他被侮辱被损害的病态灵魂以及造成他心灵创伤的社会原因。而**曾树生**也是小说中刻画得比较有深度的人物,是一种反道德、重自我的新型女性形象<br>《寒夜》在艺术上达到了巴金追求的**无技巧境界**,风格朴素自然,是其最优秀成熟的现实主义杰作。抗战时重庆的典型环境揭示出人物命运的社会根源;情节发展在日常生活琐事中推进;人物平凡,具有复杂性格和感情;大量客观生活细节和日常生活琐事描写支撑了小说框架 |

| 《憩园》 | |
|---|---|
| 主要内容 | 如果说《激流三部曲》揭示的是封建专制制度对蓬勃向上的年青一代的扼杀的话,那么,《**憩园**》则反映了这种腐朽的制度对其自身成员人性的扭曲与毒害<br>《憩园》以抗战时期国统区的中心城市重庆为背景,通过对一个叫"憩园"的花园豪宅的精细叙述,揭示了封建地主阶级寄生生活对人的生存能力以及精神空间的巨大腐蚀 |
| 艺术风格 | 《憩园》的艺术风格与巴金其他作品均有不同,既有游子归家寻梦的怀旧情绪,又有对人事变迁的哀伤、感慨。对于自己笔下的这些行将衰亡的人物,作家同情多于愤怒,叹息多于批判,通篇是凄美的、抒情的调子,文字舒缓、婉约 |

## 名师讲解

《寒夜》《憩园》代表了巴金 20 世纪 40 年代以后的创作情况,本知识点涉及的考题相对来说比较少,但因为历年真题中也有涉及,因此需要考生注意识记。

## 真题演练

【单选题】

(2009 年 4 月全国)曾树生这个人物出自于(       )。

A.《雾》          B.《第四病室》          C.《寒夜》          D.《憩园》

【答案与解析】

C。在巴金的《寒夜》这部作品中的主要人物是汪文宣和他的母亲以及妻子曾树生,抗战期间,一家人从上海来到四川。

## 牛刀小试

【单选题】

巴金揭示旧中国正直善良的知识分子命运,暴露抗战后期"国统区"黑暗现实的作品是

(       )。

A.《寒夜》　　　　　B.《憩园》　　　　　C.《家》　　　　　D.《蚀》

【答案与解析】

A。《寒夜》是最能代表巴金 40 年代创作水平与风格的一部长篇力作。作品的思想主题是通过一个小公务员在现实生活的重压下所经历的家庭破裂的悲剧，来揭示旧中国正直善良的知识分子的命运，暴露了抗战后期"国统区"的黑暗现实。作品的主要人物是汪文宣和他的母亲以及他的妻子曾树生。

# 第四节　老　舍 ☆☆☆

## 一、概述 ☆☆☆

■ 官方描述

### 1. 老舍生平简介

- 老舍（1899—1966），本名舒庆春，生于北京，字舍予，满族正红旗人，1951 年获得"人民艺术家"称号。

### 2. 老舍的文学特色及成就

- 老舍的文学语言通俗简易，朴实无华，幽默诙谐，具有较强的北京韵味。

- 老舍是**北京市民文化的表现者和批判者**，中国人的国民性在市民阶层中体现得相当充分，北京则是保存中华民族传统文化最典型、最突出的文化古城。老舍是中国现代文学史上最有成就的**幽默小说家**，还是**文学语言大师**。

### 3. 老舍的主要小说作品

老舍的主要长篇小说

| 时 期 | 作 品 | 简 介 |
|---|---|---|
| 在英国任讲师期间 | 《老张的哲学》（1926） | 信奉"钱本位"市侩哲学的老张 |
| | 《赵子曰》（1927） | 有着作家希望的李景纯 |
| | 《二马》（1929） | 背景是英国，以马则仁、马威父子从北京到伦敦的生活轨迹为经，以中英两国国民性的比较为纬，展开广阔画面 |

续表

| 时　　期 | 作　　品 | 简　　介 |
|---|---|---|
| 回国后到抗战爆发前 | 《猫城记》(1932) | 讽刺中国古老民族的劣根性以及国民党统治政权的腐败,以科幻小说的形式寄寓对半殖民地半封建的旧中国国民性的严厉批判的主导倾向 |
| | 《离婚》(1933) | 标志着老舍创作思想艺术的新高度,他的适度而有节制的幽默艺术也更成熟了 |
| | 《大明湖》(1930—1931) | 原稿被战火所焚,未能出版 |
| | 《骆驼祥子》(1936) | 劳动者题材 |
| | 《牛天赐传》(1934)、《文博士》(1936—1937) | |
| 抗战爆发到中华人民共和国成立 | 《鼓书艺人》(1949) | 40年代末应邀在美讲学期间写成,该作是老舍城市底层社会生活长卷中不可或缺的组成部分 |
| | 《火葬》(1944)、《四世同堂》(1944—1948,是这一阶段的代表作) | |

老舍的主要短篇小说

| 作　　品 | 简　　介 |
|---|---|
| 《月牙儿》 | 展示了母女两代相继被迫沦为暗娼的悲剧,发出了对非人世界的血泪控诉。以散文诗的抒情笔法来写小说,贯穿全作的"月牙儿"是对主人公悲剧命运的诗意象征 |
| 《微神》 | 写暗娼,具有浓郁的抒情风格 |
| 《断魂枪》 | 写拳师,写时代巨变中名拳师沙子龙的复杂心态 |
| 从抗战爆发到中华人民共和国成立,有短篇小说集《火车集》《贫血集》《东海巴山集》《微神集》 | |

### 📕 名师讲解

本知识点常考查老舍在英国任讲师期间的小说作品,常考题型为选择题。建议考生按照不同时期、不同篇幅来分类学习老舍的主要作品,掌握重要知识点。

### 📕 真题演练

【单选题】

1.(2007年7月全国)标志老舍创作幽默风格成熟的作品是(　　　)。

　　A.《二马》　　　　B.《骆驼祥子》　　　C.《离婚》　　　　D.《月牙儿》

【答案与解析】

C。《离婚》标志着老舍创作思想艺术的新高度,他的适度而有节制的幽默艺术也更成熟了。

2.(2009年7月全国)老舍完成《老张的哲学》《二马》《赵子曰》三部小说的写作是在(　　　)。

A. 美国　　　　　B. 法国　　　　　C. 中国　　　　　D. 英国

【答案与解析】

D。1925 年老舍在英国开始创作长篇小说,是中国现代长篇小说大家。在英国任伦敦大学东方学院中文讲师期间,老舍完成了三部长篇小说:《老张的哲学》(1926)、《赵子曰》(1927)、《二马》(1929),先后在《小说月报》上连载。

3. (2013 年 4 月全国)老舍通过比较中英两个民族文化心理来批判中国国民性的小说是(　　)。

A.《老张的哲学》　　B.《二马》　　C.《赵子曰》　　D.《离婚》

【答案与解析】

B。《二马》以马氏父子从北京到伦敦的生活轨迹为经,以中英两国国民性的比较为纬,展开了较为广阔的画面,并且触及了东西方不同民族之间要求心灵沟通的愿望与这愿望和现实之间的矛盾。

🔳 牛刀小试

【单选题】

老舍小说《猫城记》的主题是(　　)。

A. 同情被侮辱被损害者　　　　　B. 暴露官场腐败

C. 批判国民性　　　　　　　　　D. 反抗旧社会秩序

【答案与解析】

C。老舍的《猫城记》,讽刺中国古老民族的国民劣根性以及国民党统治政权的腐败,以科幻小说的形式寄寓对半殖民地半封建的旧中国国民性的严厉批判。

## 二、《骆驼祥子》

🔳 官方描述

长篇小说《骆驼祥子》最初连载于《宇宙风》杂志(1936 年 9 月—1937 年 10 月),1939 年首版单行本。**主题思想**:小说通过旧北京一个人力车夫的悲剧,表达了对挣扎在社会底层的劳动人民悲苦命运的深切关怀和同情。揭露了把祥子逼进堕落深渊的黑暗社会,说明了仅靠个人奋斗去摆脱贫穷是行不通的。

## 1.《骆驼祥子》的人物形象塑造

| | |
|---|---|
| 祥子 | 身材高大,年轻力壮的洋车夫。为全书灵魂人物。他开始时有自己的奋斗思想,把"车"当成了生命目标。但经历了买车的三起三落,残酷的现实扭曲了他的性格,成了行尸走肉 |

| 虎妞 | 车厂老板刘四爷的女儿,相貌丑陋,心术不正,用计成为祥子之妻。她沾染着剥削者家庭的好逸恶劳、善玩心计的诸般市侩习气,缺乏教养,粗俗刁泼。又是刘四爷的压迫对象和牺牲品 |
|---|---|
| 小福子 | 颇具姿色。父亲酗酒,逼其为妓,抚养两个幼弟。与祥子情投意合 |
| 刘四爷 | 人和车行的老板,为人苛刻,祥子的雇主 |
| 曹先生 | 大学教师,祥子的雇主,社会主义者,是祥子眼中的"圣人" |

## 2. 《骆驼祥子》的主要艺术特色

- **典型人物的塑造**:注重心理描写,写出了"灵的文学"。祥子:由要强到堕落的悲剧经历;虎妞:双重身份的交杂;众多下层人物群像,如小福子、老马祖孙、二强子。
- **地域文化特点**:北京特有的地方文化色彩。
- **京味儿语言**:北京口语,符合人物身份,长短搭配,俗白易懂,又幽默睿智。
- **"拴桩法"的结构**:以"车"为核心,展现了广阔的社会环境和多重人际关系。

**■ 名师讲解**

本知识点的考查比较集中,需要考生掌握这部长篇小说的主题思想、人物塑造以及艺术特色,常以选择题等形式进行考查。老舍最大的特色就是京味儿,善于勾勒北京市民的生活图画。

**■ 真题演练**

【单选题】

(2012年7月全国)虎妞、刘四爷、小福子都出自老舍的小说( )。

A.《离婚》　　　　B.《骆驼祥子》　　C.《四世同堂》　　　D.《鼓书艺人》

【答案与解析】

B。老舍的长篇小说《骆驼祥子》最初连载于《宇宙风》杂志(1936年9月—1937年10月),1939年首版单行本。主要人物:祥子、虎妞、刘四爷、曹先生、小福子等。

# 三、《四世同堂》

**■ 官方描述**

## 1. 《四世同堂》主题和题材的独特性

- 《四世同堂》是老舍的长篇巨构,分《惶惑》《偷生》《饥荒》三部。写人们在古都北平沦陷后,身为亡国奴的精神痛史、恨史,是映现20世纪40年代沦陷区人民心态的一面镜子。他们封闭自守、苟且敷衍、惶惑偷生。小说是民族奋起的启示录,塑造了承载着传统文化的北平市民群像。

- 思想内容：反映的是抗战期间北京沦陷区人民的苦难生活及其觉醒和斗争。作品以祁家为中心，广泛地描写了北京市民阶层的各式人等。

## 2.《四世同堂》人物形象的塑造

| 祁老人 | 是"四世同堂"中祁家的长者。**他思想保守、安分守己、胆小怕事、因循守旧**。老一辈北平市民觉醒的过程，在祁老人身上得到了令人信服的反映 |
|---|---|
| 钱默吟 | 一个旧式知识分子，体现着名士风范和侠义风骨。这个人物体现了老舍对中国传统文化的新的认识：是一种可以革新的基础 |
| 祁瑞丰、冠晓荷 | **民族败类的形象**，老舍刻画得并不脸谱化 |
| 祁瑞宣 | "四世同堂"的祁家第三代，既有从老一代市民身上留下来的性格特征，又接受了新式教育，这就使他的内心和行动都充满了矛盾。祁瑞宣从苦闷中觉醒走向反抗的过程，是体现在他身上的国民精神弱点被逐渐清除的过程，是他不断摆脱传统文化影响的过程 |

## 3.《四世同堂》的主要艺术特色

《四世同堂》文化反思色彩：

（1）小说叙事中心的"四世同堂"之家，实质上是中国礼教文化的象征。

（2）小说以明确的批判意识揭露了浮游在北平市民中的民族劣根性，以理性审视的目光，对"民族的遗传病"作了穿透性的剖析，显示了改造与重塑"国民性"的努力。

《四世同堂》结构特点：

（1）《四世同堂》采用的是长河奔流的结构方式。

（2）小说内容涉及的时间范围很长，包括了八年抗战的全过程。

（3）小说内容涉及的空间范围很广。

（4）在人物关系的设置上，它以小羊圈胡同的祁家四代人为中心，呈辐射型、网络状展开。

（5）老舍善于在铺叙中节制，结构谨严得体，使得现代叙事中具有古典的匀调之美。

### ■ 名师讲解

本知识点的考查比较集中，需要考生掌握这部长篇小说的主题的独特性、人物形象的塑造以及主要艺术特色，常以选择题和简答、论述题等形式进行考查。

**需要注意的是**：《四世同堂》中，《惶惑》《偷生》写于抗战时期，曾报纸连载，出版于抗战胜利之后,《饥荒》在美国讲学期间完成,1949 年曾在美国节译出版。1982 年整部作品在国内出版。

**真题演练**

【单选题】

(2011 年 4 月全国)长篇小说《四世同堂》共分三部,不属于其中之一的是(    )。

A.《惶惑》        B.《偷生》        C.《反抗》        D.《饥荒》

【答案与解析】

C。《四世同堂》是老舍的长篇巨构,分《惶惑》《偷生》《饥荒》三部。写人们在古都北平沦陷后,身为亡国奴的精神痛史、恨史,是映现 20 世纪 40 年代沦陷区人民心态的一面镜子。他们封闭自守、苟且敷衍、惶惑偷生。小说是民族奋起的启示录,塑造了承载着传统文化的北平市民群像。

【论述题】

(2010 年 7 月全国)试述老舍《四世同堂》结构特点。

【答案与解析】

(1)《四世同堂》采用的是长河奔流的结构方式。

(2)小说内容涉及的时间范围很长,包括了八年抗战的全过程。

(3)小说内容涉及的空间范围很广。

(4)在人物关系的设置上,它以小羊圈胡同的祁家四代人为中心,呈辐射型、网络状展开。

(5)老舍善于在铺叙中节制,结构谨严得体,使得现代叙事中具有古典的匀调之美。

**牛刀小试**

【多选题】

《四世同堂》中祁老人的性格特点包括(    )。

A. 安分守己        B. 欺软怕硬        C. 侠义风骨        D. 因循守旧

E. 胆小怕事

【答案与解析】

ADE。祁老人是《四世同堂》中祁家的长者。他思想保守、安分守己、胆小怕事、因循守旧。

# 第五节　沈 从 文 ☆☆☆

## 一、概述 ☆☆☆

🔳 **官方描述**

### 1. 沈从文的生平和文学创作情况

- 原名沈岳焕,笔名休芸芸、甲辰、上官碧、璇若等,乳名茂林,字崇文,湖南凤凰县人。沈从文出生于当地一个颇有名望的行伍世家,**身上流淌着汉族和苗族的血液**。沈从文是现代著名作家、历史文物研究家。**1925 年发表第一篇小说《福生》,1926 年出版第一部创作文集《鸭子》**。沈从文 20 年代起蜚声文坛,与诗人徐志摩、散文家周作人、杂文家鲁迅齐名。他**始终称自己为"乡下人"**。1988 年 5 月 10 日沈从文因心脏病猝发在家中病逝,享年 86 岁。

- 他的文学创作大致可以分为三个时期。1924—1930 年成长期;1931—1938 年丰盛期、成熟期,**中篇小说《边城》、长篇小说《长河》**(第一卷)以及《八骏图》《新与旧》《月下小景》《阿黑小史》《湘行散记》等大量作品都发表于这一时期。**丰硕的创作使其成为京派小说的杰出代表**。1939—1949 年创作数量有所衰减,在散文与小说中都显示了明显的知性。

### 2. 沈从文小说中的两大类题材

| | |
|---|---|
| 湘西世界 | 沈从文正面提取了未被现代文明浸润扭曲的人生形式。《龙朱》《媚金·豹子·与那羊》《神巫之爱》和《月下小景》以民间传说和佛经故事铺衍成篇;《边城》既是现实的,也是理想的,它展示了沈从文的理想的人生形式。在对"乡下人"性格特征的展现中,对湘西乡村儿女人生悲喜剧进行了价值重估 |
| 湘西世界 | 以湘西军伍生活为题材的作品如《入伍后》《会明》《传事兵》《卒伍》《虎雏》《我的教育》等,揭示了人性美。<br>抗战时期的《长河》(第一卷)是在动态的现实中展现乡野素朴的人生形式。作者通过这个"常"与"变"的描写,讴歌了具有朴素道德美的人性,也为在时代大力挤压下美好人性的行将失落唱出了一曲沉痛的挽歌 |
| 现代都市人生 | 都市文化批判系列占据了一个重要的位置,这一系列包括《八骏图》《绅士的太太》《或人的太太》《某夫妇》《大小阮》《有学问的人》《焕乎先生》《一日的故事》等作品。在这类题材中作家展现了他眼中的世界病态。<br>**《八骏图》代表了沈从文都市文化批判的最高成就** |

## 3. 沈从文小说的主要艺术特色

- 善用微笑表现痛苦,描绘田园牧歌式的爱情,显示理想的人生形式。

- 融写实、记梦、象征于一体。

- 散文化的结构,拒绝结构化、戏剧化,以散文的笔调描写自然,追求"人与自然的契合"。

- 语言古朴简峭,古文、白话、湘西方言融为一体,是"文字的魔术师"。

### 名师讲解

本知识点中,沈从文先生的重要作品是考生需要重点识记的内容,常以选择题的形式作细致化的考查,因此,需要考生进行区分性记忆。另外,沈从文小说创作中的两类题材以及主要的艺术特色会以主观题的形式进行考查,因此,需要考生理解性记忆。

### 真题演练

【单选题】

1. (2007年4月全国)自称"乡下人"的沈从文,其民族出身的正确判断应是(    )。

　　A. 汉族作家　　　　B. 土家族作家　　　C. 苗汉血统作家　　D. 回族作家

【答案与解析】

C。沈从文出生于当地一个颇有名望的行伍世家,身上流淌着汉族和苗族的血液。

2. (2014年10月全国)沈从文描写和批判都市文化的小说是(    )。

　　A.《绅士的太太》　　B.《新与旧》　　　C.《长河》　　　　　D.《丈夫》

【答案与解析】

A。在沈从文的小说世界中,都市文化批判系列占据了一个重要的位置,这一系列包括《八骏图》《绅士的太太》《或人的太太》《某夫妇》《大小阮》《有学问的人》《焕乎先生》《一日的故事》等作品。

### 牛刀小试

【多选题】

沈从文的长篇小说主要有(    )。

A.《长河》　　　　　　B.《八骏图》　　　　C.《蜕变》　　　　D.《新与旧》

E.《二月》

【答案与解析】

ABD。1931—1938年是沈从文创作的丰盛期、成熟期,中篇小说《边城》、长篇小说《长河》(第一卷)以及《八骏图》《新与旧》《月下小景》《阿黑小史》《湘行散记》等大量作品都发表于这一时期。

# 二、《边城》

## ■ 官方描述

在川湘交界的茶峒附近,小溪白塔旁边,住着一户人家,只有爷爷**老船夫**和孙女**翠翠**两个人,还有一只颇通人性的黄狗。这一老一小便在渡船上悠然度日。而茶峒城里**有个船总叫顺顺**,他是个洒脱大方、喜欢交朋结友且慷慨助人的人。他只有两个儿子,**老大叫天保**,像他一样豪放豁达,不拘俗套小节。**老二叫傩送**,不爱说话,却秀拔出群。兄弟俩同时喜欢上翠翠,以唱山歌的方式表达感情,让翠翠自己从中选择。

| | 《边城》的文化意蕴和独特的艺术表现手法 |
|---|---|
| 文化意蕴 | （1）《边城》是沈从文的代表作,也是支撑他所构筑的湘西世界的柱石。<br>（2）《边城》表现了特殊世界、特殊关系中人性的极致美:自然、淳朴、和谐、宁静。小说展示理想的人性,作为美好道德品性的象征,展现了理想人生形式的内涵。<br>（3）作者把情感作为小说叙述的动力,小说呈现出散文化的抒情美,具有浓浓的地方色彩、淡淡的社会投影。《边城》的故事是静止的,沈从文的大量作品构成了一个表现人性之"常"的独立自主的艺术系统。<br>（4）沈从文小说在探索理想的人生形式时贯注了关于人的改造的思想,这触及了 20 世纪中国文学改造民族性格的基本命题 |
| 艺术表现手法 | （1）作者擅长将人物的**语言**、**行动描写**与**心理描写**结合起来,以揭示人物的个性特征和丰富的内心世界。<br>（2）小说**结构寓严谨于疏放**。<br>（3）作者特意在故事的发展中穿插了对歌、提亲、赛龙舟等苗族风俗的描写。<br>（4）《边城》是一首抒情的诗、一曲浪漫主义的牧歌 |

## ■ 名师讲解

《边城》是沈从文"湘西世界"小说题材的集中表现,常以选择题的形式作细致化的考查。因此,需要考生区分记忆。

作家在《边城》中所展现的是在理想的人生形式中,流露出淡然的悲剧内涵。翠翠是沈从文《边城》里的女主角,翠翠的爷爷老船夫对自己的生活是满足的,翠翠心中有所爱有所求,却不为此挣扎奋斗。天保与傩送同时爱上翠翠,二人却并未上演一出惨烈的决斗故事,而在这份相让中酿成悲剧。

■ **真题演练**

【单选题】

(2004年4月全国)下面属于沈从文小说《边城》的一组人物是( )。

A. 翠翠、船总、傩送、老船夫　　　　B. 夭夭、傩送、老船夫、天保

C. 翠翠、王团总、老船夫、滕长顺　　D. 萧萧、傩送、船总国、老船夫

【答案与解析】

A。《边城》是沈从文的代表作,属于沈从文小说《边城》中的一组人物是翠翠、船总、傩送、老船夫、天保等。

■ **牛刀小试**

【单选题】

( )是沈从文的代表作,也是支撑他所构筑的湘西世界的柱石。

A.《边城》　　　　B.《萧萧》　　　　C.《雨后》　　　　D.《八骏图》

【答案与解析】

A。《边城》是沈从文的代表作,也是支撑他所构筑的湘西世界的柱石。《边城》的人生是在人与自然的和谐中展开的。

# 三、《八骏图》

■ **官方描述**

## 1. 《八骏图》的写作意图与内容

- 《八骏图》是对知识者的一个解剖,同时也是对民族之病的一个诊察,在讽刺的背后,透露出作者理想的人生观。

- 小说通过"八骏"之一达士先生的视角,惟妙惟肖地塑造了喜读艳体诗文的**教授甲**、在海滩上窥视女子的**教授乙**、惦记自己内侄女的道德哲学**教授丙**、有虐恋倾向的**教授丁**、认为女人是古怪生物的**教授戊**等人物,通过对这些知识分子扭曲的心理的分析,揭示了他们的道德观的虚伪性,深刻地反思了当时知识分子畸形人格形成的原因。

## 2. 《八骏图》独特的叙事手法

- 《八骏图》运用了**复杂的叙事手法**。对于教授甲、乙、丙、丁、戊、庚、辛,**作者调动多种叙述声音**。达士先生的书信构成一个多功能的独立的叙事声音**恰似一个人物评价大纲**。

- 对教授甲的展示是由**第三人称叙述者**来完成的。

- 描写生物学家教授乙,仍是第三人称叙述,但这里的叙述是通过介绍达士与教授乙的

行踪,以**直接引语**的形式,引述二人的对话来完成的。

- 写道德哲学教授丙也是采用第三人称,通过直接引入教授丙的**长篇独白式话语**来进行。这实际上已经构成一个独立的叙述声音。
- 对哲学教授丁的描写主要是通过达士与教授丁的**辩论**完成的。
- 教授戊是个结婚一年又离婚的人,作者通过**直接引语**引出戊对于为什么离婚的回答。
- 历史学家教授辛则是通过达士未婚妻的**来信**略加勾勒。
- 主人公达士先生也是八骏之一。在小说中,他首先是一个观察者、批评者、叙述者,但同时也是作家的讽刺对象。

## ▊ 名师讲解

《八骏图》是沈从文"都市生活"小说题材的讽刺知识分子的代表作,常以选择题的形式作细致化的考查,因此,需要考生进行区分记忆。作家通过对都市生活的人性扭曲的刻画,来衬托乡下人舒展的人性才是健康的人性。

## ▊ 真题演练

【单选题】

(2015 年 10 月全国)沈从文批判大学教授的卑下人格、反映他们污浊内心的小说是(　　　)。

A.《绅士的太太》　　B.《八骏图》　　C.《有学问的人》　　D.《焕乎先生》

【答案与解析】

B。《八骏图》是一篇具有代表性的都市题材小说。小说通过"八骏"之一达士先生的视角,惟妙惟肖地塑造了喜读艳体诗文的教授甲、在海滩上窥视女子的教授乙、惦记自己内侄女的道德哲学教授丙、有虐恋倾向的教授丁、认为女人是古怪生物的教授戊等人物,通过对这些知识分子扭曲的心理的分析,揭示了他们的道德观的虚伪性,深刻地反思了当时知识分子畸形人格形成的原因,反映了他们污浊的内心。

## ▊ 牛刀小试

【单选题】

"达士先生"是沈从文哪部作品里的人物(　　　)。

A.《八骏图》　　B.《边城》　　C.《新与旧》　　D.《阿黑小史》

【答案与解析】

A。"达士先生"出自沈从文的《八骏图》,是八骏之一。《八骏图》是对知识者的一个解剖。《边城》最重要的人物有翠翠、爷爷和傩送等牧歌般的理想人物。

# 第六节　曹　禺 ☆☆☆

## 一、概述 ☆☆☆

🔳 **官方描述**

### 1. 曹禺的生平和戏剧创作情况

- 原名万家宝,是中国现代剧作家以及戏剧教育家,**被称为"中国的莎士比亚"**。著有四幕剧《雷雨》、四幕剧《日出》、三幕剧《原野》、四幕剧《北京人》等著名作品,其中《雷雨》在上海曾轰动三年,茅盾赋诗曰:"当年海上惊《雷雨》"。与鲁迅、郭沫若、茅盾、巴金、老舍合称为"鲁郭茅,巴老曹"。

- 曹禺**在 1933 年**完成了他的第一部戏剧作品《雷雨》,1935 年写出了第二部戏剧《日出》,1936 年创作发表了《原野》,它们的问世,**标志着中国现代话剧艺术的成熟**。

- **抗战爆发后**,曹禺与宋之的合作改编抗战剧《黑字二十八》,接着他又创作《蜕变》。《蜕变》以后,以四幕剧《北京人》表现抗战前北京一个没落封建世家的崩溃。1942 年将巴金的《家》改编成戏剧。

- **中华人民共和国成立后**,创作了揭露美帝国主义侵略罪行的《明朗的天》(三幕剧),以战国时代越王卧薪尝胆为题材激励人们奋发图强的《胆剑篇》(五幕剧,与梅阡、于是之等合著),歌颂民族团结的《王昭君》(五幕剧)。

### 2. 曹禺戏剧创作的特色

总的说来,**曹禺剧作结构严谨,戏剧冲突尖锐;人物性格鲜明;语言个性化,且具动作性、抒情性**。

**结构严谨,戏剧冲突尖锐**表现在:

(1) 时间集中:如《雷雨》时间跨度长达 30 年,但剧情却浓缩在 24 小时内;

(2) 地点集中:故事在周公馆展开;

(3) 人物集中:以周朴园为中心,以周、繁为明线,周、侍为暗线,血缘关系使矛盾冲突尖锐,且使整个剧情波澜起伏

**人物性格鲜明:**

《雷雨》《日出》《北京人》中塑造了繁漪、周朴园、陈白露、李石清和曾文清、愫方等具有典型意义的人物。繁漪、陈白露、愫方更是个性鲜明,具有美学价值

语言的个性化表现在：

（1）人物语言不仅符合剧中人物的身份、性格特征等，而且符合剧情规定的场景和人物心态；

（2）《北京人》里的含蕴隽永、抒情写意的台词，就是动作性和抒情性融合在一起的个性化的语言，剧中人物都用自己的语言来表现自己的性格特征，推动剧情的发展；

（3）《北京人》第三幕瑞贞和愫方的那大段台词，在平淡中迸发出一种不可遏止的感情冲击力量

## 3. 曹禺对中国现代话剧艺术的贡献

- 曹禺是现代中国最杰出的剧作家。在他之前，中国现代话剧创作不够成熟，《雷雨》《日出》《原野》等优秀剧作的相继问世，标志了中国现代话剧艺术的成熟；
- 剧作写出了人物性格的丰富性与复杂性，超越了当时剧坛流行的简单化、概念化的模式；
- 剧作具有强烈的戏剧性，戏剧冲突扣人心弦，内在情感跌宕起伏；
- 重视锤炼戏剧语言，人物的台词个性化，并随着剧情、性格的发展而变化。

### ■ 名师讲解

曹禺作为我国重要的戏剧大家，知识点内容的考查相对比较广泛，常常以选择题和论述题的形式进行考查，复习的时候，考生可运用区分记忆和理解性记忆相结合的方法。

### ■ 真题演练

【多选题】

（2012 年 4 月全国）曹禺写于抗战时期的剧作有（　　　）。

A.《日出》　　　　　B.《原野》　　　　　C.《北京人》　　　　　D.《家》

E.《蜕变》

【答案与解析】

CDE。抗战爆发后，曹禺与宋之的合作改编抗战剧《黑字二十八》，接着他又创作《蜕变》。《蜕变》以后，以四幕剧《北京人》表现抗战前北京一个没落封建世家的崩溃。1942 年将巴金的《家》改编成戏剧。

### ■ 牛刀小试

【论述题】

论述曹禺对中国现代话剧艺术的贡献。

【答案与解析】

（1）曹禺是现代中国最杰出的剧作家。在他之前，中国现代话剧创作不够成熟，《雷雨》

《日出》《原野》等优秀剧作的相继问世,标志了中国现代话剧艺术的成熟;

（2）剧作写出了人物性格的丰富性与复杂性,超越了当时剧坛流行的简单化、概念化的模式;

（3）剧作具有强烈的戏剧性,戏剧冲突扣人心弦,内在情感跌宕起伏;

（4）重视锤炼戏剧语言,人物的台词个性化,并随着剧情、性格的发展而变化。

## 二、《雷雨》《日出》

### 《雷 雨》

#### ■ 官方描述

| 《雷雨》的人物形象塑造 | |
| --- | --- |
| 周朴园 | 《雷雨》中的周朴园是带有封建性的资产阶级代表人物,是《雷雨》悲剧的罪魁元凶。他专横暴戾地摧毁家中一切人的尊严和自由思想。周朴园和侍萍的关系中,他对侍萍的态度是他的虚伪性的最本质的揭露。他和以鲁大海为代表的工人的冲突关系上,充分表现了他的冷酷的性格。作品也表现了他在一定程度上的温情,写出了他性格的丰富性和复杂性 |
| 繁漪 | 《雷雨》中的繁漪是一个鲜明独特、复杂而富有深度的艺术形象。她是一种抑郁、乖戾、极端而尖锐的悲剧性格,这是由封建性的家庭和环境造成的。繁漪形象的塑造揭露了带封建性的资产阶级家庭压抑和践踏人性、蔑视人的尊严的罪恶,使得人们把反封建家庭的罪恶与个性解放联系起来 |
| 侍萍 | 侍萍是旧社会下层妇女,她纯朴善良、顽强有骨气,她一生的遭遇集中表现了下层妇女所受的深重苦难。当她知道周萍和四凤的关系后,决定让他们走,走得愈远愈好,并且永远不要回来 |

| 《雷雨》的主题思想 |
| --- |
| 《雷雨》在一天时间和两个舞台背景内集中表现出周、鲁两家30年来错综复杂的人物关系和在一个雷雨之夜所发生的人物悲剧。**作者旨在揭示周朴园封建专制家庭的罪恶,鞭挞了封建专制赖以生存的黑暗社会,批判了封建专制与虚伪道德。** <br> **剧中有三对矛盾:**一对是周朴园和繁漪的矛盾,反映着封建专制对爱情的禁锢压迫与争取家庭民主自由要求的斗争;一对是周朴园与侍萍的矛盾,反映着剥削阶级对被侮辱被损害的下层人民所犯的罪恶;还有一对是周朴园与鲁大海的矛盾,反映着资产阶级对工人阶级的压迫。 <br> **周朴园是全剧的中心,中心线索是周朴园和繁漪的矛盾。** |

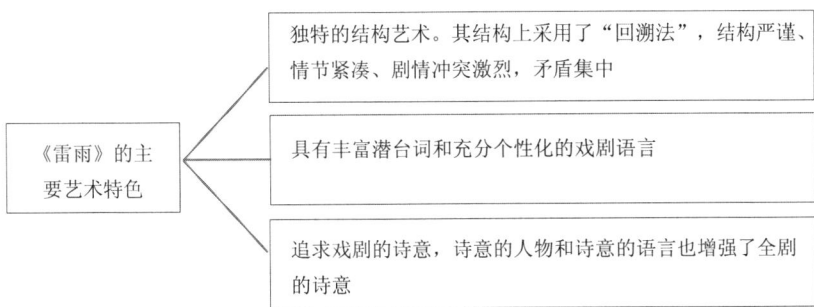

独特的结构艺术。其结构上采用了"回溯法",结构严谨、情节紧凑、剧情冲突激烈,矛盾集中

《雷雨》的主要艺术特色 —— 具有丰富潜台词和充分个性化的戏剧语言

追求戏剧的诗意,诗意的人物和诗意的语言也增强了全剧的诗意

■ **名师讲解**

本知识点是需要掌握的重点内容,常以选择题和简答题的形式进行考查。针对这部分内容,建议考生阅读下这部剧作,更好地领略作家创作的热情,同时,也方便考生对考试内容进行理解性记忆,达到事半功倍的效果。

■ **真题演练**

【简答题】

(2013 年 4 月全国)简析《雷雨》中周朴园的性格特征。

【答案与解析】

(1)《雷雨》中的周朴园是带有封建性的资产阶级代表人物,是《雷雨》悲剧的罪魁元凶。

(2)他专横暴戾地摧毁家中一切人的尊严和自由思想。周朴园和侍萍的关系中,他对侍萍的态度是他的虚伪性的最本质的揭露。他和以鲁大海为代表的工人的冲突关系上,充分表现了他的冷酷的性格。

(3)作品也表现了他在一定程度上的温情,写出了他性格的丰富性和复杂性。

■ **牛刀小试**

【多选题】

《雷雨》作为曹禺话剧的代表作,其艺术特点可以概括为(    )。

A. 戏剧结构严谨                B. 戏剧冲突激烈

C. 戏剧语言充满丰富的潜台词    D. 富有诗意的意境美

E. 人物形象刻画带有漫画色彩

【答案与解析】

ABCD。《雷雨》的主要艺术特色有:独特的结构艺术,其结构上采用了"回溯法",结构严谨、情节紧凑、剧情冲突激烈,矛盾集中;具有丰富潜台词和充分个性化的戏剧语言;追求戏剧的诗意,诗意的人物和诗意的语言也增强了全剧的诗意。

## 《日　出》

### ▣ 官方描述

## 1. 《日出》的创作背景和主题思想

- 《日出》：是曹禺以 20 世纪 30 年代初期半殖民地半封建社会的中国大都市生活为背景的四幕话剧。剧本的主题鲜明，即批判那"损不足以奉有余"的不合理的社会制度。"日出"是象征，寓意不公平不合理的黑暗社会应当被光明的社会所代替。

## 2. 《日出》的人物形象塑造

- 陈白露是剧中一个具有多重复杂性格的悲剧角色。
- **陈白露**的复杂性格及形象意义

陈白露是个性格复杂的艺术形象，一方面追求奢侈的物质生活；另一方面精神上又厌恶这种生活。

她清醒地认识到自己生活在黑暗中，但她沉溺太深无法自拔。

她敢作敢为、有正义感，不能自救却想救人。陈白露悲剧的意义在于揭露了金钱物欲世界对人性的异化、扭曲，使一个漂亮聪明的年轻女性走上自我毁灭的道路，激起人们对金钱社会的憎恶。

## 3. 《日出》的艺术特色

- 采用横断面的描写方法从多个侧面来表现社会生活，构成一幅完整的画面。
- 用诸多生活的片段、矛盾冲突的生活化来表达"损不足以奉有余"的批判性主题。
- 结构上采用暗场处理的辅助性手法：设置贯穿全剧的线索人物陈白露、金八等加强了戏剧结构的整体性。

### ▣ 名师讲解

本知识点同上个知识点一样，是需要重点掌握的内容，常以选择题和主观题的形式进行考查。针对这部分内容，建议考生阅读下这部剧作，更好地领略作家创作的热情，同时，也方便考生对考试内容进行理解性记忆，达到事半功倍的效果。

### ▣ 真题演练

【单选题】

（2009 年 4 月全国）曹禺剧作《日出》的时代背景是（　　　）。

A. "五四"前后　　　　　　　　　B. 20 世纪 30 年代初期

C. 抗战时期　　　　　　　　　　D. 大革命时期

【答案与解析】

B。《日出》是曹禺以20世纪30年代初期半殖民地半封建社会的中国大都市生活为背景的四幕话剧。剧本的主题鲜明，即批判那"损不足以奉有余"的不合理的社会制度。"日出"是象征，寓意不公平不合理的黑暗社会应当被光明的社会所代替。

### 牛刀小试

【单选题】

《日出》的艺术特点有(　　　　)。

A. 采用"横断面"的描写方法　　　　B. 运用象征手法进行表现

C. 矛盾冲突的生活化　　　　　　　　D. 采用暗场处理的方法

E. 具有浓厚的神秘色彩

【答案与解析】

ACD。《日出》的艺术特色有：采用横断面的描写方法从多个侧面来表现社会生活，构成一幅完整的画面。用诸多生活的片断、矛盾冲突的生活化来表达"损不足以奉有余"的批判性主题。结构上采用暗场处理的辅助性手法：如设置贯穿全剧的线索人物陈白露、金八等，加强戏剧结构的整体性。故选ACD。

# 三、《北京人》

### 官方描述

| 《北京人》的思想内容、人物形象塑造和艺术特色 | |
| --- | --- |
| 思想内容 | 写于40年代的四幕剧《北京人》代表了曹禺戏剧创作的又一高峰。在这出戏里，更深刻地蕴含着他对现实的历史的深思，更真挚地透露着他的希望，也更深邃地体现着他对戏剧美学的追求 |
| 人物形象塑造 | (1) 曾思懿与曾文清是貌合神离的夫妻，两人性格对立。两人冲突表现为曾思懿没有一天不给曾文清气受。曾文清忍气吞声、逆来顺受、一再忍让，最后在曾公馆的纷乱中吞食鸦片，和江泰的徒有虚名、一派空话一并宣告了封建世家无可挽回的败落。<br>(2) 愫芳与曾文清精神上的相爱使三人之间的矛盾冲突更为复杂曲折。曾思懿总是对曾文清、愫芳笑里藏刀，给愫芳以精神折磨。她视愫芳为眼中钉，却装出关心愫芳的样子，又盘算着让愫芳做曾文清的小老婆，好侍候她一辈子。愫芳对她总是忍让，但在自己的终身大事上却有坚强的一面，并最后出走 |
| 艺术特色 | (1) 曹禺写作《北京人》时，有意识地借鉴了契诃夫的戏剧美学。以"平淡的人生的铺叙"叙写发生在曾公馆里的生活故事，在日常家庭生活画面中展开尖锐的戏剧冲突。 |

| 艺术特色 | （2）对人物性格、心理的细腻刻画，关注人的生存状态和生命形式。<br>（3）虚实结合、对照、象征等手法。以棺材为象征，表达封建阶级早晚要进棺材的寓意。<br>（4）在历史观照和文化批判这一层面上，剧作家于悲悯之外，又有了几分嘲讽，戏剧则由悲剧转向喜剧 |
|---|---|

### 名师讲解

本知识点的考查比重相对较低，考生可将作品的思想内容、人物形象以及艺术特色结合成一个整体进行把握。

### 真题演练

【多选题】

（2017年4月全国）下列人物中，属于曹禺话剧《北京人》的是（　　）。

A. 曾思懿　　　　　B. 四凤　　　　　C. 方达生　　　　　D. 翠喜

E. 江泰

【答案与解析】

AE。曹禺的话剧《北京人》中，曾思懿与曾文清是貌合神离的夫妻，两人性格对立。曾文清忍气吞声、逆来顺受、一再忍让，最后在曾公馆的纷乱中吞食鸦片，和江泰的徒有虚名、一派空话一并宣告了封建世家无可挽回的败落。故答案是AE。

### 牛刀小试

【单选题】

曹禺剧作《北京人》中"棺材"的象征意义是（　　）。

A. 资产阶级的灭亡　　　　　　　　B. 封建阶级的灭亡

C. 知识阶层的败落　　　　　　　　D. 官僚买办的灭亡

【答案与解析】

B。曹禺的话剧《北京人》运用了象征的表现手法，以棺材为象征，表达封建阶级早晚要灭亡的寓意。因此答案是B。

# 第七节　小说创作

## 一、概述 ☆☆☆

### 官方描述

20世纪30年代小说创作取得了很高的成就，其中反映广阔的社会生活和深厚的历史内容的**长篇小说**最为突出。

# 1. 20世纪30年代小说作家形成的几个主要群落

| | |
|---|---|
| **左翼作家群** | 以文学为革命呐喊,热衷"**革命加恋爱**"的主题。缺少真情实感,公式化、概念化。代表人物主要有蒋光赤、洪灵菲、华汉、柔石、丁玲、胡也频等无产阶级文学倡导期的革命作家,以及左联一批青年作家,如张天翼、叶紫、吴组缃、沙汀、艾芜 |
| **东北作家群** | 指"九·一八"事变后流亡至上海及关内各地的一群东北作家,他们创作了一批**反映东北人民生活与斗争**的文学作品。主要作家作品有萧军的《八月的乡村》、萧红的《生死场》等。<br>其中萧红的成名作《生死场》被鲁迅称赞:"北方人民的对于生的坚强,对于死的挣扎,却往往已经力透纸背"。20世纪40年代,萧红又创作了长篇小说《呼兰河传》和短篇小说《小城三月》 |
| **京派作家群** | 主要是指20世纪20年代末期至30年代,文学中心南移上海之后继续**滞留北京**或其他北方城市的一个自由主义作家群,当时亦称"北方作家"派。主要有沈从文、废名(冯文炳)、老向、师陀和萧乾等人。侧重表现人性的丰富乃至美好,展示乡风民俗的和谐,作品大都包含深厚的文化底蕴,具有宁静幽闲的意境之美,对于丰富中国现代文学的内涵作出了重要的贡献 |
| **"新感觉派"作家群** | 指20世纪30年代以《文学工场》《无轨电车》和《现代》等杂志为主要阵地从事小说创作的一批作家,主要受到西方新心理主义和日本的新感觉派的影响。"新感觉派"小说的主要作家是施蛰存、穆时英、刘呐鸥。**穆时英被称为"新感觉派的圣手"和"鬼才"**。他们的创新之处在于,注重表现人物的感觉心理,强调抓取人的刹那间的感觉,采用象征和暗示等艺术手法,开掘包括人的梦幻与变态心理的无意识领域 |

**名师讲解**

　　本知识点常以选择题和名词解释题的方式进行考查,针对这部分内容,考生应重点识记作家群体的代表性人物和作品以及他们坚持的重要观点。对于这类题型的记忆,可选择理解记忆和对比记忆的方法。

**真题演练**

【单选题】

(2005年4月全国)被称为新感觉派"圣手"的作家是(　　　)。

A. 施蛰存　　　　　B. 穆时英　　　　　C. 刘呐鸥　　　　　D. 叶灵凤

【答案与解析】

B。"新感觉派"是指20世纪30年代以《文学工场》《无轨电车》和《现代》等杂志为主要阵地从事小说创作的一批作家。"新感觉派"小说的主要作家是施蛰存、穆时英、刘呐鸥。穆时英被称为"新感觉派的圣手"和"鬼才"。

【多选题】

(2008年4月全国)下列属于京派作家的是( )。

A. 废名　　　　B. 萧乾　　　　C. 艾芜　　　　D. 沙汀

E. 沈从文

【答案与解析】

ABE。京派作家群：主要是指20世纪20年代末期至30年代,文学中心南移上海之后继续滞留北京或其他北方城市的一个自由主义作家群,当时亦称"北方作家"派。主要有沈从文、废名(冯文炳)、老向、师陀和萧乾等人。

■ 牛刀小试

【名词解释题】

东北作家群。

【答案与解析】

(1)指"九·一八"事变后流亡至上海及关内各地的一群东北作家,他们创作了一批反映东北人民生活与斗争的文学作品。

(2)主要作家作品有萧军的《八月的乡村》、萧红的《生死场》等。

## 2. 个别作家的小说创作情况

| 蒋光赤 | 在大革命失败后,先后写出了《野祭》《冲出云围的月亮》《丽莎的哀怨》《咆哮了的土地》(后改名为《田野的风》) |
|---|---|
| 柔石 | 创作了著名的中篇小说《二月》(人物"陶岚"出自该作品)和短篇小说《为奴隶的母亲》(描写农村的"典妻陋习") |
| 丁玲 | 1927大革命失败之后所写的《梦珂》和《莎菲女士的日记》引起了文学界的广泛关注。丁玲的长篇小说有《母亲》《太阳照在桑干河上》;报告文学和小说作品有《十八个》《一颗未出膛的枪弹》《我在霞村的时候》《在医院中》等。《莎菲女士的日记》是成名作 |
| 沙汀 | 小说《在其香居茶馆里》《淘金记》《还乡记》 |

| 艾芜 | 1933 出版了第一部小说集《南行记》。<br>以一个漂泊知识者的眼光观察并叙述边疆异域特殊的下层民众生活,刻画出各式各样的流民形象;表现了人物强烈的生存意识与朦胧的反抗精神;批判了黑暗的虎狼世界,寄托了作者对底层民众的同情、理解与赞颂 |
|---|---|
| 李劼人 | 连续性历史题材长篇小说《死水微澜》《暴风雨前》和《大波》 |

20 世纪 30 年代台湾作家杨逵小说作品的思想内容和艺术成就

- 思想内容:其小说创作主要有《送报夫》《鹅妈妈出嫁》《泥娃娃》《萌芽》和散文《智慧之门将要开了》等,他的小说中有着强烈的民族意识和阶级意识。《模范村》把抵抗殖民统治的民族精神和塑造新型台湾知识分子的形象结合起来,成功地传达出坚定的民族意识和富于抗争的知识分子情怀。

- 艺术成就:艺术创作手法非常成熟。如在《送报夫》中设置两条并进的线索,艺术地呈现出自己的思想观念;在《模范村》中,对讽刺和象征手法的运用充满了戏谑的意味。

## 名师讲解

本知识点常以选择题和名词解释的方式进行考查,针对这部分内容,考生应重点识记个别作家的小说作品创作的整体情况。对于这类题型的记忆,可选择理解记忆和对比记忆的方法。同时,本时期的台湾作家以杨逵的创作最为杰出,考生也要有所了解。

## 真题演练

【单选题】

1.(2007 年 4 月全国)连续性历史题材长篇小说《死水微澜》《暴风雨前》和《大波》的作者是( )。

    A. 王鲁彦    B. 王统照    C. 萧军    D. 李劼人

【答案与解析】

D。连续性历史题材长篇小说《死水微澜》《暴风雨前》和《大波》的作者是李劼人。

2.(2015 年 10 月全国)艾芜的第一部短篇小说集是( )。

A.《芭蕉谷》    B.《淘金记》    C.《困兽记》    D.《南行记》

【答案与解析】

D。艾芜(1904—1992)于 1933 年出版了第一部小说集《南行记》,以一个漂泊的知识者的眼光观察并叙述边疆异域特殊的下层人物的生活。作者以其对人生的执着态度,书写着他们的苦难、悲愤与反抗,挖掘他们身上纯朴、善良的美好品德,表现下层人民金子一样的灵魂。

■ 牛刀小试

【单选题】

《送报夫》是台湾哪一位作家的作品(    )。

A. 赖和　　　　　B. 朱点人　　　　　C. 杨逵　　　　　D. 陈奇云

【答案与解析】

C。A 项属于 1917—1927 年台湾新文学的代表作家,其作品有《一杆"称仔"》《可怜她死了》等,其他三项都是 20 世纪 30 年代台湾文学的代表作家,其中,B 项的作品有《岛都》等,D 项的作品有《热流》等。《送报夫》是台湾作家杨逵的代表作品。故选 C。

# 二、丁玲、张天翼 ☆☆☆

## 丁　玲

■ 官方描述

| 丁玲小说创作的概况和思想 | |
|---|---|
| 创作概况 | 丁玲 1927 年大革命失败之后所写的《梦珂》和《莎菲女士的日记》引起了文学界的广泛关注。丁玲的长篇小说:《母亲》《太阳照在桑干河上》。报告文学和小说作品:《十八个》《一颗未出膛的枪弹》《我在霞村的时候》《在医院中》等。**《梦珂》是丁玲小说创作的处女作** |
| 丁玲的小说创作主要有两类 | 一类是以她的成名作日记体中篇小说《莎菲女士的日记》和后期的《我在霞村的时候》《在医院中》为代表的被称为是女性的"**自叙传、血泪书和忏悔录**"的一些作品;另一类是以**早期表现知识分子题材**的作品《韦护》《一九三〇年春上海》和表现工农斗争题材的《田家冲》《水》以及**后期表现土改题材**的《太阳照在桑干河上》等为代表的小说,牢固地奠定了丁玲在**革命作家**中的突出地位 |
| 《我在霞村的时候》 | 写一个名叫贞贞的乡村少女,为抗拒父母的包办婚姻而去外国教堂逃避,被日本侵略军所俘虏,做了日本人的随军妓女。她利用自己的特殊身份,经常冒着生命危险为人民抗日武装送情报 |
| 《莎菲女士的日记》中的莎菲 | (1) **莎菲是个追求个性解放的青年女性**,执拗地寻求人生的意义却又找不到路;鄙视世俗,又不时徘徊于声色边缘;重感情,更爱幻想与狂想。<br>(2) 莎菲的形象具体地反映了历史投射在一部分知识青年身上的反抗而又带着病态的性格。她的苦闷,是"五四"时期追求个性解放的激进青年在革命低潮中陷入苦闷彷徨的真实写照,包含着**丰富的历史内涵** |

| 《在医院中》 | 讲述了一个向往革命而由上海来到延安的**青年医生陆萍**在一所医院中的见闻、感受 |
|---|---|
| **女性作品的艺术特色** | 被誉为女性"自叙传、血泪书和忏悔录"系列作品的艺术特色：<br>（1）以主人公的命运和心理变化为结构线索，发挥了作家细腻、委婉、曲尽其情地刻画人物的艺术特长。<br>（2）注重描写有美好追求的女性与封闭保守环境之间的冲突，表达了对人物命运的同情 |

> 丁玲小说创作的成就主要表现在《太阳照在桑干河上》，自觉实践毛泽东延安文艺座谈会讲话的精神，讴歌了中国农民在中国共产党领导之下所取得的重大成就。

《太阳照在桑干河上》的艺术成就

- 真实地反映了土改斗争中农村生活的复杂性，这一特点集中表现在作家对农村阶级关系的准确把握与细致描写
- 成功的人物形象塑造。无论是农村新人形象，还是落后的反动地主，个性特点和思想内涵都非常鲜明
- 显示了丁玲善于深入细致地刻画人物心理的艺术特长。不足之处在于，存在着个别人物（如黑妮）形象的刻画不够扎实及小说语言的芜杂等缺点

## 名师讲解

本知识点常以选择题的形式进行考查，针对这部分内容，考生应重点识记丁玲小说创作的概况和思想。因为出题的方向比较细致化，所以对于这类题型的记忆，可选择理解记忆和区别记忆的方法。同时，《太阳照在桑干河上》的艺术成就，虽然历年考题中还未涉及，但考生也要有所了解。

## 牛刀小试

【单选题】

1. 丁玲小说《太阳照在桑干河上》的时代背景是（　　）。

　　A. 解放战争时期　　　　　　　　B. 抗日战争时期

　　C. 大革命时期　　　　　　　　　D. 中华人民共和国成立初期

**【答案与解析】**

A。丁玲 1948 年出版的小说《太阳照在桑干河上》是土改题材,属于解放战争时期。

2. 下列均属于丁玲创作的一组小说的是(     )。

    A.《梦珂》《莎菲女士的日记》《水》

    B.《梦珂》《生死场》《太阳照在桑干河上》

    C.《水》《二月》《太阳照在桑干河上》

    D.《海滨故人》《在医院中》《我在霞村的时候》

**【答案与解析】**

A。丁玲 1927 年大革命失败之后所写的《梦珂》和《莎菲女士的日记》引起了文学界的广泛关注。丁玲著有长篇小说《母亲》《太阳照在桑干河上》。报告文学和小说作品有《十八个》《一颗未出膛的枪弹》《我在霞村的时候》《在医院中》等。《莎菲女士的日记》是成名作。《水》也是她的作品。

## 张　天　翼

■ **官方描述**

# 1. 张天翼小说创作的概况和思想以及主要的艺术成就

| | |
|---|---|
| 创作概况 | 1929 年,张天翼发表在鲁迅主编的《奔流》上的**第一篇新小说是《三天半的梦》**。30 年代前期,中篇小说有《清明时节》;长篇小说有《鬼土日记》《一年》《在城市里》;短篇小说有《蜜蜂》《反攻》等。 |
| | 1932 年起,张天翼的儿童文学作品有《大林和小林》《奇怪的地方》及《秃秃大王》等。 |
| | 张天翼在 1938 年 4 月的《文艺阵地》创刊号上发表了**揭露和讽刺现实现象的著名短篇《华威先生》** |
| 小说主题 | 讽刺小市民灰色人生和知识分子的虚伪、空虚的主题,如《包氏父子》《野猪肠子的悲哀》;反映阶级压迫和阶级斗争的主题,如《清明时节》;《二十一个》注重书写劳动人民在统治阶级的压迫和欺骗下的逐步觉醒;批判国民党文化官僚的《华威先生》,它和《谭九先生的工作》以及《新生》构成了"速写三篇" |
| 艺术成就 | (1) 作品善于抓住最能揭示人物性格的**细节突显人物的灵魂**。 |
| | (2) 作品还善于通过人物自相矛盾的言行来让人物做自我暴露,从而**达到讽刺**的目的。 |
| | (3) 以**漫画式的夸张手法**,去**揭示华美外衣下的愚妄和可笑** |

## 2. 张天翼小说《华威先生》中的主人公形象

（1）小说的主人公华威先生是一个不学无术、庸俗浅薄而又自命不凡、刚愎自用，有着极强的权力欲和统治欲的国民党文化官僚。

（2）他每天乘着黄包车东奔西跑，忙于出席各种会议，插足各种抗日活动。他并不是真正地为了抗日，其实质是要人们"认定一个领导中心"，把一个党派的狭隘利益和个人私利凌驾于抗日工作之上。

（3）华威先生是张天翼贡献给中国现代人物画廊的一个独特典型，这一人物形象不仅在当时是对一种社会政治现象和人物类型有力的揭露和概括，具有极大的认识价值和时代内涵，而且在客观上也表现出巨大的历史预见性

### ■ 名师讲解

本知识点常以选择题和主观题的方式进行考查，考生应重点识记张天翼的所有内容，由于考查比较细致，所以对于这类题型的记忆，可选择理解记忆和区别记忆的方法。理解记忆的目的是让考生把握问题的关键，从而应对各种问法的考题。

### ■ 真题演练

【单选题】

（2011 年 7 月全国）张天翼发表在鲁迅主编的《奔流》上的第一篇新小说是（　　）。

A.《三天半的梦》　　B.《华威先生》　　C.《包氏父子》　　D.《谭九先生的工作》

【答案与解析】

A。1929 年，张天翼发表在鲁迅主编的《奔流》上的第一篇新小说是《三天半的梦》。

### ■ 牛刀小试

【单选题】

以下符合张天翼小说创作特色的是（　　）。

A. 富有喜剧色彩和讽刺性　　　　　B. 具有浓厚的怀乡情绪

C. 富有理想主义精神　　　　　　　D. 具有感伤主义情调

【答案与解析】

A。张天翼小说创作的艺术特色：（1）作品善于抓住最能揭示人物性格的细节突显人物的灵魂。（2）作品还善于通过人物自相矛盾的言行来让人物作自我暴露，从而**达到讽刺**的目的。（3）以漫画式的夸张手法，去**揭示华美外衣下的愚妄和可笑**。

# 三、叶紫、吴组缃 ☆☆

## 官方描述

叶　紫

### 1. 叶紫及其小说创作简介

叶紫是"左联"后期的青年作家,原名俞鹤林。1933 年 6 月,叶紫发表了**第一篇小说《丰收》**。此后陆续出版了短篇集《丰收》《山村一夜》及中篇小说《星》和长篇小说《太阳从西边出来》等。

《丰收》:是叶紫的**成名作和代表作**,鲁迅认为他的创作"尽了当前的任务,也是对于压迫者的答复:**文学是战斗的**"。主人公是云普叔和立秋。

小说集中描写的是农村的"**丰收成灾**"这一悲剧性的社会畸形现象。在 30 年代的"左翼"文学创作中,表现农村的"丰收成灾"是一个较为集中的题材领域,**茅盾的《春蚕》和叶绍钧的《多收了三五斗》**都是反映这一现象的名篇。

### 2. 叶紫小说创作的艺术特色

叶紫的大部分小说都是**真实表现大革命失败前后洞庭湖畔农民的生活和斗争**的,描写几代农民的性格及其成长,揭露农村阶级压迫的尖锐性。

《丰收》鲜明地体现了叶紫小说的艺术风格。作品洋溢着理想的光辉,充满昂扬的音调,尖锐激烈的矛盾冲突和残酷的斗争生活**使得小说产生了悲壮沉雄的美学风格**。

结构明晰,阵线分明,笔触阔大,时亦粗疏,却**包蕴着激越的时代风雨**。

吴　组　缃

### 1. 吴组缃简介

1934 年 1 月,代表作《一千八百担》发表于北平的《文艺季刊》创刊号,受到高度评价。他的**小说创作分为两类**:一类是批判封建礼教以及旧的思想传统,表达对妇女命运的深切同情,如《箓竹山房》等;另一类是描写农村的破产与凋敝,表现农民的苦难和对地主阶级的批判、憎恶与嘲讽,如《一千八百担》《天下太平》《樊家铺》。

### 2. 吴组缃小说创作的艺术特色

其艺术特色主要体现在《樊家铺》中:
一是善于表现尖锐的性格冲突并在这种冲突中进一步刻画人物的思想性格。
二是以心理剖析的方法来刻画人物形象。

三是对故事的情节的精巧安排。在同一地点截取三个生活断面,集中表现人物之间的性格冲突。

### 名师讲解

与上一个知识点相比,本部分的知识点考查相对较小,并且以考查作家叶紫的内容为主。因此,考生在复习时可着重把握叶紫小说创作的情况,同时,对作家吴组缃也要有所了解。

### 真题演练

【多选题】

(2014 年 4 月全国)三十年代以农村"丰收成灾"为题材的小说有(　　)。

A.《春蚕》　　　　　　　　B.《多收了三五斗》

C.《丰收》　　　　　　　　D.《咆哮了的土地》

E.《一千八百担》

【答案与解析】

ABC。《丰收》是叶紫的成名作和代表作。小说集中描写的是农村的"丰收成灾"这一悲剧性的社会畸形现象。在 20 世纪 30 年代的"左翼"文学创作中,表现农村的"丰收成灾"是一个较为集中的题材领域,茅盾的《春蚕》和叶绍钧的《多收了三五斗》都是反映这一现象的名篇。因此,30 年代以农村"丰收成灾"为题材的小说有叶紫的《丰收》、茅盾的《春蚕》和叶绍钧的《多收了三五斗》。

### 牛刀小试

【单选题】

短篇小说《樊家铺》的作者是(　　)。

A. 艾芜　　　　B. 柔石　　　　C. 吴组缃　　　　D. 沈从文

【答案与解析】

C。短篇小说《樊家铺》的作者是吴组缃。吴组缃小说创作的艺术特色主要体现在《樊家铺》中。

# 第八节　诗　歌　创　作

## 一、概述 ☆☆☆

### 官方描述

20 世纪 30 年代新诗创作主要有**三股诗歌潮流**,即政治抒情诗歌、乡土诗歌和唯美诗歌。同时还有其他的一些诗歌流派。

## 政治抒情诗

主要由两部分人组成,一是后期创造社和太阳社的诗人;二是"中国诗歌会"的诗人。1927 年大革命失败后郭沫若很快出版了诗集《恢复》,其中的大部分诗歌抒写革命情怀,是典型的政治抒情诗。太阳社的蒋光慈、钱杏邨、殷夫等人也进行政治抒情诗的创作,多是呐喊式的政治鼓动,有标语口号化的弊病。

### 红色鼓动诗

殷夫的诗作较为出色。生前曾自编《孩儿塔》《伏尔加的黑浪》《一百零七个》《诗集》四本诗集。他的诗作常表达革命斗争的激情,洋溢着英雄主义和乐观主义精神。人们将他的代表作称为"红色鼓动诗"。在艺术上表现真情实感,在取材上善于抓典型,语言精警凝练。他的《孩儿塔》受到过鲁迅的高度评价,被认为是东方的微光。

### 中国诗歌会

1932 年 9 月,在"左联"的领导下,穆木天、杨骚、任钧、蒲风等人发起成立了"中国诗歌会",1933 年创办了《新诗歌》旬刊。蒲风是"中国诗歌会"最有代表性的诗人,且成就最大,出版有长篇叙事诗《六月流火》。采用直接描写来反映工农大众的生活与斗争,倡导"文艺大众化",鼓动实际革命运动,但有抽象喊叫和政治图解的缺点。

**乡土诗歌**:臧克家 20 世纪 30 年代诗歌的主要内容是描写农村的生活面貌及农民的苦难命运,**他也因此被称为"农民诗人""乡土诗人""泥土诗人"**。他的诗歌最为重要的思想特征是其所自称的"坚忍主义"的人生态度,这种人生态度表现了诗人切实冷静而又严肃的现实主义精神。田间和艾青也写农村生活的题材。**艾青在 1933 年初创作了他的成名作《大堰河——我的保姆》,引起了强烈的反响。**

## 唯美诗歌派

主要指后期新月派和现代派的诗歌创作。

### 后期新月派

后期新月派在 1927 年以后的活动已经由北京转移至上海,这时的新月派诗歌的主要创作力量是徐志摩、陈梦家、饶孟侃、林徽因、卞之琳等人。他们的主要阵地是 1928 年创刊的《新月》月刊和 1930 年创刊的《诗刊》季刊。他们的创作倾向远离时代和人民,转而主张纯粹的自我表现和为艺术而艺术。

### 现代派诗歌

代表人物有戴望舒、施蛰存、何其芳、卞之琳、林庚、徐迟、李白凤等人。现代派的得名除了因为他们主要以《现代》杂志为阵地之外,还因为在思想上受到了西方现代主义的影响。他们的创作倾向远离时代和人民,注重表达内心世界的孤独、寂寞和惆怅等狭小的个人情绪。在艺术上,现代派主要以象征主义为中心,诗歌的语义和内涵更有暗示性、不确定性和多义性的特点。

■ **名师讲解**

20 世纪 30 年代主要诗歌流派及其代表性诗人和作品是考生要掌握的内容,主要以选择题和名词解释题的方式进行考查,由于流派众多,这部分内容,需要考生进行区分记忆,在对比和理解的基础上进行识记。

■ **真题演练**

【单选题】

1.（2004 年 4 月全国）郭沫若的诗集《恢复》写于（    ）。

    A.“五四”时期                    B.“五卅”时期

    C. 北伐大革命高潮时期          D. 大革命失败后

【答案与解析】

D。1927 年大革命失败后,郭沫若很快出版了诗集《恢复》,其中的大部分诗歌抒写革命情怀,是典型的政治抒情诗。

2.（2012 年 4 月全国）30 年代现代派诗歌的代表人物是（    ）。

    A. 徐志摩、卞之琳               B. 穆木天、蒲风

    C. 艾青、臧克家                 D. 戴望舒、何其芳

【答案与解析】

D。30 年代现代派诗歌的代表人物有戴望舒、何其芳、金克木、施蛰存、卞之琳、林庚、徐迟、李白凤等。现代派的得名除了因为他们主要以《现代》杂志为阵地之外,还因为在思想上受到了西方现代主义的影响。

■ **牛刀小试**

【单选题】

1. 诗集《孩儿塔》的作者是（    ）。

    A. 蒋光赤        B. 殷夫        C. 柔石        D. 胡也频

【答案与解析】

B。殷夫的诗作较为出色。生前曾自编《孩儿塔》《伏尔加的黑浪》《一百零七个》《诗集》四本诗集。他的《孩儿塔》受到过鲁迅的高度评价,被认为是东方的微光。

2. 中国诗歌会中成就和影响最大的一位诗人是（    ）。

    A. 蒲风        B. 杨骚        C. 王亚平        D. 田间

【答案与解析】

A。1932 年 9 月,在“左联”的领导下,穆木天、杨骚、任钧、蒲风等人发起成立了“中国诗歌会”,1933 年创办了《新诗歌》旬刊。蒲风是“中国诗歌会”最有代表性的诗人,且成就最大,出版有长篇叙事诗《六月流火》。故选 A。

## 二、戴望舒 ☆☆☆

### 官方描述

## 1. 戴望舒的诗歌创作情况

- 他是"**现代诗派**"的代表性作家。1929 年出版第一部诗集《**我底记忆**》,此后又有《望舒草》(1933)、《望舒诗稿》(1937)、《灾难的岁月》(1948)等四部诗集出版。
- 成名作是 1928 年 8 月发表于《小说月报》的《**雨巷**》,因此他也被称为"**雨巷诗人**",这首诗典型地反映了 30 年代知识青年的苦闷、幻灭、彷徨而又对理想充满期盼的复杂心态,全诗具有浓重的象征意味。这首诗将音乐美追求到了极致,被叶绍钧称为"**替新诗的音节开了一个新的纪元**"。

## 2. 戴望舒诗歌创作的艺术特点

- 第一时期的特点

注重表现诗人所敏锐感受到的或朦胧或明朗的"诗情",是戴望舒 1929 年以前创作的重要特点。

长于情绪的细腻体味而淡于激情的直接抒发。将主观情感外化为意象,把抽象的情绪感觉化。

- 第二时期的特点

摆脱外在形式的束缚,采取散文化的自由表达方式,是 1929 年以后戴望舒诗歌创作的自觉追求。《**我底记忆**》被认为是"**较多地运用了日常的口语,给人带来清新的感觉**"。

他的诗歌还侧重借鉴并娴熟运用了象征主义的象征、隐喻、通感、移情等表现手法。

- 第三时期的特点

诗歌的思想内涵更加具有社会性,情绪激昂,风格自然、明朗,写实性得到了进一步的加强。**诗风从现代主义向现实主义转变**。代表作是《我用残损的手掌》《狱中题壁》。

### 名师讲解

戴望舒作为这一时期诗歌创作方面的重要代表作家,有着鲜明的创作特色,常常作为考查重点,以选择题和主观题的形式出现。其诗歌的创作的艺术特点出主观题的概率比较大,因此,希望考生采用理解记忆的方式重点记忆。

### 真题演练

【单选题】

1.(2008 年 7 月全国)以时间为序,戴望舒先后出版的诗集有(　　)。

　A.《望舒草》《灾难的岁月》《我底记忆》

B.《灾难的岁月》《望舒草》《我底记忆》

C.《我底记忆》《灾难的岁月》《望舒草》

D.《我底记忆》《望舒草》《灾难的岁月》

【答案与解析】

D。戴望舒在 1929 年出版第一部诗集《我底记忆》，此后又有《望舒草》（1933）、《望舒诗稿》（1937）、《灾难的岁月》（1948）等四部诗集出版。

2.（2017 年 4 月全国）被叶绍钧称为"替新诗的音节开了一个新的纪元"的新诗是（    ）。

A.《再别康桥》　　B.《雨巷》　　　C.《采莲曲》　　　D.《死水》

【答案与解析】

B。被叶绍钧称为"替新诗的音节开了一个新的纪元"的新诗是戴望舒的《雨巷》。这首诗典型地反映了 30 年代知识青年的苦闷、幻灭、彷徨而又对理想充满期盼的复杂心态，全诗具有浓重的象征意味。

## 牛刀小试

【单选题】

1. 抗战以后，戴望舒的诗风发生很大变化，诗歌内容更具有社会性，《狱中题壁》和（    ）是这一时期的代表作。

A.《我用残损的手掌》　　　　　　B.《我底记忆》

C.《灾难的岁月》　　　　　　　　D.《寻梦者》

【答案与解析】

A。抗战以后，戴望舒的诗风发生很大变化，诗歌内容更具有社会性，情绪激昂，风格自然。《狱中题壁》和《我用残损的手掌》是这一时期的代表作。

2. 被称为"雨巷诗人"的作家是（    ）。

A. 田间　　　　　B. 臧克家　　　　C. 艾青　　　　　D. 戴望舒

【答案与解析】

D。戴望舒的成名作是 1928 年 8 月发表于《小说月报》的《雨巷》，因此他也被称为"雨巷诗人"，这首诗典型地反映了 30 年代知识青年的苦闷、幻灭、彷徨而又对理想充满期盼的复杂心态，全诗具有浓重的象征意味。这首诗将音乐美追求到了极致，被叶绍钧称为"替新诗的音节开了一个新的纪元"。

# 三、臧克家 ☆☆

## 官方描述

臧克家诗歌的主要内容、思想特征和艺术特点

- 1932 年,臧克家开始在《新月》杂志上发表诗作,**1933 年出版了第一部诗集《烙印》**,这是他的成名作和代表作。闻一多在《烙印·序》中说:"克家的诗,没有一首不具有一种极顶真的生活意义。没有克家的经验,便不知道生活的严重。"之后又创作出版了《罪恶的黑手》(1934)、《运河》(1936)、长诗《自己的写照》(1936)。

- 臧克家 30 年代诗歌的主要内容是描写农村的生活面貌及农民的苦难命运,**他也因此被称为"农民诗人"和"乡土诗人"。**《老马》是臧克家最负盛名的短诗,这里的"老马"正是忍辱负重、饱受苦难的中国农民的性格与命运的象征。

- 臧克家的诗歌最为重要的**思想特征**是其所自称的"坚忍主义"的人生态度,这种人生态度表现了诗人切实冷静而又严肃的现实主义精神。

- **艺术特点:**臧克家的诗作凝练集中,篇幅简短,容量很大。《老马》只有 **8 行,不仅描绘了一匹形象生动的"老马",而且还揭示出了中国农民的悲惨命运与"坚忍"性格。**另外,他的诗往往讲求意境,深沉含蓄,在冷静、客观的描述中蕴含着强烈的情感。再有,他的准确、生动和精练的文字可以和优秀的古典诗词相媲美。

## ■ 名师讲解

本部分知识点的出题方式多以选择题为主。本知识点识记的内容比较集中,考生可进行针对性记忆。

## ■ 真题演练

【单选题】

(2007 年 7 月全国)被称为"泥土诗人"的臧克家的第一本诗歌集是(      )。

A.《烙印》        B.《泥土的歌》        C.《泥淖集》        D.《宝贝儿》

【答案与解析】

A。1932 年,臧克家开始在《新月》杂志上发表诗作,1933 年出版了第一部诗集《烙印》,这是他的成名作和代表作。

## ■ 牛刀小试

【单选题】

(      )揭示出了中国农民的悲惨命运与"坚忍"性格。

A.《烙印》        B.《生活》        C.《老马》        D.《希望》

【答案与解析】

C。《老马》只有 8 行,不仅描绘了一匹形象生动的"老马",而且还揭示出了中国农民的悲惨命运与"坚忍"性格。

# 第九节　散文创作概况 ☆ ☆ ☆

■ **官方描述**

20 世纪 30 年代专门性散文刊物的刊行情况

- **专门的散文刊物**相继刊行，如《论语》《人间世》《新语林》《太白》《水星》《芒种》《杂文》《宇宙》《小文章》《文艺风景》《中流》等；

- 一些大型文学专刊如《文学》《现代》《文学季刊》《文丛》《作家》《光明》等均以较大篇幅**开辟了散文随笔专栏**；

- 还有《申报·自由谈》《中华日报·动向》《大公报·文艺》《时事新报·青光》《大美晚报·火炬》等报刊也**大力扶持杂文**、**小品文**的创作。

| 20 世纪 30 年代散文发展所取得的主要成就 | |
| --- | --- |
| 议论性散文 | 20 世纪 30 年代散文成就最为突出的是议论性散文,尤其是以鲁迅为代表的杂文。<br>瞿秋白的《乱弹》中的 31 篇杂文。30 年代在鲁迅杂文熏陶、哺育下还产生了一些杂文新秀,如徐懋庸《不惊人集》《打杂集》;唐弢《推背集》《海天集》;还有柯灵、聂绀弩等也写了不少杂文 |
| 报告文学 | 兴起原因：左联的提倡;自身文体的特点所决定;深刻的社会原因。<br>阿英选编出版了《上海事变与报告文学》(1932),这是最早的一部标明报告文学之名的结集。20 世纪 30 年代较优秀的报告文学作品还有夏衍的《包身工》(它标志着 30 年代的报告文学趋向于成熟)、宋之的的《一九三六年春在太原》等 |
| 抒情散文 | 在抒情散文方面,何其芳和丽尼是较突出的。何其芳的抒情散文集《画梦录》在文体上近乎散文诗,内容上表达的是一种孤独寂寞的情绪,这一情绪既是青年人青春期被压抑情感的表现,又来自作者对社会人生的厌恶、逃避直到自我封闭。在艺术上除依事托物以抒情怀外,还注重运用想象选择意象,借鉴象征手法,语言词彩较绚丽。丽尼有散文集《黄昏之献》《鹰之歌》《白夜》,表现的是个人的烦闷与悲哀,后期创作转为表现大众的苦难 |
| 叙事散文 | 叙事散文方面,较有成就的有李广田和陆蠡。李广田有散文集《画廊集》《银狐集》《雀蓑集》等,一方面描述农民阶级对土地的深沉依恋,一方面抒发农民的忧郁与寂寞。陆蠡有散文集《海星》《竹刀》,其中有些是抒情散文,但写得较好的是记人的,而且多是写农村人物的那些作品 |

| 哲理散文 | 20世纪30年代哲理散文写得较有特色的是丰子恺、梁遇春。丰子恺有散文集《缘缘堂随笔》《车厢社会》《缘缘堂再笔》。梁遇春有散文集《春醪集》《泪与笑》。梁遇春的散文善于在拉杂闲谈或解析知识中讲一些人生哲理,文笔既幽默风趣,又清新婉转 |
|---|---|
| 游记散文 | 20世纪30年代游记散文写得较好的是郁达夫,著有散文集《屐痕处处》《达夫游记》 |

**■ 名师讲解**

20世纪30年代的散文得到了长足的发展,大量的专门性的散文刊物和专业性的散文文体都在这一时期集中出现。因此,考生在识记本部分内容的时候可采用对比记忆的方法。本部分知识点常以选择题的形式出现,作细致化的考查。

**■ 真题演练**

【单选题】

1.(2004年4月全国)散文集《画廊集》的作者是(    )。

    A.李广田          B.何其芳          C.陆蠡          D.丽尼

【答案与解析】

A。叙事散文方面,较有成就的有李广田和陆蠡。李广田有散文集《画廊集》《银狐集》《雀蓑集》等。

2.(2013年4月全国)下列一组以写作杂文见长的左翼青年作家是(    )。

    A.徐懋庸、唐弢    B.沙汀、艾芜    C.张天翼、穆木天  D.何其芳、李广田

【答案与解析】

A。20世纪30年代在鲁迅杂文熏陶、哺育下还产生了一些杂文新秀,如徐懋庸出版了《不惊人集》《打杂集》;唐弢出版了《推背集》《海天集》,他们都是优秀的左翼青年作家。

【多选题】

(2015年4月全国)20世纪30年代出现的专门的散文刊物有(    )。

A.《语丝》        B.《现代》        C.《论语》        D.《人间世》

E.《文学》

【答案与解析】

CD。本题关键点是"30年代",《语丝》出版于1924年,可排除A项。《现代》《文学》为大型文学专刊,《论语》《人世间》为专门的散文刊物。故选CD。

# 第十节　戏剧创作概况 ☆☆☆

## 📖 官方描述

| 20 世纪 30 年代左翼戏剧运动和左翼戏剧创作的主要成就 | |
|---|---|
| 上海艺术剧社 | 1929 年 11 月，**沈端先、郑伯奇、冯乃超、钱杏邨**等在**上海**共同发起组建上海艺术剧社，旗帜鲜明地提出发展"**新兴戏剧**"，即"**无产阶级戏剧**"的口号，并在 1930 年春两次公演，演出罗曼·罗兰的《爱与死的角逐》以及冯乃超、龚冰庐合编的《阿珍》。田汉在其启发下宣告南国社的"**转向**"，并带动一批剧社"**向左转**"。其标志就是在 1930 年随"左联"成立的"**中国左翼剧团联盟**"，以及后来改为以个人身份参加的"**中国左翼戏剧家联盟**" |
| 洪深 | 洪深于 1929 年起参加左翼文艺运动，受左翼文学影响，1930—1932 年间相继创作了《五奎桥》《香稻米》《青龙潭》，**合称"农村三部曲"**，这是现代话剧史上首次较全面地表现农村生活和农民抗争的戏剧作品。代表作《**五奎桥**》，拆桥与护桥的矛盾实际上具有阶级压迫和农民抗争的"时代性"内容；《**香稻米**》描写"谷贱伤民""丰收成灾"导致农民破产；《**青龙潭**》表现农民在经济衰败中挣扎的愚昧和迷信 |
| 国防戏剧 | 20 世纪 30 年代中期，**由于民族矛盾上升**，左翼戏剧家提出的"国防戏剧"很快形成热潮，**夏衍的《赛金花》曾被称为"国防戏剧的力作"**，继之又有他的《都会的一角》和田汉的《回春之曲》。还有许多是热血沸腾的戏剧家们集体创作的剧作，如《走私》《咸鱼主义》（洪深执笔），《汉奸的子孙》（于伶执笔），《我们的故乡》（章泯执笔），《放下你的鞭子》（崔嵬等改编）。"七七"事变后，在上海的剧作家**集体创作《保卫卢沟桥》**，由崔嵬、阿英、于伶、宋之的、舒非等十七人参加写作，夏衍、郑伯奇等人整理成三幕连续剧 |
| 农民戏剧实验 | 曾有"**南田（汉）北熊**"之说的熊佛西主持北京国立艺术专门学校戏剧系。1932 年至 1936 年间从事长达五年的农民戏剧的研究和实验。熊佛西还积极培养农民演员，建立适应农民戏剧要求的剧场，探索农民戏剧的演剧方式。这与当时左翼戏剧正在倡导的"戏剧的大众化"方向是相通的 |
| 20 世纪 30 年代中国现代戏剧的鲜明的阶段性特征 | |

（1）剧作家大量涌现，戏剧创作水平大幅度提高。

（2）戏剧与现实的关系更为直接和密切。

（3）现实主义戏剧的主流地位开始确立，现代派戏剧思潮的影响逐渐削弱。现代派戏剧之于中国现代戏剧创作，随着全民族抗日战争的爆发，逐渐趋于消隐

**◼ 名师讲解**

20 世纪 30 年代的戏剧迎来了蓬勃的发展,出现了大量的戏剧团体,且风格更贴近于现实生活。针对戏剧家众多且作品多样的特点,考生在识记本部分内容的时候可采用对比记忆的方法。本部分知识点常以选择题的形式出现,作细致化的考查。

本章复习下来以后,考生会发现,它是全书的重中之重,考查范围非常广,建议考生特别重视一下。

**◼ 真题演练**

【单选题】

(2014 年 4 月全国)三十年代开展"农民戏剧实验"的剧作家是(　　　)。

A. 洪深　　　　　B. 熊佛西　　　　　C. 夏衍　　　　　D. 田汉

【答案与解析】

B。曾有"南田(汉)北熊"之说的熊佛西主持北京国立艺术专门学校戏剧系。1932 年至 1936 年间从事长达五年的农民戏剧的研究和实验。熊佛西还积极培养农民演员,建立适应农民戏剧要求的剧场,探索农民戏剧的演剧方式。这与当时左翼戏剧正在倡导的"戏剧的大众化"方向是相通的。

**◼ 牛刀小试**

【单选题】

曾被称为"国防戏剧的力作"的作品是(　　　)。

A.《上海屋檐下》　　　B.《法西斯细菌》　　C.《都会的一角》　　D.《赛金花》

【答案与解析】

D。20 世纪 30 年代中期,由于民族矛盾上升,左翼戏剧家提出的"国防戏剧"很快形成热潮,夏衍的《赛金花》曾被称为"国防戏剧的力作"。

# 第三章　20 世纪 40 年代文学（1937—1949）

**本章思维导图**

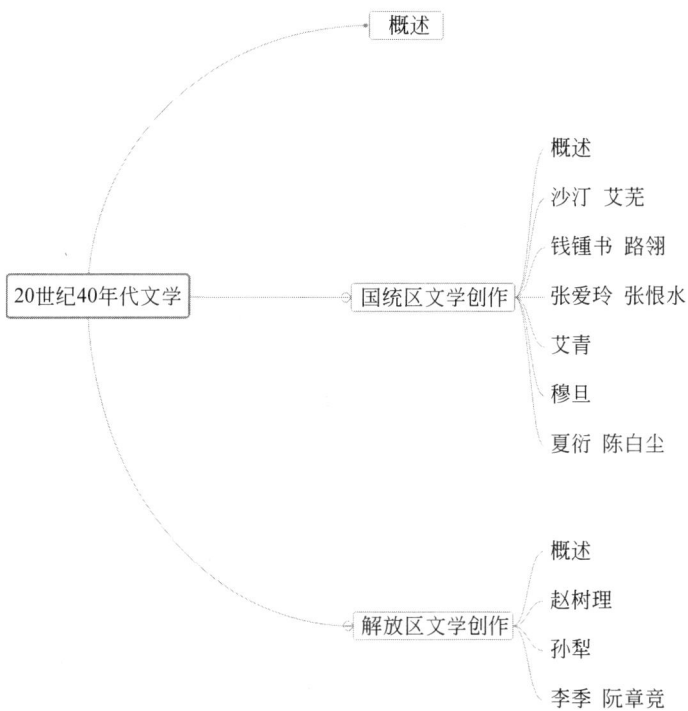

- 概述
- 20世纪40年代文学
  - 国统区文学创作
    - 概述
    - 沙汀　艾芜
    - 钱锺书　路翎
    - 张爱玲　张恨水
    - 艾青
    - 穆旦
    - 夏衍　陈白尘
  - 解放区文学创作
    - 概述
    - 赵树理
    - 孙犁
    - 李季　阮章竞

# 第一节　概　　述 ☆☆☆

## ■ 官方描述

> 20 世纪 40 年代文学,共 12 年(1937—1949),包括抗日战争、解放战争两个历史时期的文学活动,形成了三个区域的文学现象,即**国统区文学、解放区文学和沦陷区文学**同时并存的格局。中间还有从 1937 年 11 月上海沦陷至 1941 年 12 月日军进入租界止,存在于上海租界的文学,由于四面都是沦陷区,故称"孤岛文学"。整个 40 年代文学大致分为了三个阶段:抗战初期,1938 年 3 月 27 日,**中华全国文艺界抗敌协会在武汉成立**,形成了**文艺界的抗日民族统一战线**;抗战中期;抗战后期及解放战争时期,**讽刺成了这一时期文学的主色调**,喜剧品格在小说、戏剧、诗歌、杂文等领域中得到了积极的发展。

由于战争政治的介入,这一时期的文艺思想论争更为激烈频繁,重要的有:

1. 抗战初期关于文艺与抗战关系以及抗战文艺公式化、概念化问题的论争。

争论双方:梁实秋、沈从文等,主张创作"与抗战无关"的观点←→左翼作家(张天翼、孔罗荪),坚持抗战题材创作。

2. 1939—1941 年展开的关于文艺的"民族形式"问题的讨论。

1938 年,**毛泽东提出"民族形式"问题**,引起解放区和国统区两地进一步的讨论。

3. 1945—1949 年关于现实主义与主观论的长期论争。

**胡风**认为"主观战斗精神"是"艺术创造的源泉",强调"主观"在创作中的决定作用,并曾著文批评当时创作中的"客观主义"。邵荃麟、冯雪峰、何其芳等发表文章批评他的观点。

4. 此外,还有 1938 年张天翼小说《华威先生》引起的关于抗战文学"**讽刺和暴露**"问题的讨论;1940 年前后对"战国策派"的批评,等等。

| 20 世纪 40 年代的文艺运动 | |
| --- | --- |
| 孤岛文学 | 指从 1937 年 11 月上海沦陷至 1941 年 12 月日军进入租界止,存在于上海租界的文学。由于四面都是沦陷区,故称"孤岛文学"。其间产生了大量出版刊物,反映了作家对抗战时期战斗和生活的记录。孤岛文学成就最突出的是杂文和戏剧。杂文以唐弢为代表,带有强烈的"鲁迅风";戏剧以《夜上海》为代表,反映现实、民族等主题。另外还有报告文学等流行文学样式以及黄裳、柯灵等代表作家 |

| 中华全国文艺界抗敌协会 | 简称"文协"，1938 年 3 月成立于武汉，是抗日战争期间全国规模的文艺界抗日民族统一战线组织，发起人包括全国文艺界各方面的代表近百人，理事会推举老舍为总务部主任，主持"文协"的日常工作。"文协"还提出了"文章入伍"的口号，对鼓励作家深入现实生活和实际斗争产生了积极的作用。"文协"的会刊《抗战文艺》是贯通整个抗日战争时期的唯一的刊物，它对推进抗战文艺运动、促进抗战文艺创作的繁荣，发挥了突出的作用 |
| --- | --- |
| 《在延安文艺座谈会上的讲话》 | 1942 年 5 月延安文艺座谈会的召开和毛泽东《在延安文艺座谈会上的讲话》（简称《讲话》）在次年的公开发表，是解放区文学运动发展的标志。《讲话》要求文艺工作者"站在无产阶级立场上"，使文艺为人民大众，首先"为工农兵"服务。《讲话》在文艺与政治的关系的论述中，明确以政治标准为第一，艺术标准第二。《讲话》从生活、思想、艺术三个方面论述了创造人民文艺的必须途径，发展了马克思主义文学理论，深刻总结了新文化运动以来的经验教训，解决了新文学发展的关键性问题，对新文学具有重大深远的指导意义，促成了我国文学革命以来中国新文学发展进程中又一次深刻的变动 |

■ **名师讲解**

本部分的内容常常以选择题的形式进行考查，不管是文艺思想论争，抑或是文艺活动都需要考生进行识记，可联想当时的历史背景进行理解。

**延伸拓展**："银铃会"自 1943 年开始活动，到 1949 年结束，是台湾新诗发展史上一个重要的诗人团体。

■ **真题演练**

【单选题】

1.（2019 年 4 月全国）1937 年 11 月—1941 年 12 月的上海文学被称为（　　）。

　　A. 解放区文学　　　B. 国统区文学　　　C. 沦陷区文学　　　D. 孤岛文学

【答案与解析】

D。本题可结合史实来记忆。从 1937 年 11 月日本侵略军开进上海，导致上海全部沦陷，由于四面都是沦陷区，这期间的上海是一座孤岛，产生的文学被称为"孤岛文学"。故本题选 D。

2.（2009 年 4 月全国）抗战初期成立的中华全国文艺界抗敌协会是一个（　　）。

　　A. 全国文艺界抗日民族统一战线组织

　　B. 全国进步文艺家的组织

　　C. 全国革命文艺家的组织

　　D. 全国作家的群众性组织

【答案与解析】

A。1938 年 3 月 27 日,中华全国文艺界抗敌协会在武汉成立,形成了文艺界的抗日民族统一战线。

■ **牛刀小试**

【单选题】

延安文艺座谈会召开的时间是( )。

A. 1939 年 5 月　　　　B. 1941 年 5 月　　　C. 1942 年 5 月　　　D. 1943 年 5 月

【答案与解析】

C。1942 年 5 月延安文艺座谈会召开,次年发表了毛泽东的《在延安文艺座谈会上的讲话》。

# 第二节　国统区文学创作

## 一、概述 ☆☆☆

■ **官方描述**

> 无论是区域时空抑或是作家创作都是流动性的,且情况变异程度都很大,因此,本节的国统区文学也将处于不断变异流动中的沦陷区文学创作包含在内。

**20 世纪 40 年代国统区各类体裁文学创作的代表性作家和作品**

| 20 世纪 40 年代国统区小说创作的基本情况 | |
| --- | --- |
| 作为主流的抗战题材 | 描绘抗战现实,反映抗战细节,歌颂时代英雄。丘东平的《一个连长的战斗遭遇》《第七连》;姚雪垠的《"差半车麦秸"》《牛全德与红萝卜》,他的创作还表现了在战火中锻造国人灵魂和民族新性格的新主题 |
| 以社会剖析和世情讽刺为主题 | 有张天翼的《华威先生》、沙汀的《在其香居茶馆里》、艾芜的《山野》、吴组缃的《山洪》等,这些作品刻画了个性鲜明的人物形象,分析了由于民族矛盾刺激而迅速变动中的社会人群之间的复杂关系,反映了丰富的社会内容 |
| 文化、历史和现实 | 沈从文的《长河》、巴金的《憩园》、老舍的《四世同堂》、萧红的《呼兰河传》 |
| 知识分子人生道路 | 钱锺书的《围城》、路翎的《财主底儿女们》 |
| 女性作家 | 南方:张爱玲;苏青的作品有自传体小说《结婚十年》 |
| | 北方:梅娘,作品有中篇《蚌》、短篇《鱼》、长篇《夜合花开》 |

| "现代罗曼司"小说 | 传奇化的情节与爱国主题、情爱故事、异域情调的融合,形成浪漫的特点。徐□的《鬼恋》《风萧萧》《吉布赛的诱惑》《精神病患者的悲歌》等;无名氏(卜乃夫)的《北极艳遇》《塔里的女人》《野兽、野兽、野兽》《海艳》等 |
|---|---|
| 台湾小说 | 吴浊流的《亚细亚的孤儿》、吕赫若的成名作《牛车》 |
| 香港小说 | 侣伦的长篇小说《穷巷》 |

| 20世纪40年代国统区戏剧创作的基本情况 ||
|---|---|
| 小型街头剧、活报剧等 | 小型化、轻型化和通俗化的街头剧、活报剧、茶馆剧、朗诵剧、游行剧、灯剧等,被戏剧界称为"好一记鞭子"的三个街头短剧《三江好》《最后一计》和《放下你的鞭子》是代表。后期转向多幕剧,风格沉郁浓厚。40年代后期,揭露和讽刺剧本盛行 |
| 现实题材剧 | 夏衍;老舍的《归去来兮》;田汉的《丽人行》。<br>宋之的的五幕剧《鞭》(又名《雾重庆》),宋之的在解放战争时期还写了独幕讽刺喜剧《群猴》。剧本以国民党"国大代表"选举为背景,让国民党各派系的代表人物变戏法,拉选票,作耍猴式的自我表演,充分暴露了国民党所谓"民主宪政"的虚假内幕。<br>于伶的《长夜行》;吴祖光的《风雪夜归人》 |
| 历史题材剧 | "孤岛文学"的"南明史剧":阿英的《碧血花》《海国英雄》《葛嫩娘》;于伶的《大明英烈传》<br>1941—1943年,"战国史剧""太平天国史剧":郭沫若的《棠棣之花》《屈原》(这是郭沫若为配合当时坚持抗战、反抗妥协投降创作的影响最大的历史剧。)《虎符》《孔雀胆》《高渐离》《南冠草》。欧阳予倩的《忠王李秀成》 |

| 20世纪40年代国统区诗歌创作的基本情况 ||
|---|---|
| 个别作家诗歌创作 | 1938年前后:作品多以爱国主义为主题,抒情的方式是宣言式的战斗呐喊,出现了朗诵诗运动热潮。高兰的《我的家在黑龙江》、光未然的《黄河大合唱》。<br>田间**抗战前**已出版《未明集》《中国牧歌》《中国农村的故事》;**抗战爆发后**创作鼓点式的战斗诗篇,结集为《给战斗者》和《抗战诗抄》,闻一多称赞他为"时代的鼓手";**解放战争时期**,田间还创作了长篇叙事诗《戎冠秀》《赶车传》(第一部)等。<br>抗战相持阶段:纯粹的艺术精神和深层的民族精神,冯至的《十四行集》。<br>抗战后期及解放战争:政治讽刺诗:袁水拍(马凡陀)的《马凡陀的山歌》 |

| | |
|---|---|
| 七月诗派 | 七月诗派是以胡风主编的《七月》和《希望》等刊物为主要阵地的现实主义抒情诗派。<br><br>创作原则：现实主义原则，主张"主观战斗精神"，注重主观情感的宣泄，意向新颖明确、想象丰富奇特。<br><br>诗歌形式：有鼓点式短句的"田间体"，有抒情议论的"艾青体"。<br><br>诗歌语言：重视充满生活气息的口语。<br><br>重要意义：七月诗派在艺术上的追求和创造把自由体新诗推向了一个新的高峰。<br><br>主要代表性诗人：鲁藜、绿原、阿垅、曾卓、牛汉等。<br><br>作品：绿原的诗集《童话》，鲁藜的诗集《醒来的时候》《泥土》，阿垅的《纤夫》，牛汉的《鄂尔多斯草原》 |
| 九叶诗派 | 九叶诗派是 20 世纪 40 年代中后期追求现实主义与现代主义相结合的诗歌流派。<br><br>阵地：《诗创造》《中国新诗》。<br><br>九位代表诗人：辛笛、陈敬容、杜运燮、杭约赫（曹辛之）、郑敏、唐祈、唐湜、袁可嘉、穆旦（查良铮）。<br><br>1981 年出版诗歌合集《九叶集》，因而被称为"九叶诗派"。<br><br>内容："扎根现实"，反对逃避现实的唯艺术论。<br><br>艺术：受 20 世纪西方文化和诗歌的影响，企图在现实和艺术间追求平衡 |

## 名师讲解

本知识点作为考查的重点，涉及内容较多，常以选择题形式考查，需要考生做好区分。此外七月诗派和九叶诗派还会以名词解释形式考查，考生需重点识记代表性作家和重要作品以及主要阵地和观点，等等。

## 真题演练

【单选题】

1. (2007 年 7 月全国)抗战以前田间的主要诗集有(　　　)。

　A.《未明集》《中国牧歌》　　　　　　　B.《中国牧歌》《义勇军》

　C.《给战斗者》《戎冠秀》　　　　　　　D.《未明集》《义勇军》

【答案与解析】

A。田间抗战前已出版《未明集》《中国牧歌》《中国农村的故事》；抗战爆发后创作鼓点式的战斗诗篇，结集为《给战斗者》和《抗战诗抄》，闻一多称赞他为"时代的鼓手"；解放战争时期，田间还创作长篇叙事诗《戎冠秀》《赶车传》（第一部）等。

【多选题】

2. (2012 年 7 月全国)20 世纪 40 年代浪漫主义的作家有(　　　)。

A．赵树理　　　　B．徐訏　　　　C．无名氏　　　　D．路翎

E．钱锺书

【答案与解析】

BC。20世纪40年代后期出现了以徐訏和无名氏为代表的"现代罗曼司"小说,传奇化的情节与爱国主题、情爱故事、异域情调融合,形成浪漫的特点。徐訏的《鬼恋》《风萧萧》《吉布赛的诱惑》《精神病患者的悲歌》等;无名氏(卜乃夫)的《北极艳遇》《塔里的女人》《野兽、野兽、野兽》《海艳》等。

### 牛刀小试

【多选题】

1. 下列属于"九叶派"诗人的有(　　　)。

A．辛笛　　　　B．胡风　　　　C．郑敏　　　　D．冀汸

E．袁可嘉

【答案与解析】

ACE。九叶诗派,是20世纪40年代中后期形成的一个追求现实主义与现代主义相结合的诗歌流派。以《诗创造》和《中国新诗》等刊物为主要阵地,聚集了辛笛、陈敬容、杜运燮、杭约赫(曹辛之)、郑敏、唐祈、唐湜、袁可嘉、穆旦(查良铮)等一群诗人。艺术上受20世纪西方文化和诗歌的影响,企图在现实和艺术间追求平衡。

【单选题】

2. 40年代表现知识分子人生道路的作品是(　　　)。

A.《果园城记》　　　　　　　　B.《财主底儿女们》

C.《呼兰河传》　　　　　　　　D.《五子登科》

【答案与解析】

B。钱锺书的《围城》、路翎的《财主底儿女们》都是20世纪40年代关注知识分子人生道路的作品。

# 二、沙汀、艾芜 ☆☆☆

### 知识点1　沙　汀

### 官方描述

沙汀,原名杨朝熙,1932年用笔名"沙汀"出版短篇小说集《法律外的航线》(又名《航线》),同年加入"左联"。**他的作品大都以四川农村作为背景**,反映国民党和地方军阀统治下的广大农民的悲惨生活。

| 沙汀的小说创作 | |
|---|---|
| 短篇小说集：《爱》《土饼》《苦难》 | |
| 短篇小说：《在其香居茶馆里》 | **《在其香居茶馆里》的思想内容**<br>（1）《在其香居茶馆里》揭露了那些以抗战之名营私舞弊、大发国难财的国民党基层官吏和鱼肉乡民的土豪劣绅，无情地撕下他们冠冕堂皇的"抗战"外衣，刻画出他们可憎、可鄙、可笑之态。<br>（2）该小说以抗战时期国统区的兵役问题为题材，描写了发生在四川乡镇茶馆里的一幕征兵丑剧。<br>**《在其香居茶馆里》显示了作者高超的艺术成就**<br>（1）杰出的讽刺艺术。用客观写实的笔墨揭露假、恶、丑，产生了辛辣的讽刺效果。<br>（2）独特的场景安排。小说对人物的刻画都是在对其香居茶馆的场面描写中完成的，呈现出有主有次、有浓有淡、层次分明的立体感。<br>（3）精湛的结构艺术。采用了双线结构，明写方治国与邢么吵吵之间的争斗，暗写邢么吵吵的大哥与新任县长的相互勾结。最后"蒋门神"上场，将这两条相互联系又平行发展的线索扭结到一起，造成一个极具讽刺力量的结局 |
| 抗战后，描写四川农村生活的三部长篇小说：《淘金记》《困兽记》《还乡记》，其中《淘金记》是"三记"中的最优秀者。 | |
| 抗战胜利前后和解放战争时期，仍然是以四川农村为背景，有短篇集《呼嚎》和《医生》 | |

■ **名师讲解**

在本知识点中，短篇小说《在其香居茶馆里》是考查的重点，常常会以主观题的形式进行考查，因此考生应该进行理解性记忆。另外，他的三部长篇小说多次以选择题的形式进行考查，考生应重点识记。

■ **真题演练**

【单选题】

（2009年4月全国）沙汀创作的长篇小说是（　　　）。

A.《淘金记》　　　　B.《故乡》　　　　C.《春明外史》　　　　D.《围城》

【答案与解析】

A。沙汀创作的长篇小说有《淘金记》《困兽记》《还乡记》，描写四川农村的生活，其中《淘金记》是"三记"中的最优秀者。

**■ 牛刀小试**

【简答题】

简析沙汀《在其香居茶馆里》的艺术成就。

【答案与解析】

《在其香居茶馆里》显示了作者高超的艺术成就：

（1）杰出的讽刺艺术。

用客观写实的笔墨揭露假、恶、丑，产生了辛辣的讽刺效果。

（2）独特的场景安排。

小说对人物的刻画都是在对其香居茶馆的场面描写中完成的，呈现出有主有次、有浓有淡、层次分明的立体感。

（3）精湛的结构艺术。

采用了双线结构，明写方治国与邢幺吵吵之间的争斗，暗写邢幺吵吵的大哥与新任县长的相互勾结。最后"蒋门神"上场，将这两条相互联系又平行发展的线索扭结到一起，造成一个极具讽刺力量的结局。

📢 **知识点 2　　艾　芜**

**■ 官方描述**

艾芜，原名汤道耕，受"五四"新思潮的影响，逃避封建包办婚姻而离家出走，曾在社会底层过着贫困的流浪生活，漂泊于中国西南边境与缅甸、新加坡等地。他的文学创作风格，很大程度上受到这些早年的人生现实经历的影响。

| | 艾芜的小说创作 |
| --- | --- |
| 早年的浪漫风格 | 《南行记》是艾芜的第一个短篇小说集，收有《山峡中》等著名作品。《山峡中》以及《南行记》中其他小说的故事均放在一些饶有诗意的自然风光中加以描画，情景交融，气氛动人，而这些绮丽、神秘风光与作品中的那些强悍、美好的人物结合在一起，就构成了作品独特的艺术境界。<br>《山峡中》这部小说描写了一个热情、泼辣、天真而善良的年青姑娘野猫子，她的出现，不仅使作品的阴沉气氛增加了一丝光亮，而且显示了这些流浪者被扭曲的性格外表之下蕴藏的美好而纯朴的本质，在她身上，寄托了作者对这一群特殊人物的全部同情、理解与赞颂 |

| 抗战爆发后的现实色彩 | 对现实压迫与苦难的揭示,有三部长篇小说:《丰饶的原野》,探索"以农立国"的祖国命运;《故乡》,故事发生在江南山区红军长征时经过的某边远小城,反映抗战时期内地农村社会的黑暗;1948年出版的《山野》,**通过吉丁村反映了全国抗战的一个缩影** |
|---|---|
| 农村妇女题材 | 中篇小说《一个女人的悲剧》《芭蕉谷》等,把视野投向了各式各样在贫苦无告中挣扎的农村妇女。<br>1947年的《石青嫂子》反映了劳动妇女的不幸与坚强 |

## ■ 名师讲解

本知识点常以选择题的形式进行考查,因此,考生应注意区分和记忆。

## ■ 真题演练

【单选题】

1.(2008年4月全国)长篇小说《故乡》的作者是( )。

　　A. 鲁迅　　　　　B. 艾芜　　　　　C. 沙汀　　　　　D. 张天翼

【答案与解析】

B。艾芜的《故乡》,故事发生在江南山区红军长征时经过的某边远小城,反映抗战时期内地农村社会的黑暗。

2.(2011年7月全国)"野猫子"这一形象出自艾芜小说( )。

　　A.《荒地》　　　　B.《山野》　　　　C.《山峡中》　　　　D.《丰饶的原野》

【答案与解析】

C。《山峡中》这部小说描写了一个热情、泼辣、天真而善良的年青姑娘野猫子,她的出现不仅使作品的阴沉气氛增加了一丝光亮,而且显示了这些流浪者被扭曲的性格外表之下蕴藏的美好而纯朴的本质,在她身上,寄托了作者对这一群特殊人物的全部同情、理解与赞颂。

## ■ 牛刀小试

【单选题】

中篇小说《一个女人的悲剧》的作者是( )。

A. 路翎　　　　　B. 钱锺书　　　　　C. 沙汀　　　　　D. 艾芜

【答案与解析】

D。艾芜的中篇小说有《一个女人的悲剧》《芭蕉谷》等,把视野投向了各式各样在贫苦无告中挣扎的农村妇女。

# 三、钱锺书、路翎 ☆☆☆

知识点 1　钱锺书

## 官方描述

> 钱锺书,字默存,号槐聚,曾用笔名中书君,中国现代作家、文学研究家。
> 代表作:小说《围城》;散文集《写在人生边上》;短篇小说集《人·兽·鬼》;诗学专著《谈艺录》《管锥编》。

## 1.《围城》的思想意蕴

● 《围城》的思想意蕴是多层次的,大致可分为三个层面:

（1）**社会批判层面**。作品围绕着主人公方鸿渐的人生足迹,展示了形形色色的战时上层知识分子形象,如买假博士头衔的韩学愈、发国难财的教授李梅亭、依靠亲属政治关系的汪处厚,等等。

（2）**文化批判层面**。《围城》中的人物,大都患有崇洋症,但骨子里还是传统文化在起作用。作品中的方鸿渐先后同鲍小姐、苏文纨、唐晓芙、孙柔嘉发生瓜葛,但却在一次次爱情冲突中败北,他懦弱的性格、悲剧的结局,正是传统文化的束缚所致。

（3）**哲学反思层面**。《围城》的内涵是"围在城里的人想逃出来,城外的人想冲进去",《围城》是对人生、对现代人命运的思考,"围城"这一意象深刻地道出了现代文明的危机和现代人生的困境这个带有普遍意义的问题。

> 《围城》**不仅是旧中国知识分子灰色人生的真切写照**,还有对此类知识分子病态人生的历史原因的深刻分析。造成方鸿渐等人文化性格悲剧的因素体现在:
> 一是出生在封建家庭里,受到"五四"新文化的影响,却并未在留学期间学得西方人的精髓,反而吸收了外国人的糟粕;
> 二是社会现实的黑暗、人与人之间关系的险恶,是导致方鸿渐"围城人"性格的社会基因;
> 三是他与其同道们并没有明确的人生追求,对社会人生悲观失望,最终沦为了"无毛两足动物"。

## 2.《围城》的艺术特色

● **杰出的讽刺艺术**

不是用夸张人物行为的方法,而是透过他们的五脏六腑,揭示人物内心的阴暗、丑恶和言不由衷。

- **丰富的想象和联想与哲理化、知识性的有机融合**

作者熔古今中外的知识于一炉,渗透在对生活的描述中,充分体现了讽刺艺术的生活化、知识化、趣味化。

- **丰富的表现手法**

广泛运用比喻、夸张等艺术手法,巧妙地将它们与高超的讽刺艺术结合起来。

- **精湛的语言艺术**

语言清新、畅达、传神、精辟。

### ■ 名师讲解

本知识点中,《围城》的思想意蕴以及艺术特色都是需要考生掌握的重点内容,常常会以选择题的形式进行考查。建议考生通过阅读这部小说或观看相关的影视剧,了解作品内容,方便理解记忆。

### ■ 真题演练

【单选题】

1. (2011年4月全国)方鸿渐这个形象出自(　　　)。

　　A. 张爱玲的《倾城之恋》　　　　B. 钱锺书的《围城》

　　C. 沈从文的《长河》　　　　　　D. 无名氏的《塔里的女人》

【答案与解析】

B。钱锺书的作品《围城》围绕着主人公方鸿渐的人生足迹,展示了形形色色的战时上层知识分子形象,如买假博士头衔的韩学愈、发国难财的教授李梅亭、依靠亲属政治关系的汪处厚,等等。

2. (2014年4月全国)用讽刺、夸张等手法表现旧中国知识分子灰色人生的长篇小说是(　　　)。

　　A.《人·兽·鬼》　　B.《南行记》　　　C.《北极风情画》　　D.《围城》

【答案与解析】

D。《围城》的思想意蕴:《围城》不仅是旧中国知识分子灰色人生的真切写照,还有对此类知识分子病态人生的历史原因的深刻分析。《围城》的艺术特色:杰出的讽刺艺术。不是用夸张人物行为的方法,而是透过他们的五脏六腑,揭示人物内心的阴暗、丑恶和言不由衷;丰富的表现手法。广泛运用比喻、夸张等艺术手法,巧妙地将它们与高超的讽刺艺术结合起来。

### ■ 牛刀小试

【多选题】

《围城》的主要艺术特色包括(　　　)。

A. 杰出的讽刺艺术

B. 丰富的想象和联想与哲理化、知识性的有机融合

C. 复杂的情感表达

D. 丰富的表现手法

E. 精湛的语言艺术

【答案与解析】

ABDE。《围城》的主要艺术特色：一是杰出的讽刺艺术。二是丰富的想象和联想与哲理化、知识性的有机融合。三是丰富的表现手法。四是精湛的语言艺术。

## 知识点 2 路 翎

### 官方描述

> 路翎,原名徐嗣兴,是"七月派"小说的杰出代表。

## 1. 路翎的小说创作

七月派主张"主观战斗精神",路翎是真正能代表这一风格的,**1943 年 3 月作为"七月新丛"**之一出版的《饥饿的郭素娥》可以说是他早期小说思想艺术的一个总结。郭素娥敢于傲视社会的冷眼,向宗法家族势力与流氓势力挑战,当她被当作物品转卖时,宁死也不从,喊出了"你们不晓得一个女人底日子,她挨不下去,她痛苦!"。这部小说发表后获得了很大的反响。

路翎长篇小说的代表作是《财主底儿女们》。这也是中国现代文学史上不可多得的优秀力作。小说以"一·二八"上海抗战以后十年间我国的社会生活为背景,描写了苏州头等富户蒋捷三一家在内外各种力量冲击下分崩离析的过程,表现了财主的儿女们在大时代中不同的人生道路和命运, 史诗般地展现广阔的社会图景,深入表现知识分子的心路历程。

## 2. 人物形象塑造

作者从人物性格的不同侧面、人物命运的不同走向刻画了三个完全不同的类型。蒋蔚祖是一个懦弱无能的公子哥儿;蒋少祖是一个十足的新派人物;蒋纯祖是一个死守个人主义的知识分子的典型。

## 3. 主要艺术特色

以史诗的笔触,描写人物的灵魂的搏斗,在揭示人物的灵魂的复杂性方面具有特殊价值。采用兼容政治、哲理、抒情等多种艺术要素的夹叙夹议的叙述艺术。

20 世纪 40 年代后期,路翎创作了**长篇小说《燃烧的荒地》**、中篇小说《蜗牛在荆棘上》和《嘉陵江畔的传奇》等,大多以农民和农村为题材。

**■ 名师讲解**

本知识点中的重要作品常以选择题的形式进行细致化考查,考生应进行区分记忆。

**■ 真题演练**

【单选题】

(2012 年 7 月全国)"七月派"中创作《饥饿的郭素娥》等小说的作家是( )。

A．绿原          B．路翎          C．鲁藜          D．阿垅

【答案与解析】

B。1943 年 3 月作为"七月新丛"之一出版的《饥饿的郭素娥》,是路翎为他早期小说的思想艺术所做的一个总结。

**■ 牛刀小试**

【单选题】

路翎长篇小说的代表作是( )。

A.《燃烧的荒地》                    B.《财主底儿女们》

C.《八十一梦》                      D.《洼地上的战役》

【答案与解析】

B。路翎长篇小说的代表作是《财主底儿女们》。小说以"一·二八"上海抗战以后十年间我国的社会生活为背景,描写了苏州头等富户蒋捷三一家在内外各种力量冲击下分崩离析的过程,表现了财主的儿女们在大时代中不同的人生道路和命运,史诗般地展现了广阔的社会图景,深入表现知识分子的心路历程。

## 四、张爱玲、张恨水 ☆☆☆

**知识点 1** 张爱玲

**■ 官方描述**

> 张爱玲,生于上海,原名张瑛,是 20 世纪 40 年代上海孤岛文坛上一颗耀眼的新星。

### 1. 张爱玲小说的思想内容

(1)张爱玲的小说以超脱于政治与阶级的观点去看待人生,寻求一种"普遍的永恒"的东西。代表作品:《传奇》(描绘"普遍的永恒的人性");《桂花蒸·阿小悲秋》;《倾城之恋》。

(2)张爱玲的小说将中国古典小说智慧与现代生存体验结合起来,描述了新旧交替的中

国都市男男女女千疮百孔的经历,集中地暴露了每个人身上的邪恶性。《金锁记》中的主角曹七巧在现实的压迫下性格变态,容不得任何美好的东西,甚至自己儿女的婚姻幸福也成了她的眼中钉、肉中刺,非加以毁坏就不能使她称心,这是对中国读者熟悉的传统慈母形象的彻底解构,也揭示了压抑人性的封建文化对人心灵的巨大戕害;类似的还有《十八春》。

（3）**刻画了现代都市与资本主义文化的尖锐矛盾**。《沉香屑·第一炉香》中的葛薇龙为了享乐和金钱背叛传统道德观念;《倾城之恋》中左右白流苏与范柳原爱情的是经济、战争和市侩的因素。

（4）**表现了女性在现代社会的生存处境**。张爱玲笔下的女性处境,有来自旧家族内的冷漠眼光,有命运的捉弄,更有来自女性自身的精神重负。这类作品有《连环套》《红玫瑰与白玫瑰》。

## 2. 张爱玲小说的艺术价值

（1）张爱玲小说的特色首先来自于传奇性的故事以及弥漫于其中的梦魇般的氛围,她擅长叙说"家史性"的故事。

（2）她的小说有丑恶的人性展示,两性关系中的性心理、性变态、人格分裂等是她常写的题材。

（3）她不仅将中外古今的优秀传统熔于一炉,而且能将纯文学与通俗文学的各自优长汇于一身,将小说推向雅俗融合的境界。

### ■ 名师讲解

本知识点中,张爱玲小说的思想内容是考查重点,常以选择题的形式进行考查。除了掌握她的小说的思想内容以外,对相关的作品也要有所了解。

### ■ 真题演练

【单选题】

(2012 年 4 月全国)将中国古典小说智慧与现代生存体验结合起来,描写都市男女的女作家是(    )。

A. 苏青　　　　　B. 张爱玲　　　　　C. 冯沅君　　　　　D. 庐隐

【答案与解析】

B。张爱玲的小说将中国古典小说智慧与现代生存体验结合起来,描述了新旧交替的中国都市男男女女千疮百孔的经历,并集中地暴露了每个人身上的那种邪恶性。

### ■ 牛刀小试

【多选题】

下列属于张爱玲的作品有(    )。

A.《倾城之恋》　　　B.《金锁记》　　　C.《结婚十年》　　　D.《十八春》

E.《连环套》

【答案与解析】

ABDE。张爱玲的作品有《倾城之恋》《金锁记》《十八春》《连环套》等。《结婚十年》是苏青的长篇自传体小说。

## 知识点 2    张恨水

### 官方描述

张恨水,原名张心远。15 岁时开始写作,早期小说有浓郁的鸳鸯蝴蝶派的气息。

张恨水的小说创作

(1)1924 年发表成名作《春明外史》,开始脱离早期的鸳鸯蝴蝶派的气息。

(2)1926 年发表的《金粉世家》,是其**第一部**具有现代意义的通俗巨制,打破了中国古典小说封闭式的结尾模式,呈开放式结构。围绕金燕西和冷清秋的婚姻悲剧,展现巨宦豪门的崩溃命运。

(3)《啼笑因缘》(1930),小说表现的是中国现代都市生活和传统道德心理相互冲突的主题,揭示军阀混战的黑暗现实。张恨水因该小说被视为旧派通俗文学中社会言情小说的**集大成者**。

(4)"九一八"事变以后,张恨水的思想发生转变,开始站在民族的立场上,在创作中增加抗日爱国的内容,并深入对社会现实的批判,《丹凤街》(又名《负贩列传》)与《八十一梦》是这一时期具有写实精神的代表作。《八十一梦》是一部想象性的社会讽刺小说,共写了十四个梦。

### 名师讲解

此知识点中考生只需识记张恨水创作的主要小说以及相关的创作转变特征,注意区分即可。

### 真题演练

【单选题】

1.(2019 年 10 月全国)写京城国务总理的家庭兴衰,被称为张恨水第一部具有现代意义的通俗巨制的是(    )。

A.《啼笑因缘》    B.《天国春秋》    C.《八十一梦》    D.《金粉世家》

【答案与解析】

D。1926 年发表的《金粉世家》,是张恨水第一部具有现代意义的通俗小说。小说写京城三世同堂的国务总理金家,写出巨宦豪门的一朝崩溃,整个家庭树倒猢狲散的结局。

2.(2009 年 7 月全国)张恨水抗战时期的"社会讽喻小说"是(    )。

A.《啼笑因缘》　　　B.《八十一梦》　　　C.《金粉世家》　　　D.《春明外史》

【答案与解析】

B。"九一八"事变以后,张恨水的思想发生转变,开始站在民族的立场上,在创作中添加抗日爱国的内容,并深入对社会现实的批判,《丹凤街》(又名《负贩列传》)与《八十一梦》是这一时期具有写实精神的代表作。《八十一梦》是一部想象性的社会讽刺小说,共写了十四个梦。

### 牛刀小试

【多选题】

以下关于张恨水的判断正确的是(　　　)。

A. 张恨水的早期小说受到鸳鸯蝴蝶派影响

B. 张恨水是长篇小说《风萧萧》的作者

C. 张恨水创作有社会讽喻小说《八十一梦》

D. 张恨水是社会言情小说的集大成者

E. 张恨水的《啼笑因缘》是一部历史题材小说

【答案与解析】

ACD。张恨水,原名张心远。15 岁时开始写作,早期小说有浓郁的鸳鸯蝴蝶派的气息。1924 年发表成名作《春明外史》,开始脱离早期的鸳鸯蝴蝶派的气息。《啼笑因缘》(1930),小说表现的是中国现代都市生活和传统道德心理相互冲突的主题,揭示军阀混战的黑暗现实。张恨水因此被视为旧派通俗文学中社会言情小说的集大成者。《八十一梦》是一部想象性的社会讽刺小说,共写了十四个梦。

## 五、艾青 ☆☆☆

### 官方描述

> 艾青,原名蒋正涵。艾青的诗歌突出地表现着浓浓的忧郁情绪,但又对生活充满信念、执着和认真。

### 1. 艾青诗歌的主要创作

1933 年:创作《大堰河——我的保姆》,第一次使用笔名"艾青",从此便步入现代诗人的行列。

1937—1944 年:

(1)"北方组诗":反映北方人民苦难,风格忧郁深沉。《雪落在中国的土地上》《北方》《乞丐》《补衣妇》《手推车》《我爱这土地》《旷野》。

（2）"**太阳组诗**"：以诗人自己的激昂情绪为中心，以太阳和火为主要象征物，表达不屈不挠的民族抗争精神。《太阳》《煤的对话》《向太阳》《火把》《吹号者》《他死在第二次》等。

1941年：艾青到延安，创作风格更为明朗和激昂。

## 2. 艾青诗歌的主要思想内容

**艾青的诗歌具有强烈的时代感和厚重的历史感。**

（1）写出了民族的悲哀，人民的苦难。

（2）注重挖掘在苦难中顽强挣扎、坚韧奋斗的民族精神。

（3）表达了对祖国、对人民的深沉的爱。爱国主义是艾青诗中永远唱不完的主题。这种感情表现得最为动人的是《我爱这土地》，"为什么我的眼里常含泪水？因为我对这土地爱得深沉"，这两句诗曾引起无数中国人发自内心深处的共鸣。

（4）表现对光明、理想、美好生活的追求。太阳、光明、春天、黎明、生命和火焰，是艾青热情讴歌的"永恒"主题。这在"太阳组诗"中表现得最为充分。

## 3. 艾青诗歌在艺术上的独特建树

（1）注重诗歌意象的选取和诗歌形象的创造。**艾青诗歌的中心意象是"土地"和"太阳"**。在这两个出现频率最高的中心意象里面，蕴含着艾青对祖国——大地母亲最深沉的爱，对劳动人民——大地的儿子最深厚的情感；在"太阳"意象里面，则凝聚着艾青对光明、理想、美好生活的热烈的不息追求。

（2）注重感觉印象与所宣泄的主观感情的融合。《旷野》中写"薄雾在迷蒙着旷野"，首先是从感觉出发，描写自然的光和色，在记录敏锐感觉和印象的同时，融入主观的情感，从而赋予其象征意义，引起人们丰富的联想。

（3）散文化语言和自由体形式的追求。**艾青的诗，标志着"五四"以后自由体诗发展的又一个重要的阶段。**

### 名师讲解

本知识点中，从艾青的诗歌代表作到其主要思想内容和艺术上的独特建树，都是考查的重点，因此需要考生重点掌握。本知识点常常以选择题的形式进行考查，建议考生复习之外朗读一下艾青的诗歌，感受一下诗人的创作激情，从而帮助记忆。

### 真题演练

【多选题】

1.（2015年4月全国）下列作品属于艾青"北方组诗"的有（　　）。

    A.《雪落在中国的土地上》        B.《北方》

    C.《乞丐》                D.《我爱这土地》

E.《旷野》

【答案与解析】

ABCDE。艾青在流浪期间的诗作大致可分为两组：

（1）"北方组诗"：反映北方人民苦难，风格忧郁深沉。《雪落在中国的土地上》《北方》《乞丐》《补衣妇》《手推车》《我爱这土地》《旷野》。

（2）"太阳组诗"：以诗人自己的激昂情绪为中心，以太阳和火为主要象征物，表达不屈不挠的民族抗争精神。《太阳》《煤的对话》《向太阳》《火把》《吹号者》《他死在第二次》等。

2.（2017 年 4 月全国）艾青注重诗歌意象的选取和凝练。其诗歌的中心意象有（　　）。

A. 土地　　　　B. 天空　　　　C. 大海　　　　D. 太阳

E. 月亮

【答案与解析】

AD。艾青诗歌的中心意象是"土地"和"太阳"。在这两个出现频率最高的中心意象里面，蕴含着艾青对祖国——大地母亲最深沉的爱，对劳动人民——大地的儿子最深厚的情感；在"太阳"意象里面，则凝聚着艾青对光明、理想、美好生活的热烈的不息追求。

### 牛刀小试

【简答题】

简述艾青诗歌的主要思想内容。

【答案与解析】

艾青的诗歌具有强烈的时代感和厚重的历史感。

（1）写出了民族的悲哀，人民的苦难。

（2）注重挖掘在苦难中顽强挣扎、坚韧奋斗的民族精神。

（3）表达了对祖国、对人民的深沉的爱。爱国主义是艾青诗中永远唱不完的主题。

（4）表现对光明、理想、美好生活的追求。太阳、光明、春天、黎明、生命和火焰，是艾青热情讴歌的"永恒"主题。这在"太阳组诗"中表现得最为充分。

## 六、穆旦 ☆ ☆

### 官方描述

> 穆旦，原名查良铮，是"九叶派"诗人中成绩最突出的，风格显著。

**穆旦诗中的"自我"**

（1）穆旦的诗持久深入地探索和表现了"自我"，表现了很强的反思和批判精神。《我》《我向自己说》《从空虚到充实》《诗八首》等诗中显示了穆旦对于"自我"的独特探索与表现。

（2）穆旦诗中的"我"是生活在混乱而黑暗的时代现实中的分裂、残缺、矛盾而痛苦的

"我"。《诗八首》是关于爱情的诗,也是关于自我的诗。穆旦在语言上娴熟地运用了现代诗的象征、暗示、抽象与具体扭结的技巧,诗歌语言意义繁密而富于弹性。

(3)穆旦诗中的"我"深深植根于中国现实之中。早期的诗作中已经透露出关注现实人生的倾向。《流浪人》《一个老木匠》《更夫》等,体现了诗人对于现实人生的观察和理解。

(4)穆旦的诗致力于展现心灵的自我搏斗和因种种痛苦而丰富的体验,充满了深沉的内省与思辨的力量。穆旦诗中的"我"是时代的产物、社会的反映。在"我"的形象系谱中显示出深厚的社会历史内容。

### 名师讲解

本知识点中,穆旦诗中的"自我"是重点考查内容,常常以选择题的形式进行考查,因此,考生应当重点识记。

另外,需要注意的是,考查时命题人的问法多变,但万变不离其宗。因此,不建议考生死记硬背,提倡理解性记忆,这样考试才能百战百胜。

### 真题演练

【多选题】

(2016年10月全国)下列选项中,对穆旦诗歌评述正确的是(          )。

A. 善用"土地"和"太阳"的意象

B. 表达了强烈的反思和批判精神

C. 表现了分裂、残缺、矛盾而痛苦的"自我"

D. 娴熟运用现代派诗歌的象征、暗示等技巧

E. 表现了无产阶级革命的战斗激情

【答案与解析】

BCD。穆旦的诗持久深入地探索和表现了"自我",表现了很强的反思和批判精神。穆旦诗中的"我"是生活在混乱而黑暗的时代现实中的分裂、残缺、矛盾而痛苦的"我"。《诗八首》是关于爱情的诗,也是关于自我的诗。穆旦在语言上娴熟地运用了现代诗的象征、暗示、抽象与具体扭结的技巧,诗歌语言意义繁密而富于弹性。穆旦诗中的"我"深深植根于中国现实之中。早期的诗作中已经透露出关注现实人生的倾向。穆旦的诗致力于展现心灵的自我搏斗和因种种痛苦而丰富的体验,充满了深沉的内省与思辨的力量。

### 牛刀小试

【单选题】

穆旦诗所表现的"自我"的特点是(          )。

A. 夸饰                  B. 浪漫多情

C. 感伤、自怨           D. 分裂、痛苦

【答案与解析】

D。结合选项，可以发现考查的知识点是"穆旦诗中的'自我'"的其中一项：穆旦诗中的"我"是生活在混乱而黑暗的时代现实中的分裂、残缺、矛盾而痛苦的"我"。

# 七、夏衍、陈白尘 ☆☆☆

📢 **知识点 1** 夏 衍

🔲 **官方描述**

> 夏衍，原名沈乃熙，字端先。

夏衍的戏剧创作

1935 年创作了独幕剧《都会的一角》和《中秋月》（又名《相似》），1936 年 4 月发表了讽喻历史剧《赛金花》，同年 12 月，又写出了历史剧《自由魂》（又名《秋瑾传》）。

**1937 年发表的《上海屋檐下》可以视为夏衍现实主义戏剧创作的真正起点**，从这里开始，夏衍把眼光从历史题材转向现实题材，从英雄、传奇人物转向平凡、普通的人民。《上海屋檐下》截取生活片段，以真实场景告诉人们这是"为了生活"，同时以带有强烈的感染力的戏剧动作提示人们："不，人不能这样生活！"

**抗日战争爆发后**，夏衍与在沪著名作家集体创作了大型话剧《保卫卢沟桥》，接着又先后创作发表了《一年间》（1938）、《赎罪》（1938）、《娼妇》（1939）、《心防》（1940）、《冬夜》（1941）、《愁城记》（1941）等。

1942 年到重庆后，创作或改编了四幕剧《水乡吟》（1942）、五幕剧《法西斯细菌》（又名《第七号风球》，1942）、六幕剧《复活》（1944）、四幕剧《芳草天涯》（1945）等。

**《法西斯细菌》是夏衍写于抗战时期的话剧**。在全世界法西斯侵略与战争势力猖獗，全世界人民为反对法西斯浴血苦战的年代，不问政治的倾向是错误的。剧本主人公俞实夫就是一个只管"纯科学"研究不问政治的青年科学家。他留学日本，在细菌学研究方面取得重大成就，但对日本侵占东北并不关心。抗日战争爆发后他由上海逃到香港，仍埋首科学研究不问其他。直到日本侵略军侵占香港，种种现实教训才使他认识到法西斯也是一种细菌，比细菌害人更厉害，从而投身到抗战洪流。俞实夫的思想性格及其转变写得有层次、真实可信，具有典型意义。妻子静子（日本人）也写得很感人，他的朋友赵安涛、秦正义是另外两种类型的知识分子，各有其意义，并烘托了俞实夫形象。

🔲 **名师讲解**

在本知识点中，考生需要注意夏衍的两类题材的创作，一类是历史题材；一类是现实题材，常以选择题的形式进行考查。

## ■ 真题演练

【单选题】

(2009 年 7 月全国)夏衍的以历史事件为题材的剧作是(        )。

A.《王昭君》《赛金花》                 B.《秋瑾传》《赛金花》

C.《王昭君》《虎符》                   D.《太平天国》《芳草天涯》

【答案与解析】

B。夏衍 1935 年创作了独幕剧《都会的一角》和《中秋月》(又名《相似》),1936 年 4 月发表了讽喻历史剧《赛金花》,同年 12 月,又写出了历史剧《自由魂》(又名《秋瑾传》)。

## ■ 牛刀小试

【单选题】

可以视为夏衍现实主义戏剧创作的真正起点的是 1937 年发表的(        )。

A.《赎罪》           B.《复活》           C.《上海屋檐下》     D.《控诉》

【答案与解析】

C。1937 年发表的《上海屋檐下》可以视为夏衍现实主义戏剧创作的真正起点,从这里开始,夏衍把眼光从历史题材转向现实题材,从英雄、传奇人物转向平凡、普通的人民。

### 知识点 2　陈白尘

## ■ 官方描述

> 陈白尘,原名陈增鸿。他的戏剧创作对中国戏剧界的发展作出了重要的贡献。

陈白尘的戏剧创作

**陈白尘戏剧创作坚持现实主义方向**。他一方面从历史素材中寻找戏剧性,《汾河湾》(1932)、《虞姬》(1933)、《石达开的末路》(1936)、《金田村》(1937),鼓动现实大众中激荡着的抗战热情。另一方面从现实生活提炼喜剧性,以他特有的幽默和讽刺才华,写出一部部"大时代的小喜剧":《魔窟》(1938)、《乱世男女》(1939)、《未婚夫妻》(1940)、《禁止小便》(1941)、《升官图》(1945)。

陈白尘的**第一部讽刺喜剧《征婚》**描写了一对未婚夫妻在旧时代的尴尬处境,暴露了国民党统治扼杀人的基本权利的黑暗现实。

写于 1944 年的**六幕正剧《岁寒图》**,通过一名医生的防疫计划的失败来反映那个黑暗的时代。

创作于 1945 年 10 月的《升官图》是陈白尘的代表作。剧作以夸张、变形、漫画化的手法描写了"一个凄风苦雨之夜"两个强盗的升官梦。该剧是**20 世纪 40 年代后期的又一部"官场现形记"**。其艺术特色主要表现在,以荒诞离奇的梦境揭示现实,梦境为喜剧手法的自由发挥起了重要作用;情节的离奇建构和人物描写的高度漫画化相结合,使剧作充满喜剧性;用喜剧手法将政治批判与道德批判结合在一起,写出群丑"多行不义"的必然下场。

**抗战胜利后**,陈白尘创作了《幸福狂想曲》《天官赐福》和《乌鸦与麻雀》等喜剧电影剧本。

### ■ 名师讲解

在本知识点中,陈白尘戏剧作品的创作以及表现出来的独特性常常作为考查的重点,以选择题的形式进行考查,因此,考生可采用区分记忆和理解性记忆的方法进行掌握。

### ■ 真题演练

【单选题】

1. (2008年4月全国)四十年代以夸张与漫画化的表现手法创作的剧作是( )。

　　A.《岁寒图》　　　B.《心防》　　　C.《赛金花》　　　D.《升官图》

【答案与解析】

D。创作于1945年10月的《升官图》是陈白尘的代表作。剧作以夸张、变形、漫画化的手法描写了"一个凄风苦雨之夜"两个强盗的升官梦。

2. (2017年4月全国)陈白尘的第一部讽刺喜剧描写了一对未婚夫妻在旧时代的尴尬处境,暴露了国民党统治扼杀人的基本权利的黑暗现实。这一剧作是( )。

　　A.《魔窟》　　　B.《结婚进行曲》　　C.《岁寒图》　　　D.《征婚》

【答案与解析】

D。陈白尘的第一部讽刺喜剧《征婚》描写了一对未婚夫妻在旧时代的尴尬处境,暴露了国民党统治扼杀人的基本权利的黑暗现实。

### ■ 牛刀小试

【单选题】

1. 陈白尘的六幕正剧《岁寒图》写于( )。

　　A. 1941年　　　B. 1942年　　　　C. 1943年　　　　D. 1944年

【答案与解析】

D。陈白尘的六幕正剧《岁寒图》写于1944年,通过一个医生的防痨计划的失败来反映一个黑暗时代。

【多选题】

2. 陈白尘善于从现实生活提炼喜剧性,以他特有的幽默和讽刺才华写出一部部"大时代的小喜剧",其中包括( )。

　　A.《升官图》　　　　　　　　　B.《石达开的末路》

　　C.《未婚夫妻》　　　　　　　　D.《金田村》

　　E.《乱世男女》

【答案与解析】

ACE。陈白尘戏剧创作坚持现实主义方向。他一方面从历史素材中寻找戏剧性,《汾河湾》(1932)、《虞姬》(1933)、《石达开的末路》(1936)、《金田村》(1937),鼓动现实大众中激荡着的抗战热情;另一方面从现实生活提炼喜剧性,以他特有的幽默和讽刺才华,写出一部部"大时代的小喜剧":《魔窟》(1938)、《乱世男女》(1939)、《未婚夫妻》(1940)、《禁止小便》(1941)、《升官图》(1945)。

# 第三节　解放区文学创作

## 一、概述 ☆☆☆

### ■ 官方描述

《在延安文艺座谈会上的讲话》发表以后,解放区文学创作发生的重要变化:

毛泽东《在延安文艺座谈会上的讲话》发表以后,解放区文学**广泛运用农民喜闻乐见的文学形式**,其语言基本上采用大众口语,不少还是方言土语,晓畅生动,自然质朴。

## 1. 20 世纪 40 年代解放区戏剧创作的基本情况

抗战初期延安戏剧创作以**小型作品**居多。延安文艺座谈会后,文艺工作者首先致力于**秧歌剧**的改造创新。影响大的秧歌剧主要有《夫妻识字》(马可)、《牛永贵挂彩》(周而复、苏一平)、《红布条》(苏一平)等。这些新秧歌剧选择了现实的劳动生活题材,描绘了健康有活力的工农兵形象,深受广大群众的欢迎。

延安文艺工作者在广泛吸收秧歌剧、地方戏曲和西洋歌剧的长处的基础上,创造了**新歌剧**。《白毛女》(原为六幕,后改为五幕,延安鲁迅艺术学院集体创作,贺敬之、丁毅执笔,马可、张鲁等作曲)、《王秀鸾》(傅铎编剧)、《血泪仇》(马健翎编剧)、《赤叶河》(阮章竞编剧)和《刘胡兰》(中国人民解放军第一野战军政治部战斗剧社集体创作,魏风、刘莲池等执笔)等是新歌剧的代表性作品。

《白毛女》以流传于民间的"白毛仙姑"传说为素材,经过改造,融进了歌颂新政权、穷人得解放的思想内容,塑造了杨白劳、喜儿、大春等农民形象。喜儿的生活道路,表现了"旧社会把人逼成鬼,新社会把鬼变成人"的全新主题。在广泛的继承借鉴中创造了新型现代民族歌剧的经典,成为民族新歌剧的里程碑。

对旧戏曲改造:《逼上梁山》《三打祝家庄》和《血泪仇》。新编京剧《逼上梁山》被毛泽东称为"这是旧剧革命的划时期的开端"。

## 2. 20 世纪 40 年代解放区新诗创作的基本情况

根据地早期诗歌主要是朗诵诗和街头诗。柯仲平与李雷、萧三等人倡导朗诵诗运动，光未然的《黄河大合唱》成为根据地最杰出的作品之一。柯仲平有代表作《边区自卫军》和《平汉路工人破坏大队》等。街头诗最早出现于抗战之初的上海、武汉等地，形成运动则在延安。街头诗大多是政治抒情诗和小叙事诗。抗战后期在人民军队中兴起的"枪杆诗"与朗诵诗、街头诗运动一脉相承。

延安文艺座谈会以后，诗歌创作力求向民间歌谣学习。诗歌工作者在深入民间的过程中，积极参与了群众诗歌创作活动。有《移民歌》《咱们的领袖毛泽东》等。**还有一些诗人借鉴民歌的艺术，创作了一批群众喜闻乐见的作品，这就是歌谣体新诗。李季的《王贵与李香香》、阮章竞的《漳河水》、张志民的《王九诉苦》和《死不着》、田间的《戎冠秀》等是歌谣体新诗的代表作。**

## 3. 20 世纪 40 年代解放区散文创作的基本情况

解放区散文创作的成就主要集中在报告文学、速写和文艺通讯方面。比较著名的作家有华山、吴伯箫、刘白羽、孙犁、周而复等。

## 4. 20 世纪 40 年代解放区小说创作的基本情况

解放区早期的小说创作以丁玲为代表，代表性作品有《我在霞村的时候》《夜》《在医院中》等。文艺座谈会后，解放区的小说创作呈现出新的面貌。如刘白羽反映部队生活的作品：《政治委员》《无敌三勇士》《战火纷飞》《火光在前》（中篇）等。

**解放区最早出现的中长篇小说是章回体的抗日题材小说。其中《洋铁桶的故事》（柯蓝）、《吕梁英雄传》（马烽、西戎）、《新儿女英雄传》（孔厥、袁静）等"新英雄传奇"，以章回体的传统文学形式表现人民武装斗争的新内容，是这类小说的共同特征。**

《太阳照在桑干河上》（丁玲）、《高干大》（欧阳山）、《种谷记》（柳青）、《暴风骤雨》（周立波）都是反映农村改革的长篇小说。《暴风骤雨》以东北地区松花江畔一个叫元茂屯的村子为背景，描绘出土地改革这场波澜壮阔的革命斗争的画卷，主人公为郭全海。《太阳照在桑干河上》以工作组领导群众如何揭露出狡猾、隐蔽的大地主钱文贵为线索，展现了阶级的、宗族的伦理道德等文化心理的深刻变化。

还有草明的反映工业建设题材的长篇小说《原动力》。

### ■ 名师讲解

解放区各类体裁的文学创作都有着新的转变和发展，考生在复习时可与国统区的文学进行对比记忆。

本知识点常以选择题的形式进行考查,考生需对重要的作品以及代表性人物进行区分。

### 真题演练

【单选题】

1.(2012年7月全国)民族新歌剧的里程碑是(    )。

    A.《逼上梁山》    B.《赤叶河》    C.《兄妹开荒》    D.《白毛女》

【答案与解析】

D。《白毛女》是毛泽东同志《在延安文艺座谈会上的讲话》公开发表后,延安文艺工作者在广泛吸收秧歌剧、地方戏曲和西洋歌剧的长处的基础上创造的新歌剧。《白毛女》以流传于民间的"白毛仙姑"传说为素材,经过改造,融进了歌颂新政权、穷人得解放的思想内容,塑造了杨白劳、喜儿、大春等农民形象。喜儿的生活道路,表现了"旧社会把人逼成鬼,新社会把鬼变成人"的全新主题。在广泛的继承借鉴中创造了新型现代民族歌剧的经典,成为民族新歌剧的里程碑。

【多选题】

2.(2011年7月全国)1942年以后,解放区章回体形式的小说有(    )。

    A.《高干大》    B.《种谷记》    C.《原动力》    D.《吕梁英雄传》

    E.《新儿女英雄传》

【答案与解析】

DE。解放区最早出现的中长篇小说是章回体的抗日题材小说。其中《洋铁桶的故事》(柯蓝)、《吕梁英雄传》(马烽、西戎)、《新儿女英雄传》(孔厥、袁静)等"新英雄传奇",以章回体的传统文学形式表现人民武装斗争的新内容,是这类小说的共同特征。

### 牛刀小试

【单选题】

郭全海这个人物出自于(    )。

    A.《光荣》        B.《暴风骤雨》    C.《荷花淀》    D.《邪不压正》

【答案与解析】

B。《暴风骤雨》作者是周立波,该书以东北地区松花江畔一个叫元茂屯的村子为背景,描绘出土地改革这场波澜壮阔的革命斗争的画卷,主人公是郭全海。

## 二、赵树理 ☆☆☆

**官方描述**

> 赵树理1943年5月发表了**成名作**《小二黑结婚》，被时任八路军副总司令的彭德怀称赞，接着他又推出了中篇小说《李有才板话》、长篇小说《李家庄的变迁》、短篇小说《孟祥英翻身》《邪不压正》《地板》《福贵》《传家宝》《田寡妇看瓜》等，引起了文艺界的高度重视。在1947年七八月间，晋冀鲁豫边区文联开展了文艺座谈会，正式提出了"**赵树理方向**"，号召作家向赵树理学习。

### 1. 赵树理的小说创作

| | |
|---|---|
| 思想内容 | 赵树理的小说多取材于他所熟悉的生活，多以反映农村社会或农村工作中的问题为主题，**故他的小说多为"问题小说"**，即他在做群众工作的过程中所发现的问题。如《小二黑结婚》的故事情节源自真实事件，赵树理改变结局，写成一部宣传并歌颂农村青年自由恋爱的作品；《李有才板话》也着意于解决现实问题 |
| 人物形象 | 赵树理的小说成功地塑造了一系列传神的人物形象。《小二黑结婚》中写得最传神的是二诸葛和三仙姑这两个落后人物形象。<br>在《李有才板话》中，赵树理塑造了**三类农民形象**。一类是成长中的青年农民的形象，小顺、小保、小元、小明等都是与地主阎恒元做斗争的中坚力量；另一类是李有才这样的有一定生活斗争经验的老贫农形象，李有才是小说中的中心人物；还有一类是老秦这样落后的不觉悟的农民形象 |

### 2. 赵树理对中国现代小说民族化的贡献

赵树理对中国传统评书体形式加以改造，**创造了一种新的评书体的小说形式**，推进了中国现代小说的民族化。

（1）在**小说写法**上，借鉴了中国传统评书或章回体小说注重故事连贯和完整的写法，抛弃了旧的套式，结合表现内容加以革新，较大程度上适应了中国农民的欣赏习惯，推进了中国现代小说的民族化进程。

（2）在**人物塑造**上，借鉴了中国传统小说的表现手法，既注重在叙述故事中介绍人物，又注重以人物的行动来揭示人物的性格和心理。

（3）在**形象体系和情节结构**上，往往具有明显的对称性，使人物性格相互映照、鲜明突出。

（4）在**语言**上,注重对北方农民口语进行艺术加工,质朴通俗、简洁有力,营造出幽默风趣的艺术效果。提供了新文学与农民进行沟通的成功经验,这种经验给许多作家以启示,20世纪40年代及50年代一些山西作家如马烽、西戎、胡正、孙谦、束为等,在赵树理小说经验的影响下从事创作,在中国现代文学史上形成了"山药蛋派"的文学流派。

■ **名师讲解**

本知识点中,赵树理的小说创作全部都是需要重点识记的内容,常常以选择题和主观题的形式进行考查。建议考生在复习之余,阅读《小二黑结婚》以及《李有才板话》,可以帮助记忆知识点内容。

■ **真题演练**

【单选题】

1.（2014年4月全国）赵树理的小说成名作是（　　　）。

    A.《李家庄的变迁》　　　　　　　　B.《李有才板话》

    C.《邪不压正》　　　　　　　　　　D.《小二黑结婚》

【答案与解析】

D。赵树理1943年5月发表了成名作《小二黑结婚》,被时任八路军副总司令的彭德怀称赞,接着他又推出了中篇小说《李有才板话》、长篇小说《李家庄的变迁》、短篇小说《孟祥英翻身》《邪不压正》《地板》《福贵》《传家宝》《田寡妇看瓜》等。

2.（2015年10月全国）二诸葛和三仙姑出自赵树理的（　　　）。

    A.《李家庄的变迁》　　　　　　　　B.《小二黑结婚》

    C.《李有才板话》　　　　　　　　　D.《田寡妇看瓜》

【答案与解析】

B。赵树理的小说成功地塑造了一系列传神的人物形象。《小二黑结婚》中写得最传神的是二诸葛和三仙姑这两个落后人物形象。

【名词解释题】

3.（2019年10月全国）"赵树理方向"

【答案与解析】

（1）赵树理自1943年起发表《小二黑结婚》等一系列作品,推进了中国现代小说的民族化、大众化。为解决新文学与农民沟通提供了成功的经验。

（2）赵树理的创作探索引起了文艺界的高度重视,受到彭德怀、郭沫若等的充分肯定,陈荒煤提出了"赵树理方向",号召作家向赵树理学习。

■ **牛刀小试**

【多选题】

下列不属于"山药蛋派"的有（　　　）。

A. 孙犁　　　　　B. 赵树理　　　　　C. 马烽　　　　　D. 西戎

E. 刘绍棠

**【答案与解析】**

AE。20 世纪 40 年代及 50 年代有一些山西作家如马烽、西戎、胡正、孙谦、束为等，在赵树理小说经验的影响下从事创作，并最终形成了文学史上被称为"山药蛋派"的文学流派。

# 三、孙犁 ☆☆☆

**官方描述**

孙犁（1913—2002），生于河北省安平县，原名孙树勋。1939 年开始正式发表小说、散文，**先后出版《荷花淀》《芦花荡》《嘱咐》《采蒲台》等作品集**。孙犁的小说基本上以他的家乡冀中平原农村为背景，具体生动地描写了抗日战争和解放战争中，冀中地区人民的斗争生活。

## 1. 孙犁小说的思想内容

**孙犁的小说侧重于从人的心灵、情感和生活诗意的层面上表现人物性格的丰富与优美。**

孙犁小说的一个显著特征在于其着意刻画和赞美的主人公都是妇女，如《老胡的事》中的小梅、《丈夫》中的媳妇、《麦收》中的二梅、《荷花淀》与《嘱咐》中的水生嫂、《芦花荡》中的两个女孩、《钟》里的尼姑慧秀、《"藏"》中的浅花、《纪念》中的母女俩、《山地回忆》中的妞儿、《光荣》中的秀梅、《吴召儿》中的吴召儿等。这些年轻妇女各具神采，却都能表现出高尚的情操、刚毅的性格以及革命的激情、欢乐的精神，**可以说这是孙犁塑造的独特的人物体系。**

在孙犁诸多塑造妇女形象的小说中，**写得最传神、最动人的是他的代表作《荷花淀》**。小说选取小小的白洋淀的一隅，表现农村妇女水生嫂既温柔多情，又坚贞勇敢的性格和精神。在战火硝烟中，夫妻之情、家国之爱，纯美的人性、崇高的品格，像白洋淀盛开的荷花一样，美丽灿烂。

## 2. 孙犁小说的艺术特色

孙犁擅长以散文的手法来写小说，虽以抗战生活为题材，却不以厮杀的情节取胜，而是**以简单的线索串联几个场景，加以精雕细琢，从中发掘生活的诗意和人情美的光华**。

孙犁的**景物描写非常出色**，不仅洋溢着冀中平原的泥土气息和水淀荷花的幽幽清香，而且与人物的心境、情节的发展相契合。**语言非常优美**，清新自然，人物语言也达到了高度的个性化和口语化。

孙犁的小说以其美的特质与独特的艺术风格在解放区小说中占有特殊的位置。以他为首,后来有一批作家如刘绍棠、韩映山、从维熙等,追随其创作风格,在五六十年代形成了被称为"荷花淀派"的小说流派。

### ■ 名师讲解

本知识点中,作家的作品以及相关的思想内容和艺术特色都是考查的重点,需要考生识记,建议考生在复习之外,阅读相关作品,有助于更好地掌握知识点内容。

### ■ 真题演练

【单选题】

1.(2013年4月全国)水生嫂这个人物出自(    )。

　　A.《光荣》　　　　B.《麦收》　　　　C.《荷花淀》　　　　D.《芦花荡》

【答案与解析】

C。《荷花淀》是孙犁的代表作。小说选取小小的白洋淀的一隅,表现农村妇女水生嫂既温柔多情,又坚贞勇敢的性格和精神。在战火硝烟中,夫妻之情、家国之爱,纯美的人性、崇高的品格,像白洋淀盛开的荷花一样,美丽灿烂。

【多选题】

2.(2008年4月全国)孙犁描写冀中白洋淀农村生活和斗争的小说有(    )。

　　A.《嘱咐》　　　　　　　　　　B.《赤叶河》

　　C.《我的两家房东》　　　　　　D.《荷花淀》

　　E.《芦花荡》

【答案与解析】

ADE。孙犁(1913—2002),生于河北省安平县,原名孙树勋。1939年开始正式发表小说、散文,先后出版《荷花淀》《芦花荡》《嘱咐》《采蒲台》等作品集。孙犁的小说基本上以他的家乡冀中平原农村为背景,具体生动地描写了抗日战争和解放战争中,冀中地区人民的斗争生活。

### ■ 牛刀小试

【单选题】

侧重于从人的心灵、情感和生活诗意的层面上表现人物性格的作家是(    )。

A. 孙犁　　　　　B. 赵树理　　　　　C. 李季　　　　　D. 阮章竞

【答案与解析】

A。孙犁的小说侧重于从人的心灵、情感和生活诗意的层面上表现人物性格的丰富与优美。

## 四、李季、阮章竞 ☆☆☆

### 知识点 1　李　季

**官方描述**

> 　　1945 年发表的叙事长诗《王贵与李香香》是李季运用**陕北民歌信天游形式**来表现陕北人民悲惨生活和斗争经历的一个尝试，获得了巨大的成功，被茅盾称赞"是一个卓绝的创造，就说它是'民族形式'的史诗，似乎也不算过分"。

　　**李季长篇叙事诗《王贵与李香香》的创作成就**

　　《王贵与李香香》中，作者套用了信天游的一些原句。信天游的特点就在于比兴手法的广泛应用。对信天游形式的套用，使作品具有音乐美，也弥补了当时文坛上新诗创作中暴露出的叙事和抒情相疏离的缺陷，为新诗创作的民族化作出了巨大的贡献。其特点为：一是两行一首，表达一层意思；二是首句惯用比兴手法。李季对这一自由生动的民歌形式、民间语言进行了改造和提升，如口语的运用、节奏的控制，用韵分行也有独特之处，处处照顾农民的欣赏习惯。

　　《王贵与李香香》的成就不仅表现在它对信天游形式的继承上，还表现在对这一民歌形式的创新上。

　　**首先**，它为信天游增添了新的表现主题。信天游多用来表现男女爱情主题，而《王贵与李香香》则将爱情和革命艺术地结合在了一起；

　　**其次**，《王贵与李香香》一诗也给信天游增添了一些新的词汇，使这一传统的艺术形式具有时代感。像"红旗""白军""革命"等。

　　《王贵与李香香》较好地**体现了毛泽东《在延安文艺座谈会上的讲话》**中提出的文艺大众化、民族化的精神。

**名师讲解**

　　本知识点中，考生应留意，叙事长诗《王贵与李香香》最大的特色在于，作者运用陕北民歌信天游形式进行了新诗的创作。另外考生需对它的艺术成就有所了解。

**真题演练**

【单选题】

（2011 年 7 月全国）运用陕北民歌信天游形式的诗歌是（　　　　）。

A.《王贵与李香香》　　B.《漳河水》　　　　C.《白毛女》　　　　D.《刘胡兰》

【答案与解析】

A。1945 年发表的叙事长诗《王贵与李香香》是李季运用陕北民歌信天游形式来表现陕北人民悲惨生活和斗争经历的一个尝试,获得了巨大的成功,被茅盾称赞"是一个卓绝的创造,就说它是'民族形式'的史诗,似乎也不算过分"。

## 牛刀小试

【多选题】

下列表述符合叙事长诗《王贵与李香香》的是( )。

A. 对信天游形式的继承      B. 为民歌形式增添新的表现主题

C. 广泛运用比兴手法      D. 学习古典诗词的艺术形式

E. 体现《在延安文艺座谈会上的讲话》的文艺大众化、民族化精神

【答案与解析】

ABCE。《王贵与李香香》中,作者套用了信天游的一些原句。信天游的特点在于比兴手法的广泛应用。其特点为:一是两行一首,表达一层意思;二是首句惯用比兴手法。李季对这一自由生动的民歌形式、民间语言进行了改造和提升,如口语的运用、节奏的控制,用韵分行也有独特之处,处处照顾农民的欣赏习惯。《王贵与李香香》的成就不仅表现在它对信天游形式的继承上,还表现在对这一民歌形式的创新上。首先,它为信天游增添了新的表现主题。信天游多用来表现男女爱情主题,而《王贵与李香香》则将爱情和革命艺术地结合在了一起;其次,《王贵与李香香》一诗也给信天游增添了一些新的词汇,使这一传统的艺术形式具有时代感。《王贵与李香香》较好地体现了毛泽东《在延安文艺座谈会上的讲话》中提出的文艺大众化、民族化的精神。

### 知识点 2   阮章竞

## 官方描述

**阮章竞长篇叙事诗《漳河水》的创作**

《糠菜夫妻》是阮章竞的独幕话剧,《未熟的庄稼》属于大型话剧,《圈套》属于长诗,长篇叙事诗《漳河水》吸取"民歌体"的创作形式,在新诗形式上进行了探索,在当时产生了较大的反响。《漳河水》的题材是解放区的妇女解放。

《漳河水》叙述了漳河边三位性格各异的年轻女子翻身前后的不同命运及各自的斗争历程,歌颂了党领导下人民革命的胜利。

《漳河水》这首诗在艺术特色上和李季的《王贵与李香香》有共同之处,都采用了民歌的形式,但它又有自己鲜明的色彩:

(1)这首诗不注重曲折情节的安排,而是着力于开掘这三个女子的内心活动。

(2)诗歌还非常注意根据女主人公不同的个性、命运来安排场景、渲染气氛。

(3)在对比中丰富了诗歌的表现手法,也增添了艺术感染力。

### ◼ 名师讲解

阮章竞最大的贡献在于创作了长篇叙事诗《漳河水》，虽然本知识点内容比较少，但考查的概率却很大，因此需要考生重点识记，常常会以选择题和主观题的形式进行考查。

### ◼ 真题演练

【单选题】

1.（2008 年 4 月全国）《漳河水》的题材是（　　）。

    A．解放区的妇女解放　　　　　　B．北方乡村的农民暴动

    C．大革命时期的农民运动　　　　D．抗战时期的工人斗争

【答案与解析】

A。《漳河水》是解放区的文学作品，吸取"民歌体"的创作形式，在新诗形式上进行了探索，在当时产生了较大的反响。《漳河水》的题材是解放区的妇女解放，它在艺术特色上和李季的《王贵与李香香》有共同之处，都采用了民歌的形式，但又有自己鲜明的色彩。

【名词解释题】

2.（2017 年 10 月全国）《漳河水》。

【答案与解析】

（1）阮章竞于 20 世纪 40 年代创作的长篇叙事诗，吸取"民歌体"的营养，在新诗形式上进行了探索。

（2）讲述了漳河边三位性格各异的年轻女子翻身前后的不同命运及各自的斗争历程，歌颂了党领导下人民革命的胜利。

（3）《漳河水》这首诗在艺术特色上和李季的《王贵与李香香》有共同之处，都采用了民歌的形式，但它又有自己鲜明的色彩。

### ◼ 牛刀小试

【单选题】

《漳河水》吸取的创作形式是（　　）。

A．辞赋体　　　　　B．诗歌体　　　　　C．民歌体　　　　　D．歌谣体

【答案与解析】

C。《漳河水》吸取了"民歌体"的创作形式，在新诗形式上进行了探索，在当时产生了较大的反响。

# 第四章　20 世纪 50—70 年代文学（1949—1977）

## 本章思维导图

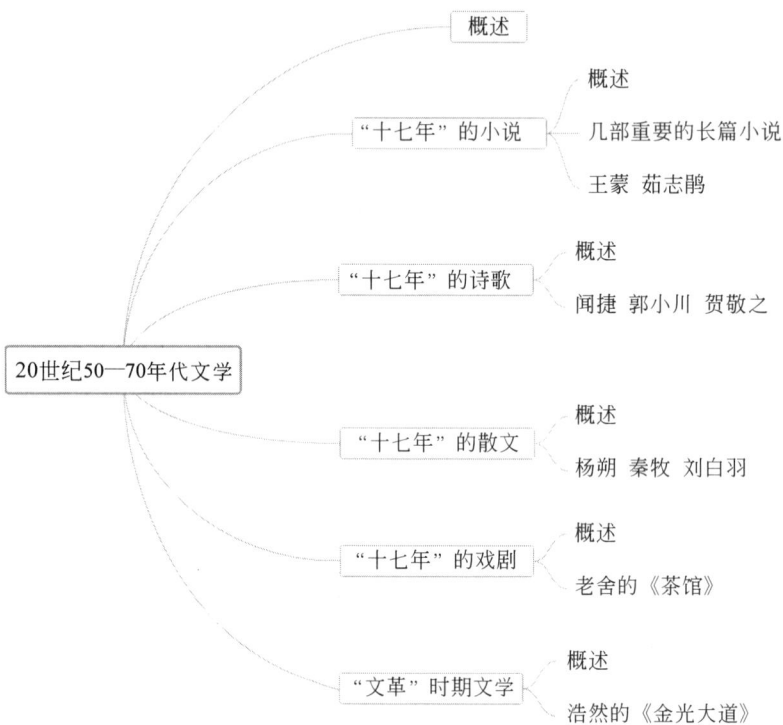

概述

"十七年" 的小说
- 概述
- 几部重要的长篇小说
- 王蒙　茹志鹃

20世纪50—70年代文学

"十七年" 的诗歌
- 概述
- 闻捷　郭小川　贺敬之

"十七年" 的散文
- 概述
- 杨朔　秦牧　刘白羽

"十七年" 的戏剧
- 概述
- 老舍的《茶馆》

"文革" 时期文学
- 概述
- 浩然的《金光大道》

# 第一节 概　　述 ☆☆☆

**官方描述**

> 1949—1966年"文革"爆发，这段时期的文学一般称作"十七年文学"，**它以革命现实主义为主导**，取得了优秀的创作成绩。"文革"十年中，极"左"思潮占统治地位，文学事业遭到劫难。
>
> 中华人民共和国成立前夕，"中华全国文学艺术工作者代表大会"（**第一次文代会**）在北平召开。这是来自解放区和国统区两支文艺队伍胜利会师的盛会。它标志着在经历了新民主主义革命后，文艺工作即将进入社会主义革命和社会主义建设的新阶段。

| 本时期文艺领域基本情况 | |
| --- | --- |
| **1956年** | 1956年5月2日，**毛泽东同志在最高国务会议上提出了"百花齐放，百家争鸣"的方针，也称"双百方针"**。这一方针为文艺界解放思想、繁荣创作提供了十分有利的条件。**在其影响下，一批敢于揭露社会阴暗面或真实描写人性、人情的作品冲破"禁区"应运而生**；文艺理论和文艺批评也摆脱教条，产生了秦兆阳《现实主义——广阔的道路》、钱谷融《论"文学是人学"》、钟惦棐《电影的锣鼓》等有一定独立见解的文章 |
| **1965年** | 经江青、张春桥、姚文元的精心策划，《评新编历史剧〈海瑞罢官〉》在《文汇报》公开发表，这实际上已是"文革"序幕的预演 |
| **1976年清明前后** | "天安门诗歌"运动，代表了文学对政治现实的积极参与精神 |

| **"十七年文学"中现实主义文学创作的实绩和明显的不足** |
| --- |
| 创作实绩：各种体裁的文学创作以革命现实主义为主。特别是从20世纪50年代中期至60年代初期，各种题材与体裁的作品都显示出现实主义文学创作的实绩。 |
| 创作不足：一些作品因政治的制约而付出真实性受损的代价 |
| **"文革"十年文学的历史教训** |
| 首先，社会主义文艺事业遭到了严重破坏。 |
| 其次，用政治方式解决文艺问题的危害性是极大的。 |
| 最后，社会主义文艺事业只有充分遵循艺术创作规律，并取得法律保障，才能健康发展 |

---

**20 世纪 50—70 年代台湾文学的发展状况**

与大陆"十七年时期"相对应的台湾地区 20 世纪 50—70 年代,是台湾文学最为繁荣的时期之一。**现代主义文学的兴起和乡土文学论战是 20 世纪 50—70 年代的台湾文学中比较突出的文学现象。**以"思乡""怀旧"为主要表现内容的思乡文学、怀旧文学大行其道。

**20 世纪 50 年代中期至 60 年代,是台湾现代主义文学思潮最活跃的时期。现代主义文学在台湾的最初登场,是从诗歌开始的。**从 20 世纪 70 年代初开始,随着民族主义思潮的抬头,台湾现代主义文学被视为"西化"的文学并遭到批判,关注社会、描写现实人生的乡土文学受到重视,并由此引发了关于乡土文学的论战。

1954 年 3 月由覃子豪、余光中等发起成立了"蓝星诗社",出版《蓝星诗刊》等。1954 年 10 月由张默、洛夫等为核心成员的"创世纪"诗社成立,出版《创世纪》

**20 世纪 50—70 年代香港文学的发展状况**

20 世纪 50—70 年代的香港文学,在小说领域总体上呈现出现代主义文学和通俗文学双峰并峙的局面,与此同时,**这一时期香港的学者散文成为香港散文的代表。**许多第三波南来作家都以内地生活为题材,**创作以怀旧为主题的作品。**

香港的通俗文学在 20 世纪 50 年代开始逐渐盛行,通俗小说和文体范畴模糊的"框框"杂文为其两大基本类型。**"框框"杂文是香港特有的文体类型,**这类文字大都是只供一次性消费的文化"快餐"

---

### ▌名师讲解

本节中,要注意两个常考的名词解释,即"第一次文代会"和"双百方针"。另外,对于这一时期的创作实绩以及历史经验教训,考生也要有所了解。台湾文学与香港文学也会出现考查点,请考生识记。

### ▌真题演练

【单选题】

1. (2019 年 4 月全国)"中华全国文学艺术工作者代表大会"(第一次文代会)召开的地点是( )。

　　A. 延安　　　　　B. 北平　　　　　C. 上海　　　　　D. 重庆

【答案与解析】

B。中华人民共和国成立前夕,"中华全国文学艺术工作者代表大会"(第一次文代会)在北平召开。这是来自解放区和国统区两支文艺队伍胜利会师的盛会。它标志着在经历了新民主主义革命后,文艺工作即将进入社会主义革命和社会主义建设的新阶段。

2. (2016 年 10 月全国)20 世纪 50 年代中期至 60 年代,引领台湾现代主义文学思潮的是( )。

A. 诗歌　　　　　B. 散文　　　　　C. 小说　　　　　D. 戏剧

【答案与解析】

A。20 世纪 50 年代中期至 60 年代，是台湾现代主义文学思潮最活跃的时期。现代主义文学在台湾的最初登场，是从诗歌开始的。

# 第二节　"十七年"的小说

## 一、概述 ☆☆☆

### 官方描述

#### 1. "十七年"小说在历史题材和现实题材领域中的收获

"十七年"的小说主要继承此前解放区文学的传统，在历史题材和现实题材两个领域，取得了突出的收获

| | |
|---|---|
| **历史题材**：再现中国共产党领导的革命政治斗争史、革命战争史。本时期的小说以民主革命为主要内容，再现了中国人民在共产党领导下浴血奋斗的历史进程，反映了军事战争、农民运动、学生运动以及监狱斗争等各种斗争形式 | |
| **取材于解放战争** | 四部反映解放战争的长篇小说：杜鹏程的《保卫延安》、吴强的《红日》、曲波的《林海雪原》以及初版时署名罗广斌、杨益言的《红岩》<br>短篇小说的代表作：峻青的《黎明的河边》、茹志鹃的《百合花》 |
| **取材于抗日战争和二三十年代的革命斗争** | 长篇：孙犁的《风云初记》；四部富有传奇色彩的敌后斗争题材小说，即知侠的《铁道游击队》、冯志的《敌后武工队》、冯德英的《苦菜花》、李英儒的《野火春风斗古城》；高云览的《小城春秋》记录 20 世纪 30 年代厦门大劫狱；杨沫的《青春之歌》，通过叙述林道静的成长过程，概括一代青年知识分子寓人生于革命的生活道路；欧阳山的《三家巷》；梁斌的《红旗谱》，享有"中国农民革命运动的史诗"之誉<br>中短篇：孙犁的《铁木前传》和《山地回忆》；王愿坚的《党费》和《七根火柴》 |
| **取材于抗美援朝** | 杨朔的长篇《三千里江山》、陆柱国的长篇《上甘岭》、路翎的短篇《洼地上的"战役"》 |
| **其他** | 近代历史题材方面：李六如的《六十年的变迁》和李劼人的《大波》<br>古代历史题材方面：陈翔鹤的《陶渊明写〈挽歌〉》、徐懋庸的《鸡肋》；姚雪垠的长篇小说《李自成》（第一卷），反映明末的农民起义 |

| | |
|---|---|
| **现实题材**：与历史题材相辉映,正在行进的现实生活成为本时期小说创作的另一个普遍的题材,包括农村题材、工业题材等。其中,以反映农村生活的小说最为醒目。农村所进行的一系列运动,都在这些小说中得到了充分的表现 | |

| | |
|---|---|
| **工业建设** | 周立波的《铁水奔流》、艾芜的《百炼成钢》、周而复的《上海的早晨》等 |
| **农村题材** | 短篇：马烽的《一架弹花机》、赵树理的《登记》、康濯的《水滴石穿》、高晓声的《解约》。<br>反映农业合作化：秦兆阳的《农村散记》、康濯的《春种秋收》、马烽的《三年早知道》。<br>用长篇小说形式反映农业合作化的代表性作品：赵树理的《三里湾》、周立波的《山乡巨变》、柳青的《创业史》。<br>反映中国农村劳动妇女：王汶石的《新结识的伙伴》、李准的《李双双小传》 |
| **"百花文学"** | 王蒙的《组织部新来的青年人》、刘绍棠的《田野落霞》、李国文的《改选》、李准的《灰色的帆篷》等短篇小说,勇于正视现实矛盾,大胆干预生活,触及人的灵魂,表现较强的探索精神和批判意识 |
| | 萧也牧的《我们夫妇之间》、宗璞的《红豆》、陆文夫的《小巷深处》、邓友梅的《在悬崖上》、高缨的《达吉和她的父亲》等短篇小说,冲破表现人情、人性的禁区,大胆地描写人的内心世界,充满浓郁的人情味。<br>这两类作品主要出现于1956年毛泽东提出"双百方针"之后,因此也被称为"百花文学" |

## 2. 20 世纪 50—70 年代的台湾小说

### 20 世纪 50—70 年代台湾小说创作的四种形态

（1）具有浓厚的现代主义文学色彩,以白先勇、王文兴、欧阳子、七等生等人的创作为代表。

（2）带有浓郁的乡土气息和现实主义意味,以林海音、陈映真、黄春明、王祯和等人的创作为代表。

（3）表现海外中国人生活的作品,以於梨华、聂华苓等人的创作为代表。

（4）通俗文学作品,以琼瑶的创作为代表。

### 白先勇、欧阳子等台湾作家的小说创作

**白先勇** 主要作品有《寂寞的十七岁》《台北人》《孽子》等。白先勇的小说，在"传统"的外壳下潜隐着"现代"的内核。

**欧阳子** 主要作品有《那长头发的女孩》《秋叶》等。白先勇曾说"心理二字囊括了欧阳子小说的一切题材"。

**林海音** 本名林含英，主要作品有《城南旧事》《金鲤鱼的百裥裙》《婚姻的故事》《晓云》等。林海音的小说，以对北平生活的"忆旧"和对女性成长、爱情、婚姻生活的表现为主。

**陈映真** 本名陈永善，主要作品有《将军族》《第一件差事》《夜行货车》《赵南栋》等。陈映真是台湾杰出的乡土文学作家。从总体上看，人道主义情怀、批判意识和民族主义精神，构成了陈映真小说世界的核心，也是他小说创作的基本主题。

**於梨华** 主要作品有《又见棕榈 又见棕榈》《雪地上的星星》《考验》等。於梨华在台湾文坛以创作留学生题材小说著称。

**聂华苓** 主要作品有《一朵小白花》《失去的金铃子》《桑青与桃红》等。对世界（现实的世界、情感的世界、心理的世界）的变化充满困惑和怅惘，可以说是聂华苓小说的基本主题。

**琼瑶** 主要作品有《窗外》《几度夕阳红》《在水一方》等 40 余部长篇小说。琼瑶是台湾言情小说的代表人物，其创作从 20 世纪 60 年代就已开始，在 20 世纪 70 年代达到鼎盛。琼瑶的小说人物常常是女性读者心目中的白马王子和男性读者心目中的白雪公主。在情节上，几经波折以后，再展现情更浓、意更深、爱情更圆满的模式化结局。

## 3. 20 世纪 50—70 年代的香港小说

在香港，这一时期的小说创作呈两极对立的态势：一方面是先锋姿态明显的现代主义小说，以刘以鬯为代表；一方面是通俗化大众化的武侠、言情小说，以金庸、梁羽生和亦舒为代表。

### 金庸、梁羽生等香港作家的小说创作

**刘以鬯** 本名刘同绎，主要作品有《天堂与地狱》《酒徒》《寺内》等。刘以鬯是香港现代主义文学的重要作家，他的"纯"文学作品充满了创新精神和实验色彩。

**金庸** 本名查良镛，主要作品有《书剑恩仇录》《射雕英雄传》《天龙八部》《鹿鼎记》等 15 部武侠小说。金庸是"新派武侠小说"的代表人物，由于金庸武侠小说的影响既深且广，被称为代表着一场"静悄悄的文学革命"。

**梁羽生** 本名陈文统，主要作品有《龙虎斗京华》《白发魔女传》等 35 部武侠小说。以情感贯穿"武"和"侠"，注重爱情描写和塑造女性形象，是梁羽生武侠小说的基本特色。

### ■ 名师讲解

在本知识点中,考生需掌握"十七年"小说、台湾文学、香港文学的小说创作情况,常常以选择题的形式进行细致化考查,考生应进行区分和记忆。

### ■ 真题演练

【单选题】

1.(2012 年 4 月全国)长篇小说《保卫延安》《红日》《林海雪原》《红岩》反映的历史时期是(    )。

    A. 解放战争时期             B. 抗日战争时期

    C. 第一次国内革命战争时期     D. 抗美援朝战争时期

【答案与解析】

A。杜鹏程的《保卫延安》、吴强的《红日》、曲波的《林海雪原》以及罗广斌、杨益言的《红岩》是四部反映解放战争的长篇小说。

2.(2014 年 4 月全国)反映农业合作化的代表性长篇小说是(    )。

    A.《三里湾》《山乡巨变》《创业史》

    B.《红旗谱》《创业史》《山乡巨变》

    C.《创业史》《山乡巨变》《百炼成钢》

    D.《三千里江山》《三里湾》《山乡巨变》

【答案与解析】

A。反映农业合作化的代表性长篇小说有赵树理的《三里湾》、周立波的《山乡巨变》、柳青的《创业史》。

3.(2014 年 10 月全国)以"人道主义情怀、批判意识和民族主义精神"为其小说世界核心的台湾乡土文学作家是(    )。

    A. 陈映真     B. 欧阳子     C. 白先勇     D. 余光中

【答案与解析】

A。陈映真,本名陈永善,主要作品有《将军族》《第一件差事》《夜行货车》《赵南栋》等。陈映真是台湾杰出的乡土文学作家。从总体上看,人道主义情怀、批判意识和民族主义精神,构成了陈映真小说世界的核心,也是他小说创作的基本主题。

### ■ 牛刀小试

【多选题】

1.1956 年"双百方针"提出后,出现了一批干预生活、突破人性禁区的小说创作,其中有(    )。

    A. 王蒙的《组织部新来的青年人》     B. 赵树理的《登记》

    C. 宗璞的《红豆》               D. 邓友梅的《在悬崖上》

E. 李準的《李双双小传》

【答案与解析】

ACD。王蒙的《组织部新来的青年人》、刘绍棠的《田野落霞》、李国文的《改选》、李準的《灰色的帆篷》等短篇小说，勇于正视现实矛盾，大胆干预生活，触及人的灵魂，表现了较强的探索精神和批判意识。另外一类是萧也牧的《我们夫妇之间》、宗璞的《红豆》、陆文夫的《小巷深处》、邓友梅的《在悬崖上》、高缨的《达吉和她的父亲》等短篇小说，冲破表现人情、人性的禁区，大胆地描写人的内心世界，充满浓郁的人情味。这两类作品主要出现于 1956 年毛泽东提出"双百方针"之后，因此也被称为"百花文学"。

2. 欧阳子的代表作品有(　　)。

A.《那长头发的女孩》　　　　　　B.《秋叶》

C.《乞丐》　　　　　　　　　　　D.《我爱这土地》

E.《旷野》

【答案与解析】

AB。欧阳子的主要作品有：《那长头发的女孩》《秋叶》等。白先勇曾说"心理二字囊括了欧阳子小说的一切题材"。

## 二、几部重要的长篇小说 ☆ ☆

### 官方描述

几部重要的长篇小说有《红日》《红岩》《红旗谱》《青春之歌》《创业史》。

**吴强小说《红日》的思想内容和艺术特色**

| 思想内容 | 《红日》着眼于 1946 年秋末冬初到 1947 年春夏之际，华东战场涟水、莱芜、孟良崮三个相互衔接的战役，并以孟良崮战役为重点，形象地概括了华东野战军粉碎敌人重点进攻，变战略防御为战略进攻的历程 |
|---|---|
| 艺术特色 | 《红日》将历史纪实与艺术创造相结合，表现广阔的战争画面和生活图景。比如使用真实姓名，又运用文学创作的形象思维，虚构大量的人物、情节和细节，构成一个艺术的整体。<br>力图生活化、个性化地表现人物的复杂性格。沈振新、梁波是我军高级将领，他们的共同特征是具有长期的革命斗争经历，对敌人无比仇恨，对革命坚定不移。与此同时，小说还采用互补手法，通过一系列情节和细节，写出了人物各自的个性。张灵甫作为非人民武装力量的代表，是蒋介石麾下的干将。作者带着仇恨塑造这个人物形象，真实地描写他性格的各个侧面，挖掘其复杂的内心世界 |

## 《红岩》的思想内容和艺术特色

| | |
|---|---|
| **思想内容** | 《红岩》1961年出版,作者罗广斌、杨益言。<br>它是一部反映黎明前光明与黑暗最后决战的长篇小说。中国革命处于历史转折关头,人民解放战争已经取得决定性胜利。小说以重庆地下党和被囚禁于"中美合作所"的共产党人的斗争事迹为素材,充分暴露了敌人凶残暴戾的阶级本性,热情歌颂了共产党人忠贞不渝的革命信念和威武不屈的英雄气概。<br>小说充满了悲壮的色彩,通过刻画许云峰、江姐、成岗、刘思扬、华子良、余新江、齐晓轩、双枪老太婆等战斗集体,塑造了共产党人的英雄群像 |
| **艺术特色** | 在艺术上,《红岩》也很有特色。<br>首先,小说通过尖锐复杂的矛盾冲突和惊心动魄的斗争场面刻画人物形象。<br>其次,《红岩》采用了多线索的网状结构方式。全书主要通过一些重点人物的活动,将白公馆和渣滓洞集中营的斗争、重庆地下党领导的工人运动和学生运动,以及华蓥山革命根据地的武装斗争等三条线索联系起来,并以狱中斗争为主线,以城市地下斗争和农村武装斗争为副线,编织成一个艺术的整体 |

## 《红旗谱》的思想内容和艺术特色

| | |
|---|---|
| **思想内容** | 《红旗谱》的作者是梁斌,它是一部具有民族风格的农民革命斗争的史诗。小说通过描述在大革命失败前后十年革命斗争的历史背景下,冀中平原朱、严两家农民三代人和冯家地主两代人的尖锐矛盾斗争,生动地展示了当时农村和城市阶级斗争和革命运动的壮丽图景,写出了农民寻求自身解放之路的曲折历史,概括了民主革命斗争的历史,艺术地表明了亿万农民是中国民主革命的主体力量 |
| **艺术特色** | 塑造了性格鲜明的具有民族文化心理特点的人物形象。朱老忠就是作者刻画的新旧两个时代交替时期的农民英雄的典型形象。他身上既有旧时代豪侠的特征,又有新时代英雄的精神。<br>在艺术上重视文学的民族形式。结构虽不是章回体,但有意借鉴了中国古典小说的布局技巧。每部分六七千字,相对独立,各部分之间环环相扣,引人入胜。采用古典小说常见的通过人物的行动和对话这种粗线条的方式勾勒人物的性格,又吸收外国小说的表现手法,挖掘人物的内心世界。在语言方面,小说从词汇到语法,都注意语言的个性化与口语化、生活化 |

**《青春之歌》思想内容和艺术特色**

| | |
|---|---|
| 思想内容 | 《青春之歌》的作者是杨沫，它是一部探索民主革命时期青年知识分子道路问题的长篇小说。以林道静的生活轨迹为主线，展现了她从争取个性解放到走向献身于社会解放的革命事业，最终实现人生价值与生命意义的艰难旅程，从而谱写了一曲壮丽的青春之歌。林道静曲折的成长道路，揭示了青年人只有投身社会解放事业，才能真正实现人生追求与个性解放；延伸了"五四"以来知识分子题材的作品题旨，对青年人生道路的探索有启迪意义 |
| 艺术特色 | 浓郁的抒情笔调。无论是描述社会环境、自然环境，还是叙写事件、渲染气氛，作者总能笔墨含情、情景交融，显示了杨沫作为女作家所特有的阴柔情愫 |

**《创业史》的思想内容和艺术特色**

| | |
|---|---|
| 思想内容 | 《创业史》，作者柳青。这部巨著蕴藏着作者14年的农村生活的丰厚积累，描写了农业合作化前后农村错综复杂的社会关系与尖锐激烈的矛盾斗争，反映了农村社会主义改造的过程。梁生宝是新人物的代表，以他成立互助组的发展为线索，作品着重反映了他的成长以及逐渐在蛤蟆滩上产生影响力并掌握话语权的过程，姚士杰、郭世富等以前蛤蟆滩上的能人们逐步丧失影响力和退出权力结构的过程。梁三老汉是柳青《创业史》中塑造得最精彩的中国老一代农民的典型。他最大的希望是做一个三合头瓦房院的长者，起先反对梁生宝建立互助组 |
| 艺术特色 | 宏大的结构与精细的描写、深刻的心理刻画与哲理性的议论相结合。小说站在历史的高度，探索中国农民的历史命运，概括中国农民的生活道路，绘制20世纪50年代前期农村生活的全景。而在具体展开生活画面，刻画人物形象时，又能够做到细致入微。作者还善于将自己的情感、对事物的评价、对生活的认识以及对人物的剖析，化为哲理性的议论，或融化于情节之中，或直接面对作品中的人物和读者抒情议理，表明作家鲜明的倾向性 |

**📖 名师讲解**

　　本知识点包括五部重要的长篇小说，其中作品的思想内容及艺术特色是常考点，考生应重点识记。可采用理解记忆的方法，观看相关影视剧或阅读相关作品。

**📖 真题演练**

【单选题】

　　1.（2013年4月全国）以林道静的生活轨迹为主线，探索民主革命时期青年知识分子道路问题的长篇小说是（　　）。

　　A.《苦菜花》　　　　　　　　　　B.《青春之歌》

C.《野火春风斗古城》　　　　　　　D.《小城春秋》

【答案与解析】

B。《青春之歌》的作者是杨沫,它是一部探索民主革命时期青年知识分子道路问题的长篇小说。以林道静的生活轨迹为主线,展现了她从争取个性解放到走向献身于社会解放的革命事业,最终实现人生价值与生命意义的艰难旅程,从而谱写了一曲壮丽的青春之歌。

2.（2019年10月全国）"十七年"文学中,塑造了梁三老汉这个老一代农民典型形象的长篇小说是(　　　)。

A.《青春之歌》　　　B.《红旗谱》　　　C.《红岩》　　　D.《创业史》

【答案与解析】

D。梁三老汉是柳青《创业史》中塑造得最精彩的中国老一代农民的典型。

### ■ 牛刀小试

【单选题】

把蒋介石麾下的干将张灵甫的形象刻画得个性鲜明的作品是(　　　)。

A. 罗广斌、杨益言的《红岩》　　　　B. 吴强的《红日》

C. 梁斌的《红旗谱》　　　　　　　　D. 杜鹏程的《保卫延安》

【答案与解析】

B。吴强的《红日》是以解放战争为创作内容的,作品中的张灵甫作为非人民武装力量的代表,是蒋介石麾下的干将。作者带着仇恨塑造这个人物形象,真实地描写他性格的各个侧面,挖掘其复杂的内心世界,将张灵甫的形象刻画得个性鲜明。

## 三、王蒙、茹志鹃 ☆☆

### ■ 官方描述

#### 王　蒙

王蒙,河北南皮人。解放初期,从事共青团工作。1953年创作长篇小说《青春万岁》,1956年发表短篇小说《组织部新来的青年人》。他新时期的主要作品,短篇小说有《春之声》《悠悠寸草心》,中篇小说有《布礼》《蝴蝶》《风筝飘带》《杂色》,长篇小说有《活动变人形》《恋爱的季节》《蹉跎的季节》等。

| 《组织部新来的青年人》的思想内容和艺术特色 | |
| --- | --- |
| 思想内容 | 《组织部新来的青年人》是王蒙早期创作的代表作：通过林震这个年轻人工作的经历和感受,揭露了某些党的领导机关有待克服的官僚主义及其对革命事业的危害,提出了人们在新的历史时期普遍关心的社会问题,表明了健全和纯洁党的肌体的重要意义,歌颂了青年人积极思考、追求真理、敢于斗争的精神。小说主要刻画了区委组织部副部长刘世吾的形象,他是一个性格复杂、充满矛盾的官僚主义者,在这一人物身上,寄托了作者对理想、激情、人生等问题的思考 |
| 艺术特色 | 体现了作家早期的小说贴近生活、干预生活的特点,也显示了独特的青春小说气息 |

## 茹 志 鹃

| 《百合花》的艺术特色 | 1958 年茹志鹃发表成名作短篇小说《百合花》,形成了"清新、俊逸"的艺术风格。<br>它取材于人民解放战争,通过对"我""通讯员""新媳妇"三者之间的生活片断的描写,赞美了英雄战士与人民群众的高贵品质,揭示了军民的血肉关系是赢得革命战争胜利保证的主题。<br>以小见大地开掘主题、侧面描写战争。围绕路遇、借被子等普通的事件,刻画通讯员和新媳妇两个平凡的人物。<br>细腻地刻画人物的内心世界。由远及近,由淡到浓,由表及里,完成了质朴、憨厚、具有高尚情操的普通士兵形象,以及纯真、善良、深明大义的农村少妇形象的塑造,强化了小说的抒情诗意。<br>启示：战争题材,除了常见的慷慨激昂之外,还可以有其他的笔调 |
| --- | --- |

■ 名师讲解

本知识点中,两位作家及作品都是常考的内容,多以选择题的形式进行考查,建议考生采用区分记忆的方法进行识记。另外,建议考生在复习之余,选取一些作品进行阅读,这有助于考生对知识点的理解和掌握。

■ 真题演练

【单选题】

1.（2014 年 4 月全国）通过"我""通讯员""新媳妇"三者之间的生活片断的描写,揭示了军民的血肉关系是赢得革命战争胜利保证的主题的小说是（    ）。

A. 李准的《李双双小传》　　　　　　　　B. 马烽的《我的第一个上级》

    C. 冯德英的《苦菜花》            D. 茹志鹃的《百合花》

【答案与解析】

D。茹志鹃的《百合花》取材于人民解放战争,通过"我""通讯员""新媳妇"三者之间的生活片断的描写,赞美了英雄战士与人民群众的高贵品质,揭示了军民的血肉关系是赢得革命战争胜利保证的主题。

【多选题】

2.(2017年4月全国)中华人民共和国成立初期,王蒙从事共青团工作。他当时创作的很有影响的小说有(　　　)。

    A.《布礼》               B.《风筝飘带》

    C.《青春万岁》           D.《恋爱的季节》

    E.《组织部新来的青年人》

【答案与解析】

CE。解放初期,王蒙从事共青团工作。王蒙在1953年创作长篇小说《青春万岁》,1956年发表短篇小说《组织部新来的青年人》。其新时期的主要作品有:《布礼》《风筝飘带》《恋爱的季节》等。

■ 牛刀小试

【单选题】

刘世吾这一人物形象出自(　　　)。

    A. 邓友梅的《在悬崖上》          B. 宗璞的《红豆》

    C. 陆文夫的《小巷深处》         D. 王蒙的《组织部新来的青年人》

【答案与解析】

D。王蒙的小说《组织部新来的青年人》主要刻画了区委组织部副部长刘世吾的形象,他是一个性格复杂、充满矛盾的官僚主义者。

# 第三节　"十七年"的诗歌 ☆☆

## 一、概述 ☆☆☆

■ 官方描述

"十七年"的诗歌创作,总体上呈现出一种曲折盘旋的发展态势。

| "十七年文学"中诗歌创作的主要题材和作品 | |
|---|---|
| **"颂歌"主潮** | 一批赞美新生活、歌颂党和领袖的诗篇给诗坛带来了明朗的色调和昂扬的诗风，成为 1949 年以后初期诗坛的主旋律。郭沫若《新华颂》率先揭开颂歌诗潮的序幕 |
| | 20 世纪 50 年代初期反映抗美援朝战争的诗歌作品：<br>未央的《驰过燃烧的村庄》《祖国，我回来了》 |
| | 反映各条战线火热斗争生活的诗歌作品：<br>李季写作《玉门诗抄》《生活之歌》，被称为"石油诗人"。<br>阮章竞的组诗《新塞外行》，歌唱祖国的建设。<br>闻捷《天山牧歌》，描写新疆大地 |
| | 缺失：题材不够多样，形式比较单一；部分诗作表现出充当政治"传声筒"倾向；致力于外部现实图景描绘的诗人们回避"自我"形象的书写；对人的精神世界、情感世界作深入揭示的诗篇更是鲜见 |
| **题材拓宽** | 1956 年"双百方针"提出以后，取材范围拓宽，此前鲜见的爱情诗、山水诗、咏物诗、赠答诗渐次增多。艾青涉猎国际题材，有《南美洲的旅行》《大西洋》 |
| **"新民歌运动"** | 1958 年，在毛泽东的号召下，全国范围内开始了"新民歌运动"，出版了新民歌的选集《红旗歌谣》，涌现了大量的农民诗人和"新民歌" |
| **少量抒写真情** | 20 世纪 50 年代末，政治领域内的"反右倾"斗争，迫使不少诗人掩藏起真情实感，回避着现实题材。少量抒写真情的诗作，遭到不公正批评，如蔡其矫的《雾中汉水》、郭小川的《望星空》。还出现了一些与现实生活拉开一定距离的长篇叙事诗，一类是反映革命斗争历史的，如：郭小川的《将军三部曲》、闻捷的《复仇的火焰》等；一类是表现神话故事、民间传说的，如：李冰的《巫山神女》、戈壁舟的《山歌传》 |
| **政治抒情诗** | 20 世纪 60 年代初，郭小川、贺敬之等将政治抒情诗推向了新的发展阶段，独领风骚。这一阶段，红日、红旗、青松、烈火等，成为政治抒情诗中常见的象征性意象，抒情主人公则完成了由"小我"向"大我"的彻底转换 |
| **少数民族诗歌** | "十七年"中，少数民族的诗歌创作引人注目。经陆续发掘、整理，各少数民族的叙事长诗，如藏族的《格萨尔王传》、蒙古族的《英雄格斯尔可汗》《嘎达梅林》、撒尼族的《阿诗玛》、壮族的《百鸟衣》、傣族的《召树屯》等，给诗苑增添了奇异的光彩 |

> **20 世纪 50—70 年代台湾的诗歌创作状况**
>
> 余光中作品有《舟子的悲歌》《蓝色的羽毛》《钟乳石》《莲的联想》等。他被称为"诗坛祭酒"。
>
> 痖弦作品有《痖弦诗抄》《深渊》《盐》等。融现代观念、民谣风格和哲理沉思于一体。
>
> 洛夫作品有《灵河》《石室之死亡》《魔歌》《隐题诗》等。
>
> 杨牧作品有《水之湄》《花季》《灯船》《传说》《瓶中稿》等。
>
> 叶维廉作品有《赋格》《愁渡》《醒之边缘》《野花的故事》等

■ **名师讲解**

本知识点在历年真题中所占的比例非常小,考生需重点掌握"十七年"中的少数民族诗歌。

■ **真题演练**

【多选题】

(2019 年 10 月全国)"十七年"少数民族诗歌引人注目,其中发掘、整理出来的叙事长诗有(　　)。

A.《格萨尔王传》　　B.《阿诗玛》　　C.《嘎达梅林》　　D.《天山牧歌》

E.《百鸟衣》

【答案与解析】

ABCE。"十七年"文学,少数民族的叙事长诗有藏族《格萨尔王传》、蒙古族的《嘎达梅林》、壮族的《百鸟衣》、撒尼族的《阿诗玛》等。

# 二、闻捷、郭小川、贺敬之

■ **官方描述**

## 闻 捷

闻捷 1944 年开始文学创作。1955 年在《人民文学》上发表组诗、叙事诗,结集为《天山牧歌》。1962 年发表《叛乱的草原》。此外,著有具备史诗规模的长篇叙事诗《复仇的火焰》。

艺术特色:

1. 把爱情与新的时代气息、劳动生活、道德情操糅合在一起,艺术地揭示人们爱情观念的深刻变化。

2. 设置简单的人物情节,在富有幽默情调的叙事当中抒情,是闻捷爱情诗艺术表现方面的主要特色。

3. 民族风情、地域色彩的描摹与点染,生活气息浓郁,是闻捷爱情诗艺术表现方面的又一显著特色。

## 郭 小 川

20 世纪 50 年代中期发表的组诗《致青年公民》是郭小川的成名作,显示了诗与政论相结合的特点。

其后，又创作叙事长诗《白雪的赞歌》《深深的山谷》《一个和八个》和《将军三部曲》等。

艺术特色：

1. 时代激情与人生哲理的有机结合。

2. 形式技巧上刻意求新，多方探索。善用修辞手法，创立"新辞赋体"。

### 贺 敬 之

贺敬之，曾与丁毅共同执笔，集体创作新歌剧《白毛女》。

1956年，采用陕北民歌"信天游"形式写成《回延安》。

此后，又陆续发表了《三门峡歌》《放声歌唱》《东风万里》《桂林山水歌》《西去列车的窗口》等，结集为《放歌集》。

贺敬之1949年以后的诗作大致分为两类：

一类是构思精美、意境清新、带有民歌气息或颇得古诗神髓的抒情短诗。如《回延安》《三门峡——梳妆台》《桂林山水歌》等。

另一类是表现我国政治生活中的重大题材，诗风豪放的长篇政治抒情诗。如《十年颂歌》《雷锋之歌》等。

### ▌名师讲解

本知识点在历年真题中所占的比例非常小，考生做了解即可。

### ▌牛刀小试

【单选题】

叙事长诗《白雪的赞歌》的作者是（　　　）。

A. 臧克家　　　　　B. 艾青　　　　　C. 郭小川　　　　　D. 贺敬之

【答案与解析】

C。郭小川于20世纪50年代中期发表的组诗《致青年公民》，显示了诗与政论相结合的特点。其后，又创作叙事长诗《白雪的赞歌》《深深的山谷》《一个和八个》和《将军三部曲》等。故选C。

# 第四节　"十七年"的散文 ☆☆

## 一、概述 ☆☆☆

### ▌官方描述

为了直接而迅速地反映新时代的伟大变革，表现经济建设蒸蒸日上的喜人局面，"十七年"期间作家们纷纷将**纪实性强、信息量大**的通讯报告作为表达内心激情的工具。

| "十七年文学"中散文创作的主要作家和作品 | |
|---|---|
| 20 世纪 50 年代初期 | 反映抗美援朝：战地通讯。魏巍的《谁是最可爱的人》、巴金的《生活在英雄中间》、刘白羽的《朝鲜在战火中前进》等为这一时期有代表性的个人作品集。<br>《朝鲜通讯报告选》(共 3 集)、《志愿军一日》(共 4 集)、《志愿军英雄传》(共 3 集)，是战地通讯报告的大型选集。<br>反映社会主义经济建设：柳青的《王家斌》、秦兆阳的《王永淮》《老羊工》、沙汀的《卢家秀》等。<br>其他的散文创作：<br>抒情散文：老舍的《我热爱新北京》、秦牧的《社稷坛抒情》。<br>游记散文：叶圣陶的《游了三个湖》、碧野的《天山景物记》。<br>传记散文：吴运铎的《把一切献给党》。<br>杂文：马铁丁的《思想杂谈》 |
| 20 世纪 50 年代中期 | 在"双百方针"的影响下，一批有胆识的作家发挥散文通讯的现实参与功能，对社会现实阴暗面进行批判。刘宾雁的《本报内部消息》《在桥梁工地上》，白危的《被围困的农庄主席》是其中的代表作品 |
| 20 世纪 50 年代末期 | 散文园地受到"左"倾错误、浮夸风、共产风的不良影响 |
| 20 世纪 60 年代初期 | 抒情散文：冰心的《樱花赞》、杨朔的《海市》《东风第一枝》、刘白羽的《红玛瑙集》等。<br>具有强烈时代感的报告文学，较前一时期的通讯报告而言，更见题材领域的开拓和艺术质量的提高。一批优秀作品的涌现，标志着这种文学样式已逐渐以其鲜明的个性特征从散文大家族中独立了出来。代表作有《为了六十一个阶级弟兄》(《中国青年报》记者集体采写)和《英雄列车》(郭光)，描绘一方有难、八方支援的社会主义新风尚；《县委书记的榜样——焦裕禄》(穆青等)塑造了焦裕禄同志鞠躬尽瘁为人民的感人形象。<br>杂文专栏：《北京晚报》的《燕山夜话》、《前线》杂志的《三家村札记》、《人民日报》的《长短录》。艺术上则是针砭时弊，提倡民主，词锋锐利，底蕴深厚 |

### 余光中、三毛、杨牧等台湾作家的散文创作

**余光中**：散文作品有《左手的缪斯》《掌上雨》《逍遥游》《听听那冷雨》《青青边愁》《记忆像铁轨一样长》《凭一张地图》等。他的散文为"现代散文"树立了标杆。

**三毛**：本名陈平，散文作品主要有《撒哈拉的故事》《稻草人手记》《雨季不再来》等。三毛散文以率真、冒险、传奇、浪漫的特质，成为台湾散文中别具一格的存在。

**杨牧**：另有笔名叶珊,散文作品主要有《叶珊散文集》《柏克莱精神》《年轮》《搜索者》等。在杨牧的许多散文中,"反思"和"探索"为其核心主题。

### 香港作家董桥的散文创作

香港散文在这一时期中最有代表性的人物是董桥。

**董桥**：1980年起任《明报月刊》总编辑,主要作品有评论散文集《在马克思的胡须丛中和胡须丛外》,散文集《双城杂笔》《藏书家的心事》《另外一种心情》《从前》等。

**董桥散文的主要特征**

（1）董桥以博学著称,而他博学的一大源头来自他对中西"古董"的爱好与用心。于是,写"古董"的物,写人的"古董",就成为董桥散文的重要特征。擅长将旧人与古物相连接,写出历史的斗转星移,在"古董"身上寄托对中国文化无尽的乡愁,表现在散文集《从前》《风萧萧》等作品里。

（2）董桥善于以普通人的日常人生,写人性的温暖和世事的无常。在为人、造物上,董桥倾心"从前"而无奈当今,可是在命运面前,即使是"从前"的人和事,董桥似乎也只能以无奈面对——造化弄人,"从前"和现今是一律的。

（3）"怀旧"的"常情"贯穿董桥写作的全过程,另外,他作品中还始终贯穿着广博的学养、典雅而意兴飞扬的文字。

### ■ 名师讲解

本知识点在历年真题中考查的比例非常小,不过从近几年的真题考查走向来看,出题人对此还是有所侧重,因此建议考生多作了解。

### ■ 真题演练

【简答题】

(2014年4月全国)简述董桥散文的主要特征。

【答案与解析】

（1）董桥以博学著称,而他博学的一大源头来自他对中西"古董"的爱好与用心。于是,写"古董"的物,写人的"古董",就成为董桥散文的重要特征。擅长将旧人与古物相联接,写出历史的斗转星移,在"古董"身上寄托对中国文化无尽的乡愁。

（2）董桥善于以普通人的日常人生,写人性的温暖和世事的无常。

（3）"怀旧"的"常情"贯穿董桥写作的全过程,另外,他作品中还始终贯穿着广博的学养、典雅而意兴飞扬的文字。

### ■ 牛刀小试

【单选题】

20世纪60年代涌现出一大批具有强烈时代感的报告文学作品,其代表作是(　　)。

A.《秋色赋》　　　　　　　　　　　　B.《东风第一枝》

C.《花城》　　　　　　　　　　D.《为了六十一个阶级弟兄》

【答案与解析】

D。20 世纪 60 年代初期,具有强烈时代感的报告文学作品的涌现,标志着这种文学样式已逐渐以其鲜明的个性特征从散文大家族中独立了出来。代表作有《为了六十一个阶级弟兄》和《英雄列车》等。

## 二、杨朔、秦牧、刘白羽

### 官方描述

**杨朔散文的思想内容和独特的艺术风格**

| 作品及思想内容 | 中篇小说《红石山》《北线》《望南山》,长篇小说《三千里江山》,通讯报告集《鸭绿江南北》《万古青春》。20 世纪 50 年代中期致力于艺术性散文的创作,作品先后结集为《亚洲日出》《海市》《东风第一枝》和《生命泉》等。<br>杨朔的散文在思想内容方面带有强烈的时代特点,能够迅速地反映时代的侧影;通过普通劳动者的言行发掘美质,赞颂他们为社会主义事业无私奉献的情操 |
|---|---|
| 艺术风格 | (1) 精于诗意的艺术构思,擅长缘物生情、托物言志,常从细微处落墨,通过比兴或象征手法营构诗意形象,创造诗的意境,借以表达深远的旨意。<br>(2) 缜密精巧的艺术结构。讲究剪裁布局,谙识艺术辩证法,行文时云遮雾障、峰回路转,每在"转弯"后升华,卒章显其志。<br>(3) 局限是主题较为单一,存在粉饰现实的倾向。布局雷同,有斧凿痕迹 |

**秦牧散文的思想主题和艺术特色**

| 作品及思想内容 | 1949 年以后著有散文集《星下集》《贝壳集》《花城》《潮汐和船》及文艺随笔集《艺海拾贝》。秦牧的散文总是给读者以正确的思想启迪和健康的审美熏陶,在知识性和趣味性中包含着积极的思想主题 |
|---|---|
| 艺术特色 | 秦牧的散文题材广泛,融知识性、思想性、趣味性于一体。在艺术表现方面,秦牧的散文颇具特色。<br>首先,纵横联想,能收能放。<br>其次,语言流利酣畅、凝练,文笔生动,声情并茂 |

## 刘白羽散文的思想内容和艺术特色

| | |
|---|---|
| 作品及思想内容 | 抗战后赴延安,出版短篇小说集《五台山下》《龙烟村纪事》和通讯报告集《延安生活》《游击中间》等。<br>1949 年以后,出版报告文学集《早晨的太阳》《万炮震金门》和散文集《红玛瑙集》等。<br>刘白羽的散文擅长抒写激情,表现理想,政治色彩鲜明,时代气息浓郁 |
| 艺术特色 | 首先,善于运用剪辑手法将历史和现实交织成形象的艺术画面,表达新颖深刻的主题。<br>其次,擅长融情入景,营造情景交融的壮阔气象,显示出雄浑、豪放的风格特征。如《长江三日》中,激情与画面的两相交融,便形成了一种壮美的艺术境界,令人读之难忘 |

### ■ 名师讲解

本知识点在历年真题中所占的比例非常小,不过从近几年的真题考查走向来看,出题人对该知识点还是有所侧重,因此建议考生多作了解。

### ■ 真题演练

【简答题】

(2016 年 10 月全国)简析杨朔散文的艺术风格及其局限。

【答案与解析】

(1)精于诗意的艺术构思,擅长缘物生情、托物言志,常从细微处落墨,通过比兴或象征手法营构诗意形象,创造诗的意境,借以表达深远的旨意。

(2)缜密精巧的艺术结构,讲究剪裁布局,行文峰回路转,在"转弯"后生发出哲理,卒章显其志。

(3)局限是主题较为单一,存在粉饰现实的倾向。布局雷同,有斧凿痕迹。

### ■ 牛刀小试

【单选题】

下列不属于秦牧的散文集的是( )。

A.《星下集》 B.《贝壳集》 C.《红玛瑙集》 D.《花城》

【答案与解析】

C。秦牧抗战后开始文学创作,1949 年以后著有散文集《星下集》《贝壳集》《花城》《潮汐和船》及文艺随笔集《艺海拾贝》。《红玛瑙集》是刘白羽的散文集。故选 C。

# 第五节 "十七年"的戏剧 ☆☆

## 一、概述 ☆☆☆

### ◼ 官方描述

> "十七年"的戏曲从两方面做出过变革的努力:一是整理改编旧有传统剧目,比如对越剧《梁山伯与祝英台》和昆曲《十五贯》的改编,都是成功的尝试;二是创作新的剧目,包括现代戏和新编历史剧。如现代戏——评剧《刘巧儿》、沪剧《罗汉钱》、吕剧《李二嫂改嫁》,新编历史剧——吴晗的《海瑞罢官》(京剧)、田汉的《谢瑶环》(京剧)、孟超的《李慧娘》(昆曲)。

| | "十七年"戏剧创作的代表性作家和作品 |
|---|---|
| 工业题材 | 著名剧作家夏衍1949年以后完成的第一部话剧作品《考验》是工业题材的代表。另外,崔德志的《刘莲英》等也成为工业题材领域的重要收获 |
| 农村题材 | 由安波编剧、荣获东北区第一届戏剧音乐舞蹈观摩演出大会剧本奖的《春风吹到诺敏河》,第一次把农业合作化运动搬上舞台。<br>海默的《洞箫横吹》也是一部表现合作化运动的话剧,它构思巧妙,角度新颖。<br>独幕剧《妇女代表》(孙芋编剧),塑造了新型农村妇女"张桂荣"的形象,是较早反映1949年以后农村妇女生活和地位的剧作,该剧本获得1953年独幕剧征稿一等奖 |
| 革命战争题材 | 较为成功的代表作有陈其通的《万水千山》,第一次将红军两万五千里长征的英雄事迹搬上舞台。<br>胡可编剧、刘佳导演、华北军区政治部文工团演出的《战斗里成长》,反映了民主革命。<br>《保卫和平》《战线南移》等是对抗美援朝战争的描写 |
| 话剧 | "话剧民族化":老舍的《茶馆》、沈西蒙执笔的《霓虹灯下的哨兵》、刘川的《第二个春天》等。<br>这一时期的话剧还有一个特色,即出现了具有一定水平的历史剧。它们在某种程度上挽救了"公式化""概念化"对话剧创作的大规模损伤,主要作品有郭沫若的《蔡文姬》《武则天》,田汉的《关汉卿》《文成公主》,曹禺、梅阡、于是之的《胆剑篇》,丁西林的《孟丽君》等,较好地做到了历史真实与艺术真实的统一 |
| 其他 | 知识分子思想改造的作品有《明朗的天》(曹禺);通过新旧社会对比、歌颂新社会的作品有《龙须沟》(老舍);还有表现少数民族生活的《在康布尔草原上》等 |

## 名师讲解

本知识点在历年真题中考查的比例非常小,不过从近几年的真题考查走向来看,出题人对此还是有所侧重,因此建议考生多作了解。

## 真题演练

【单选题】

(2016 年 10 月全国)下列不属于"十七年"新编历史剧的作品是(　　)。

A.《海瑞罢官》　　　B.《谢瑶环》　　　C.《李慧娘》　　　D.《洞箫横吹》

【答案与解析】

D。"十七年"的戏曲从两方面做出过变革的努力:一是整理改编旧有传统剧目,比如对越剧《梁山伯与祝英台》和昆曲《十五贯》的改编,都是成功的尝试;二是创作新的剧目,包括现代戏和新编历史剧。如现代戏——评剧《刘巧儿》、沪剧《罗汉钱》、吕剧《李二嫂改嫁》,新编历史剧——吴晗的《海瑞罢官》(京剧)、田汉的《谢瑶环》(京剧)、孟超的《李慧娘》(昆曲)。

## 牛刀小试

【单选题】

塑造了"张桂荣"的形象,较早反映了 1949 年以后农村妇女生活和地位的剧作是独幕剧(　　)。

A.《枯木逢春》　　　　　　　　B.《上海滩的春天》

C.《明朗的天》　　　　　　　　D.《妇女代表》

【答案与解析】

D。独幕剧《妇女代表》(孙芋编剧),塑造了新型农村妇女"张桂荣"的形象,是较早反映 1949 年以后农村妇女生活和地位的剧作。该剧本获得 1953 年独幕剧征稿一等奖。

# 二、老舍的《茶馆》

## 官方描述

### 老舍戏剧创作的基本情况

1. 老舍擅长写作小说,但本时期主要是戏剧作品,遵循一贯的"为人民而写作"的思想主旨。1950 年,他写出了中华人民共和国成立以后的第一个剧本《方珍珠》。1951 年的《龙须沟》以其独特的艺术才力揭开了我国话剧的新篇章,给中国当代戏剧带来了一次高潮。为了表彰老舍卓越的艺术功绩,1951 年 12 月,北京市人民政府授予他"人民艺术家"的称号。到 1965 年为止,他创作的话剧有《春华秋实》《青年突击队》《西望长安》《茶馆》《女店员》《全家福》等,京剧《青霞丹雪》《十五贯》(由昆曲改编),另外还有歌舞剧、曲剧、二人台等数种剧目。老舍对艺术和人民的态度是真诚的,这使他最终在《茶馆》这部优秀的剧作中,为自己的生命画上了一个圆满的句号。

2. 《茶馆》写于1957年,一经上演,就被批评家称为文艺界"惹人注目的事件之一"。作为第一个出国演出的话剧,《茶馆》在德国、瑞士、法国、日本、新加坡、加拿大等国家同样引起轰动,欧洲戏剧界称赞它是"东方戏剧的奇迹",而它在日本被誉为"继梅兰芳访问演出后的第二次轰动"。

### 《茶馆》的艺术成就

1. 匠心独运的艺术构思。这部戏没有贯穿始终的故事情节和戏剧冲突,而是选择了"茶馆"这个最有表现力的地点,截取三个时代的片断借以展示历史变迁;老舍以"一个茶馆三幕戏"埋葬了三个时代。这三个时代分别是戊戌变法失败后,辛亥革命失败后北洋军阀统治时期,抗战胜利后国民党统治时期。

2. 塑造了以王利发、秦仲义、常四爷为代表的诸多性格鲜明的艺术典型。王利发奉行着祖传的处世哲学;秦仲义带有新型民族资本家的色彩;常四爷是一个性格耿直、具有爱国心和正义感的人,就因为说了一句"大清国要完",就坐牢一年多,这个硬汉子最后也发出了"我爱咱们的国呀!可是谁爱我呢?"无奈而悲凉的呼号。

3. 炉火纯青的语言艺术。老舍的话剧语言都是经过提炼的北京方言,带有浓厚的地方文化意味,朴素流畅而又韵味十足;《茶馆》的语言注重人物对白的性格化和个性化呈现,不同身份、不同性格的人物说话的口气、态度和方式均有所不同,甚至同一个人物在不同场合出现时的语气和神情也会发生变化。

**名师讲解**

本知识点是常考查的重点,考生需重点掌握《茶馆》的艺术成就。

**真题演练**

【多选题】

(2014年4月全国)在《茶馆》中,老舍以"一个茶馆三幕戏"埋葬了三个时代。这三个时代分别是( )。

A. 鸦片战争时期            B. 戊戌变法失败后

C. 北洋军阀统治时期       D. 抗日战争时期

E. 抗战胜利后国民党统治时期

【答案与解析】

BCE。老舍的《茶馆》截取了三个时代的片段借以展示历史变迁,以"一个茶馆三幕戏"埋葬了三个时代。这三个时代分别是戊戌变法失败后,辛亥革命失败后北洋军阀统治时期,抗战胜利后国民党统治时期。

■ 牛刀小试

【单选题】

被欧洲戏剧界称赞为"东方戏剧的奇迹"的作品是（    ）。

A.《雷雨》          B.《茶馆》          C.《上海屋檐下》          D.《关汉卿》

【答案与解析】

B。作为第一个出国演出的话剧，老舍的《茶馆》在德国、瑞士、法国、日本、新加坡、加拿大等国家同样引起轰动，欧洲戏剧界称赞它是"东方戏剧的奇迹"，而它在日本被誉为"继梅兰芳访问演出后的第二次轰动"。

# 第六节    "文革"时期文学 ☆

## 一、概述 ☆ ☆ ☆

■ 官方描述

| 《部队文艺工作座谈会纪要》 | 1966 年,林彪委托江青在上海召开了部队文艺工作座谈会,形成了《部队文艺工作座谈会纪要》,炮制了"文艺黑线专政论",践踏了"五四"以来的新文化传统,全盘否定了 30 年代以来,特别是中华人民共和国成立后 17 年的文艺成就。"文艺黑线专政论"是《纪要》的核心。它首先把 1949 年以来文艺理论方面的代表性论点归纳为"黑八论"——"写真实"论、"现实主义广阔的道路"论、"现实主义的深化"论、反"题材决定"论、"中间人物"论、反"火药味"论、"时代精神汇合"论和"离经叛道"论；其次,谴责 1949 年以来文艺作品的"黑" |
| --- | --- |
| "文革"主流文学 | (1)"文革"期间,江青等人在全盘否定"十七年"文学的同时,攫取了《红灯记》《沙家浜》《智取威虎山》等 20 世纪 60 年代初期京剧改革的成果,并将它们连同现代京剧《奇袭白虎团》《海港》,现代舞剧《红色娘子军》《白毛女》,以及交响乐《沙家浜》等 8 个剧目,封为革命"样板戏"<br><br>(2) 提出了"根本任务论""三突出"创作原则、"主题先行论"等一整套创作理论,造成了文艺理论领域的大混乱。"三突出"创作原则,就是"在所有人物中要突出正面人物；在正面人物中要突出英雄人物；在英雄人物中要突出主要英雄人物"。这是从"根本任务论"出发制定的形式主义的创作模式,完全违背了文艺创作的规律,导致了文学创作的公式化,使文艺丧失了独创性 |

| 不遵从"政治之命"的文学 | 长篇小说:黎汝清的《万山红遍》、克非的《春潮急》、姚雪垠的《李自成》、李云德的《沸腾的群山》、孟伟哉的《昨天的战争》、郭澄清的《大刀记》、曲波的《山呼海啸》。 |
|---|---|
| | 短篇小说:李心田的《闪闪的红星》、蒋子龙的《机电局长的一天》。 |
| | 戏剧:话剧《万水千山》、晋剧《三上桃峰》、湘剧《园丁之歌》 |
| "地下文学" | 代表作品有:穆旦的《智慧之歌》,华汉的《华南虎》,张扬的《第二次握手》,郭小川的《秋歌》《团泊洼的秋天》,舒婷的《船》《赠》《春夜》,北岛的诗歌《你说》等。 |
| | 出现知青创作的现象:郭路生(食指)是其中影响最大的诗人;"白洋淀诗群"是知青创作的集体现象,体现了与主流诗歌不一样的艺术追求,与"文革"结束后出现的"朦胧诗"有直接而深刻的联系 |

📖 **名师讲解**

本知识点中,出现了三类文学创作:一类是"文革"主流文学;其他两类是不遵从"政治之命"的文学和"地下文学"。这些内容主要以选择题的形式进行考查,考生复习时应注意区分。

📖 **真题演练**

【单选题】

1. (2016年4月全国)下列作品属于"文革"时期"地下文学"的是( )。

A. 张扬的《第二次握手》 B. 浩然的《金光大道》

C. 陈其通的《万水千山》 D. 姚雪垠的《李自成》

【答案与解析】

A。"文革"时期的"地下文学"主要作品有:穆旦的《智慧之歌》,华汉的《华南虎》,张扬的《第二次握手》,郭小川的《秋歌》《团泊洼的秋天》,舒婷的《船》《赠》《春夜》,北岛的诗歌《你说》等。

【多选题】

2. (2016年10月全国)在《部队文艺工作座谈会纪要》中,江青炮制了所谓"黑八论",其中有( )。

A. "中间人物"论 B. "写真实"论

C. 主观论 D. 反"题材决定"论

E. "现实主义广阔的道路"论

【答案与解析】

ABDE。"文艺黑线专政论"是《纪要》的核心,把1949年以来文艺理论方面的代表性论点归纳为"黑八论"，即"写真实"论、"现实主义广阔的道路"论、"现实主义的深化"论、反"题材决定"论、"中间人物"论、反"火药味"论、"时代精神汇合"论和"离经叛道"论。

## 牛刀小试

【多选题】

被江青"钦定"为革命"样板戏"的作品有(　　)。

A.《盛大的节日》　　　B.《智取威虎山》　　　C.《红色娘子军》

D.《红灯记》　　　　　E.《沙家浜》

【答案与解析】

BCDE。"文革"期间，江青一伙在全盘否定"十七年"文学的同时，还攫取了《红灯记》《沙家浜》《智取威虎山》等 20 世纪 60 年代初期京剧改革的成果，并将它们连同现代京剧《奇袭白虎团》《海港》，现代舞剧《红色娘子军》《白毛女》，以及交响音乐《沙家浜》等 8 个剧目，树立起"八个样板戏"，吹捧它们是向封、资、修文艺顽强进攻的突出代表。

# 二、浩然的《金光大道》

## 官方描述

> 浩然，1956 年发表处女作短篇小说《喜鹊登枝》，步入文坛。1964 年起从事专业创作，开始出版三卷本长篇小说《艳阳天》。1970 年开始创作多卷集长篇小说《金光大道》，共分四卷。

| 《金光大道》的思想内容和艺术特征 | |
| --- | --- |
| 思想内容 | (1)《金光大道》是浩然的代表作之一，也是"文革"时期主流文学的代表作之一。揭示了我国农业社会主义改造运动中两个阶级、两条道路、两条路线尖锐复杂的斗争。<br>(2) 作品描写的是解放初期华北地区的一个村庄，在党的领导下，坚定不移地组织和发展农业生产合作社，走上社会主义的金光大道。<br>(3) 运用"文革"时期推向极致的斗争哲学去图解 20 世纪 50 年代前期的农村生活，充分表现了"文革"文学的斗争主题 |
| 艺术特征 | 首先，表现在文学观念上，把文字作为阶级斗争的工具。<br>其次，在艺术构思上，集中代表了"文革"文学的构思模式。<br>最后，按照"根本任务论"，塑造了高大完美的英雄形象 |

■ **名师讲解**

《金光大道》作为特定时期的产物,本身就已经成为历史,对于它的保留和再版,是为了让读者认识过去的历史和文学,这具有一定的意义。在历史真题中,本作品被考查的次数不多,但也需了解。

■ **真题演练**

【单选题】

(2013年4月全国)运用"文革"时期推向极致的斗争哲学去图解五十年代的农村生活,充分表现"文革"文学的斗争主题的代表性作品是(　　)。

A. 黎汝清《万山红遍》　　　　　B. 浩然《金光大道》

C. 克非《春潮急》　　　　　　　D. 李云德《沸腾的群山》

【答案与解析】

B。《金光大道》是浩然的代表作之一,也是"文革"时期主流文学的代表作之一,其运用"文革"时期推向极致的斗争哲学去图解50年代农村生活,充分表现了"文革"文学的斗争主题。

■ **牛刀小试**

【简答题】

简述浩然小说《金光大道》的主要内容。

【答案与解析】

(1)《金光大道》是浩然的代表作之一,也是"文革"时期主流文学的代表作之一。

(2)作品描写的是,解放初期华北地区的一个村庄,在党的领导下,坚定不移地组织和发展农业生产合作社,走上社会主义的金光大道。

(3)揭示了我国农业社会主义改造运动中两个阶级、两条道路、两条路线尖锐复杂的斗争。

# 第五章　新时期文学
## （1978—2000）

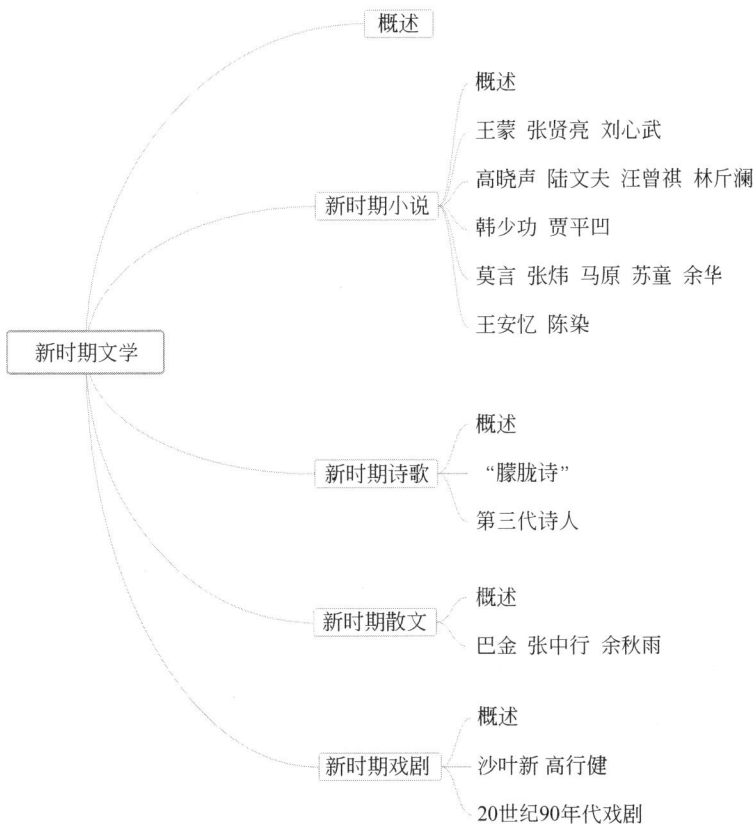

**本章思维导图**

新时期文学
- 概述
- 新时期小说
  - 概述
  - 王蒙　张贤亮　刘心武
  - 高晓声　陆文夫　汪曾祺　林斤澜
  - 韩少功　贾平凹
  - 莫言　张炜　马原　苏童　余华
  - 王安忆　陈染
- 新时期诗歌
  - 概述
  - "朦胧诗"
  - 第三代诗人
- 新时期散文
  - 概述
  - 巴金　张中行　余秋雨
- 新时期戏剧
  - 概述
  - 沙叶新　高行健
  - 20世纪90年代戏剧

尚考通

# 第一节　概　　述 ☆☆☆

## 官方描述

> 新时期的中国文学是从"文化大革命"宣告结束开始的。"文革"结束后,拨乱反正、正本清源是文艺界面临的首要任务。**1979 年 10 月**,第四次全国文代会在北京召开。

### 新时期文学呈现的主要发展态势

（1）从现实主义的回归到现实主义的深化与超越。

（2）现代主义的"登陆"与繁荣。**1985 年是现代派文学值得纪念的一年**,因为出现了《你别无选择》的作者刘索拉,还出现了马原和残雪。由于他们的出现,现代主义文学潮流开始在中国形成阵势。

### 20 世纪 80 年代以后台湾文学发展的一些特点

（1）新一代乡土文学作家登上文坛;

（2）报道文学崛起;

（3）政治文学勃兴;

（4）**都市文学兴盛**（随着台湾社会都市化的逐步形成,"都市文学"在某种意义上已成为**20 世纪 80 年代台湾文学的主流**）;

（5）女性主义文学有了新的发展;

（6）"另类"文学登场;

（7）艺术形式的创新层出不穷;

（8）留学生文学继续延伸;

（9）探索戏剧得到重视;

（10）原住民文学有了长足发展。

### 20 世纪 80 年代以后香港文学的总体特征

（1）战后新生代本土作家和内地移民中脱颖而出的新一代南来作家构成了香港文坛的主体作家队伍;

（2）文学与政治的关系出现了新局面;

（3）**通俗文学、先锋文学、社会文学三足鼎立**,形成了以都市文化为核心的多元化的文学格局;

（4）出现了以香港回归为题材的作品,"中国元素"开始更多地进入香港文学。

### 名师讲解

本节内容在历年真题中考查的比例非常小,希望通过本节介绍,使考生对新时期文学状况有个大致了解。

### 真题演练

【单选题】

(2017 年 4 月全国)第四次全国文代会召开的时间是(　　)。

A. 1976 年 10 月　　B. 1977 年 10 月　　C. 1979 年 10 月　　D. 1980 年 10 月

【答案与解析】

C。1979 年 10 月,第四次全国文代会在北京召开。这是在经历了 30 年的风风雨雨后,文艺工作者的一次具有广泛代表性的“五世同堂”的盛会。

### 牛刀小试

【单选题】

在某种意义上讲,80 年代台湾文学的主流是(　　)。

A.“政治文学”　　B.“报道文学”　　C.“后设文学”　　D.“都市文学”

【答案与解析】

D。随着台湾社会都市化的逐步形成,“都市文学”在某种意义上已成为 20 世纪 80 年代台湾文学的主流。

# 第二节　新时期小说

## 一、概述 ☆☆☆

### 官方描述

**新时期的小说发展的基本情况**

(1)新时期的小说创作是新时期文学最有成就的一个领域。

- 老、中、青三代作家,共同创作;
- 题材领域不断开拓和突破,反映了广阔的生活领域;
- 创作流派纷呈,形形色色的小说潮流相继出现;
- 艺术表现方式的探索表现为:一是纵向继承我国古代文学的表现手段;二是横向学习西方现代主义、后现代主义的表现技巧。
- 对振奋民族精神、批判民族“痼疾”、重铸民族灵魂以及人道主义的复归,起到了思想启蒙的历史作用。

(2)呈现出多元共生的文学景观。

| 新时期的小说潮流 | |
|---|---|
| 伤痕小说 | "伤痕小说"是新时期文学涌现出来的第一个潮头。1977 年 11 月,刘心武的短篇小说《班主任》在《人民文学》发表,立即引起轰动。《班主任》是新时期文学的开山之作,在当代文学史上具有特殊的地位和价值。随后,卢新华的短篇小说《伤痕》发表于 1978 年 8 月 11 日的《文汇报》,"伤痕文学"和"伤痕小说"的得名便源于此。其他"伤痕文学"的代表作品还有,张洁的《从森林里来的孩子》、王蒙的《最宝贵的》、肖平的《墓地与鲜花》、韩少功的《月兰》等。主要内容是控诉"四人帮",表达对人民的深切同情,提出令人警醒的社会问题 |
| 反思小说 | "反思小说"的出现晚于"伤痕文学",它以茹志鹃于 1979 年 2 月在《人民文学》上发表的短篇小说《剪辑错了的故事》作为标志。作品的主题也更为深刻,带有更强的理性色彩和悲剧意味。高晓声的《李顺大造屋》写的是农民李顺大从土改时便立志造成三间屋,在近 30 年的时间里,三起两落,几经折腾,最后只是在 1977 年冬天,国家的政治、社会形势好转以后才实现了这一心愿,可算是"反思小说"的代表作。其他作品有鲁彦周的《天云山传奇》、刘真的《黑旗》、张贤亮的《灵与肉》等 |
| 改革小说 | "改革小说"作为一种潮流,兴起于 1981 年前后。1979 年《人民文学》第 7 期发表的蒋子龙的短篇小说《乔厂长上任记》是"改革文学"的发轫之作。这类作品,在内容上反映各个领域的改革进程及其引起的社会变革、价值冲突及心理震荡;在创作方法上,以现实主义为主,注重人物形象特别是改革者形象的塑造。其他作品有路遥的《平凡的世界》、贾平凹的《浮躁》、张炜的《秋天的愤怒》等 |
| 寻根小说 | "寻根小说"的前奏可追溯到 20 世纪 80 年代初汪曾祺、邓友梅、吴若增等所写的一些小说,真正兴盛却是在 1985 年。韩少功发表于《作家》1985 年第 4 期上的文章《文学的"根"》,开启了文化寻根运动。随后,阿城的《文化制约着人类》、郑万隆的《我的根》、李杭育的《理一理我们的根》等文章纷纷响应,这与诗歌及理论批评领域中的"寻根"倾向一起,构成了"寻根文学"。<br><br>特点:<br>(1) 以现代意识观照现实和历史,反思传统文化,重铸民族灵魂,探寻中国文化重建的可能性。<br>(2) 作品题材和文化反思对象具有地域特点。如韩少功的"荆楚文化"小说,贾平凹的"陕秦文化"小说等。<br>(3) 注重对传统手法的继承和现代派手法的运用 |

| 现代派小说 | "现代派小说"滥觞于 1979 年宗璞的《我是谁》、茹志鹃的《剪辑错了的故事》、王蒙的"意识流小说"等一批作品中，真正具有现代派特征的是刘索拉发表于《人民文学》1985 年第 3 期的中篇小说《你别无选择》，被认为是中国当代文学第一部成功的"现代派小说"。其他作品有徐星的《无主题变奏》、莫言的《红高粱》、残雪的《苍老的浮云》、王蒙的《布礼》等 |
|---|---|
| 实验小说 | 1985 年前后，文坛上出现的具有后现代主义倾向的小说潮流，又称"先锋小说"。代表作品有马原的《冈底斯的诱惑》、洪峰的《极地之侧》、格非的《迷舟》、苏童的《我的帝王生涯》、余华的《现实一种》、王安忆的《纪实与虚构》 |
| 女性小说 | 80 年代中后期，刘索拉、残雪、池莉、方方等一批女作家涌上文坛，动用女性自身的感觉系统与思维结构，关注超越于性别立场的、人类共同面对的一些问题。不过仍没有离开两性的传统文化范式，像王安忆的"三恋"（《荒山之恋》《小城之恋》和《锦绣谷之恋》）、铁凝的《玫瑰门》。真正描绘女性生活和心理的小说出现在 90 年代，如陈染，林白，徐坤等，用女性的直觉去表达她们的生存感受，表现出一些特征，如：张扬"性别意识"，表现女性特有的生存体验，书写都市与都市女性的性别经验 |
| 新写实小说 | "新写实小说"的创作发生于 1988 年前后，被正式命名并产生广泛的社会影响则源自于《钟山》1989 年第 3 期推出的"新写实小说大联展"。主要代表作家和作品有刘震云的《一地鸡毛》、池莉的《烦恼人生》、方方的《桃花灿烂》等。<br>1990 年后，这部分作家在坚持书写现实生活的原生态的同时，又写了"新历史小说"。<br>特点：<br>（1）虽然以写实为主要特征，但是有一种毛茸茸的原生状态。<br>（2）表现现实的荒诞、丑恶、无奈，表现为无奈的认同，缺乏理性批判的精神。<br>（3）客观化的叙述态度，冷漠叙述 |
| 晚生代小说 | 20 世纪 90 年代初，一种叫作"晚生代小说"的潮流开始出现。主要作家有韩东、鲁羊、陈染、毕飞宇、东西等。作家多出生于"文革"后期乃至 70 年代。"晚生代"作家们游离出固有的意义系统，题材一般都是都市生活，人物也大多是其同代人；在文本策略上，广泛地借用此前"实验小说"带有后现代特征的技法，经常将作家自身的经历或现实生活的真实事件带入文本，使文本内容处于真实与虚构之间的暧昧状态 |

| 现实主义冲击波小说 | "现实主义冲击波小说"是出现于 1996 年并对文坛产生一定冲击的一种小说潮流,以作家刘醒龙、关仁山、谈歌、何申等为代表,他们较有影响的作品分别为《分享艰难》(刘醒龙)、《九月还乡》(关仁山)、《大厂》(谈歌)、《穷县》(何申)等。"现实主义冲击波小说"的意义在于将关注的目光投向当时的社会现实,诸如民工进城、工人下岗等现实问题都在作品中有所反映 |
|---|---|

### 台湾、香港的一些重要作家和作品

台湾有黄凡(第一篇小说《赖索》与其后发表的《人人需要秦德夫》构成政治文学和都市文学两大系列小说)、袁琼琼(主要作品有《自己的天空》《两个人的事》《沧桑》《红尘心事》等)、朱天文(主要作品有《小毕的故事》《炎夏之都》《荒人手记》等)。香港有西西(主要作品有《我城》《像我这样一个女子》《哨鹿》等)、施叔青(主要作品有《约伯的末裔》《香港的故事》等)、陶然(主要作品有《岁月如歌》《追寻》《与你同行》等)。

### ■ 名师讲解

新时期随着文学的解冻,众多的小说潮流纷纷出现,在本知识点中,所有的小说潮流都应该重点去识记,考生可采用区分记忆和理解记忆的方法加以掌握。

### ■ 真题演练

【名词解释题】

1.(2012 年 4 月全国)"反思小说"

【答案与解析】

(1)出现于 70 年代末、80 年代初;

(2)代表作品有茹志鹃的《剪辑错了的故事》、高晓声的《李顺大造屋》、鲁彦周的《天云山传奇》等;

(3)对极"左"路线进行了深刻的批判和反思,带有较强的理性色彩和悲剧意味。

2.(2014 年 10 月全国)新写实小说

【答案与解析】

"新写实小说"的创作发生于 1988 年前后,被正式命名并产生广泛的社会影响则源自于《钟山》1989 年第 3 期推出的"新写实小说大联展"。主要代表作家和作品有刘震云的《一地鸡毛》、池莉的《烦恼人生》、方方的《桃花灿烂》等。

1990 年后,这部分作家在坚持书写现实生活的原生态的同时,又写了"新历史小说"。

特点:

(1)虽然以写实为主要特征,但是有一种毛茸茸的原生状态。

(2)表现现实的荒诞、丑恶、无奈,表现为无奈的认同,缺乏理性批判的精神。

(3)客观化的叙述态度,冷漠叙述。

### ■ 牛刀小试

【单选题】

1. 新时期出现的第一个小说潮头是（ ）。

　　A. 寻根小说　　　　B. 实验小说　　　　C. 伤痕小说　　　　D. 反思小说

【答案与解析】

　　C。"伤痕小说"是新时期文学涌现出来的第一个潮头。1977 年 11 月，刘心武的短篇小说《班主任》在《人民文学》发表，立即引起轰动。随后，卢新华的短篇小说《伤痕》发表于 1978 年 8 月 11 日的《文汇报》，"伤痕文学"和"伤痕小说"的得名便源于此。

2. 刘索拉的《你别无选择》、徐星的《无主题变奏》等作品属于（ ）。

　　A. 现代派小说　　B. 寻根小说　　　　C. 新写实小说　　　D. 晚生代小说

【答案与解析】

　　A。"现代派小说"滥觞于 1979 年宗璞的《我是谁》、茹志鹃的《剪辑错了的故事》、王蒙的"意识流小说"等一批作品中，真正具有现代派特征的是刘索拉发表于《人民文学》1985 年第 3 期的中篇小说《你别无选择》，被认为是中国当代文学第一部成功的"现代派小说"。其他作品有徐星的《无主题变奏》、莫言的《红高粱》、残雪的《苍老的浮云》、王蒙的《布礼》等。

## 二、王蒙、张贤亮、刘心武 ☆ ☆

### ■ 官方描述

#### 王蒙新时期的小说创作

　　王蒙对新时期文学的贡献，首推对西方现代派"意识流"手法在小说创作中的借鉴和运用。1979 年起继《夜的眼》这部对新时期艺术创新产生较大影响的作品之后，《布礼》《春之声》《风筝飘带》《蝴蝶》等"集束手榴弹"式的意识流小说以主题隐晦、人物虚化、情节淡化、放射性心理结构、时空倒错、内心独白、幻觉、梦境、大容量的生活信息等特征吸引了大批作家，与稍前出现的"朦胧诗"一起突破了传统文学的描写观念。

　　《活动变人形》：小说主人公倪吾诚是 20 世纪 40 年代留学归来的知识分子，终究却一事无成。倪吾诚这一人物形象是"五四"以来新文学史上又一知识分子的典型。

　　东西文化的冲撞造成了倪吾诚式的悲剧。

　　而另一人物姜静珍是"自食者"，又是"食人者"。王蒙在此作品中从对具体社会历史问题的反思进入到对中国文化的反思层面。

#### 张贤亮的小说创作

　　有代表作《灵与肉》《绿化树》《男人的一半是女人》等。

　　《灵与肉》描写一个受到二十多年社会冷遇的"右派"许灵均在灵与肉的磨难中得以精神

升华的故事。一面是身为富豪的生身父亲的诱劝（它是一种金钱美女的享乐主义外力的象征）；一面是患难与共的妻子与乡亲的善良（它是一种富有传统规范的真善美的伦理主义内驱力的召唤）。小说主要运用唯物主义的观点去解释一个生活中的重大命题，即知识分子在与体力劳动者的接触中，以及他在自身的体力劳动过程中所产生的心灵变化究竟给人们带来了什么样的启示，理性色彩浓。

《绿化树》描写知识分子章永璘在苦难的肉体磨难中所承受到的灵魂洗涤的心路历程。作者通过马缨花等女性形象，讴歌了劳动创造人、劳动人民塑造知识分子品格和灵魂的哲理；重塑了章永璘这个"人"的性格。

在《男人的一半是女人》中，作者用"卢梭忏悔录"式的自白阐述了一个精神和肉体都"阳痿"的章永璘的内心世界，展现了灵与肉的搏斗，展现了人的潜意识，描写知识分子在磨难中所承受的灵魂洗礼，表现了他们对自我价值和自由意识的寻求，对"左"倾路线给人的残害进行了深刻大胆的揭露和抨击。

艺术局限：

（1）"才子落难、佳人搭救"的传统情节模式；

（2）大段哲理性论述，使得作品支离破碎。

艺术成就：

（1）在描写中糅进了风俗画的描写，使之与环境、人物心理形成一个诗意化的境界，增强了作品的感染力与可读性；

（2）人物心理世界的剖示具有多层次的立体效果。这主要是由于采用了多种艺术手法，如旁白（即抒情、议论）、自白（第一人称的叙述）、对白（人物对话），更重要的是作者有深入人的潜意识和性意识层面进行艺术表现的胆识。

## 刘心武的小说创作

1977年发表的短篇小说《班主任》不仅是刘心武的成名作，也成为新时期小说和"伤痕文学"的发轫之作，标志着文学新的转机。

1979年发表的《我爱每一片绿叶》是刘心武定位于人性、人道主义文化立场和表意策略的滥觞之作。

1985年创作的《立体交叉桥》标志着刘心武小说创作有了一个飞跃。它触及人性深层的复杂性和差异性，开始比较充分地展示人物内心世界的丰富性，希望在人们居住的空间和心灵上建造一座座彼此沟通的"立体交叉桥"。

1985年发表的《钟鼓楼》充分地显示出刘心武新的探索成就。

### ■ 名师讲解

本知识点中，王蒙和张贤亮是常考的内容，常以选择题的形式进行细致考查，因此，建议考生在复习的时候做出区分。另外，刘心武的小说创作也应该进行了解。

■ **真题演练**

【单选题】

1.（2013年4月全国）倪吾诚这个一事无成的知识分子典型出自王蒙的（　　）。

　　A.《活动变人形》　　　　　　　　B.《布礼》

　　C.《蝴蝶》　　　　　　　　　　　D.《春之声》

【答案与解析】

　　A。王蒙的《活动变人形》这部小说的主人公倪吾诚是40年代留学归来的知识分子，终究却一事无成。

2.（2016年10月全国）张贤亮描写右派许灵均在磨难中得以精神升华的小说是（　　）。

　　A.《邢老汉和狗的故事》　　　　　B.《灵与肉》

　　C.《绿化树》　　　　　　　　　　D.《男人的一半是女人》

【答案与解析】

　　B。张贤亮的《灵与肉》描写一个受到20多年社会冷遇的"右派"许灵均在灵与肉的磨难中得以精神升华的故事。

■ **牛刀小试**

【单选题】

王蒙对新时期文学的贡献，是较早借鉴了西方现代派小说表现手法，创作了一批（　　）。

A. 改革小说　　　　B. 寻根小说　　　　C. 诗化小说　　　　D. 意识流小说

【答案与解析】

　　D。王蒙对新时期文学的贡献，首推对西方现代派"意识流"手法在小说创作中的借鉴和运用。

# 三、高晓声、陆文夫、汪曾祺、林斤澜 ☆ ☆

■ **官方描述**

**高晓声的小说创作**

| | |
|---|---|
| **思想主题** | 1954年发表处女作短篇小说《解约》。1979年后，高晓声陆续发表的《"漏斗户"主》《陈奂生上城》《陈奂生转业》《陈奂生出国》等所组成的"陈奂生系列"小说是其创作中最有影响的作品。从鲁迅、赵树理到高晓声，他们所塑造的农民形象，恰好构成了中国农民从民主革命到20世纪80年代的命运变迁和灵魂的演进史 |

| 艺术特色 | （1）高晓声的小说创作坚持现实主义的美学原则，塑造了一批被称为"中国农民的灵魂"的人物形象。既有中国农民善良、朴实、忠厚的传统美德，又有民族的"劣根性"。其笔下的陈奂生形象，最早出自于小说《"漏斗户"主》，是以"哀其不幸，怒其不争"的复杂情感来写的。<br>（2）借用西方表现人物心理活动的方法描绘人物的精神世界和心理历程，把它们与人物的活动、故事情节紧密结合。小说有时采用类似于"意识流"的时空跳跃与切入。<br>（3）在人物刻画上，运用多种手段刻画人物，使人物形象丰满生动。一是善于通过个性化的细节来表现人物的性格和精神世界；二是通过人物之间以及人物自身的前后对比和细致生动的心理描写刻画人物；三是通过个性化的人物语言来刻画人物性格。<br>（4）在语言的运用上，大词小用，富于幽默感；并吸收鲜活的群众语言，极富乡土气息 |
|---|---|

### 陆文夫的小说创作

中华人民共和国成立初期，以《荣誉》《小巷深处》等小说在文坛上崭露头角。

1957 年因"探求者"一案中断了他对现实主义道路的探求。

1977 年重返文坛，作品有《小贩世家》《特别法庭》《美食家》《唐巧娣翻身》《围墙》，而后又有《井》《毕业了》《清高》等作品不断问世。

### 汪曾祺的小说创作

1940 年开始发表小说，主要作品有《邂逅集》《晚饭花集》《汪曾祺文集》《汪曾祺全集》。

在文体上，汪曾祺的小说大多选择短篇小说的形式。真正引起反响的是 1980 年发表的《受戒》（用抒情的笔调描写了一个小和尚与村姑的恋爱故事）。随着《大淖纪事》《异秉》《岁寒三友》《八千岁》等一系列故乡怀旧作品的问世，他的清新隽永、生趣盎然的风俗画描写风格得到了文坛的普遍赞誉。

艺术特点：

（1）汪曾祺小说具有散文化与诗化的特征，寓人生哲理于凡人小事的叙述之中，寓真善美于平常琐碎的事件描写之中，化神奇为平淡；人物描写总是散发着迷人的诗情画意，使用传统的白描手法，寥寥数语就勾勒出一个活脱脱的人物形象。

（2）小说具有一种清新隽永，淡泊高雅的风俗画效果；对故乡的风土习俗烂熟于心，并于其中孕育深刻的人生内涵。

（3）汪曾祺的小说语言亦是别具一格的，简洁明快，纡徐平淡，流畅自然，生动传神，是一种"诗化的小说语言"。

（4）总体来看，汪曾祺的小说创作是对单一审美情趣和单一小说形式技巧的一次冲击。

**林斤澜的小说创作**

林斤澜的代表作品有《阳台》《一字师》《神经病》《十年十癔》《哆嗦》《矮凳桥》等。

林斤澜对小说形式的技巧很下功夫，吸收传统的同时，还借鉴西方现代派的艺术技巧，形成独特的艺术变形表现形式，即奇特夸张的人物形象，平淡而富有变化的情节，客观、冷静、非严格写实的手法，浓缩精练的结构，简洁冷隽的白描语言，以及某些细节的不真实和非逻辑性构成了其小说短小而精深，平淡而诡奇，冷峻而深刻的深层意蕴。其作品创作还刻意排除作家的主观倾向，客观地把生活细节展露在读者面前，让读者自己去理解和回答。

## 名师讲解

本知识点中，高晓声和汪曾祺为重点考查内容，常常以选择题和简答题的形式考查，需要考生进行理解性记忆。

## 真题演练

【单选题】

1. （2019年10月全国）下列汪曾祺小说中，描写一个小和尚与村姑恋爱故事的作品是（　　）。

  A.《大淖纪事》  B.《异秉》  C.《受戒》  D.《岁寒三友》

【答案与解析】

C。C项的《受戒》为汪曾祺所写，且描写了小和尚明海与村姑英子之间天真无邪的朦胧爱情。A项是汪曾祺的小说集，但没有题干中描述的故事；B项与题干无关，汪曾祺在此作品中以简洁恬静的笔调描绘了苏北小镇的风土人情、世事云烟；D项的《岁寒三友》也为汪曾祺的作品，但与题无关。

2. （2016年4月全国）陈奂生这一形象最早出自高晓声的小说（　　）。

  A.《李顺大造屋》    B.《"漏斗户"主》

  C.《陈奂生上城》    D.《陈奂生出国》

【答案与解析】

B。陈奂生的形象最早出自于高晓声的小说《"漏斗户"主》。这篇小说是作者在1979年"右派"平反重返文坛后发表的。

## 牛刀小试

【简答题】

简析高晓声小说创作的艺术特色。

【答案与解析】

艺术特色：

（1）高晓声的小说创作坚持现实主义的美学原则，塑造了一批被称为"中国农民的灵魂"

的人物形象。既有中国农民善良、朴实、忠厚的传统美德,又有民族的"劣根性"。

（2）借用西方表现人物心理活动的方法描绘人物的精神世界和心理历程,把它们与人物的活动、故事情节紧密结合。

（3）在人物刻画上,运用多种手段刻画人物,使人物形象丰满生动。一是善于通过个性化的细节来表现人物的性格和精神世界;二是通过人物之间以及人物自身的前后对比和细致生动的心理描写刻画人物;三是通过个性化的人物语言来刻画人物性格。

（4）在语言的运用上,大词小用,富于幽默感;并吸收鲜活的群众语言,极富乡土气息。

## 四、韩少功、贾平凹 ☆☆☆

### 📕 官方描述

**韩少功的小说创作**

早期：以悲剧的氛围与艺术效果抨击极"左"路线,弘扬道德和伦理的力量。代表作有《西望茅草地》（书写了张种田这个带有强烈封建意识的失败"英雄"形象）、《风吹唢呐声》等。

后期：以强烈的"寻根"意识和扑朔迷离的神秘感来发掘人性中的愚昧、蛮荒和冥顽不化的国民劣根性。代表作有《归去来》《爸爸爸》《女女女》《马桥辞典》和《暗示》等。

《爸爸爸》对新时期小说观念的蜕变起着推动的作用,是20世纪80年代中期"寻根文学"思潮中的一篇重要作品。艺术特色：（1）《爸爸爸》塑造了丙崽这一艺术形象,呈现了一种具有远古意识、初民思想的生产方式和生活方式,展示了人性中的愚昧、蛮荒、冥顽不化的"集体无意识"。（2）作品通过象征等手法,营造出神秘诡异的艺术氛围,启发读者去思考更深层的意蕴。

**贾平凹的小说创作**

《腊月·正月》描写了农村商品经济的发展带来的传统文化心理的蜕变,作家从人们的生活方式、道德观念、价值观念的改变中,发掘了时代思想冲突的焦点。那种恪守土地、"重农轻商""重义轻利"的传统心理在农村商品经济大潮的冲击下面临着解体,人们恒定的传统文化心理正在悄悄地偏移,而贾平凹着力在《腊月·正月》中塑造了一个与时代思想相悖逆的人物韩玄子,这就注定了这个形象的悲剧性。

《浮躁》是从宏观的角度,较全面地显示出城乡改革（尤其是农村改革）所面临的政治方面、经济方面以及文化心理方面的重重障碍。《浮躁》看起来是封建家族势力与农民改革者之间的冲突,实际上抒写了我们这个时代的一种普遍的精神特征：浮躁。主人公金狗作为一个有知识的新型农民,是一个充满着进取精神、高扬着个体意识、裹挟着诸多优劣因子的复杂形象。

20世纪90年代以后,贾平凹先后创作出版了长篇小说《废都》《土门》《高老庄》,其中尤以《废都》最具影响,也最有争议。《废都》通过对"著名作家"庄之蝶的生存状态及"废都"之中社会世相的描写,较为独特地反映了特定历史时期中国社会的现实图景及一种文化精神状态。

### 名师讲解

本知识点中,两位作家的创作都非常重要,常常以选择题和文字题的形式进行考查,因此考生应进行区分记忆和理解性记忆。另外,建议考生在复习之余,选取一些作品进行阅读,这有助于对知识点的了解和掌握。

### 真题演练

【单选题】

(2012 年 4 月全国)塑造了丙崽这一"白痴"形象的小说是韩少功的(　　　)。

　　A.《归去来》　　　　B.《爸爸爸》　　　　C.《女女女》　　　　D.《西望茅草地》

【答案与解析】

B。韩少功的《爸爸爸》塑造了丙崽这一艺术形象,呈现了一种具有远古意识、初民思想的生产方式和生活方式,展示了人性中的愚昧、蛮荒、冥顽不化的"集体无意识"。

### 牛刀小试

【单选题】

贾平凹《腊月·正月》中塑造的与时代思想相悖逆的人物是(　　　)。

A. 王才　　　　　　B. 金狗　　　　　　C. 雷大空　　　　　　D. 韩玄子

【答案与解析】

D。《腊月·正月》描写了农村商品经济的发展带来的传统文化心理的蜕变。那种恪守土地、"重农轻商""重义轻利"的传统心理在农村商品经济大潮的冲击下面临着解体,人们恒定的传统文化心理正在悄悄地偏移,而贾平凹着力在《腊月·正月》中塑造了一个与时代思想相悖逆的人物韩玄子,这就注定了这个形象的悲剧性。

## 五、莫言、张炜、马原、苏童、余华 ☆ ☆ ☆

### 官方描述

#### 莫言的小说创作

主要作品有小说集《透明的红萝卜》《红高粱家族》和长篇小说《丰乳肥臀》《檀香刑》《生死疲劳》等。1986 年莫言写了《红高粱家族》系列,一篇《红高粱》便使得整个文坛沸沸扬扬,《红高粱》描写了一个并不新颖而且极其简单的抗日故事:"我"爷爷余占鳌在墨水河畔伏击日寇以及和"我"奶奶的爱情纠葛。

《红高粱》的艺术特色在于:

（1）以敢生敢死、敢爱敢恨的生命意识作为基调,对农民真实的文化心理进行原生状态的描述。

（2）交织着悲剧与反讽的复合美感,写的是一出悲剧,但又不同于传统的悲剧美学原则。

（3）现实主义和现代派的结合,充满了象征、隐喻。森林般的红高粱是中华民族精神内核的象征,每个人物和画面均充满着深刻的寓意。借鉴了马尔克斯的魔幻现实主义的创作技巧。

## 张炜的小说创作

1980年开始发表小说,主要作品有长篇小说《古船》《九月寓言》《家族》《柏慧》《外省书》《能不忆蜀葵》《丑行或浪漫》《刺猬歌》,中短篇小说《声音》《一潭清水》《秋天的愤怒》和散文《融入野地》等。

《古船》是张炜的第一部长篇小说,是中国当代文学中最优秀的长篇小说之一,也是张炜的代表性作品。《古船》描写了胶东芦青河畔洼狸镇上几个家庭40多年来的荣辱沉浮、悲欢离合,真实地再现了那个特殊年代里人性的扭曲以及在改革大潮的冲击下那块土地的变化,充分表现了作家对现实、历史、文化和人性的深邃思考。隋抱朴是作品中用力最多的主要人物,作者把他塑造成为一个忏悔者形象。

20世纪90年代以来,张炜小说最为重要的成就和特点,便是民间意识的凸显。张炜在该时期的两部长篇小说《家族》和《九月寓言》,对此有着相当突出的表现。

《家族》的民间意识,体现为对民间伦理的极力张显。

《九月寓言》的民间意识,体现为对大地民间的诗意赞颂、浪漫书写和基于这种民间立场上的对生命、历史与现代文明的复杂思考。

## 马原的小说创作

马原的小说创作以1984年发表的小说《拉萨河女神》为界,分前后两个时期。前一时期,主要运用现实主义或现代主义的创作方法,1982年发表的第一篇小说《海边也是一个世界》就是这类代表作。从《拉萨河女神》开始,发表一系列以西藏为故事背景、叙事方式上极具先锋性的小说,包括《冈底斯的诱惑》《叠纸鹤的三种方法》《游神》《大师》《虚构》等。可以说,正是马原引发了80年代中后期中国小说的叙事革命。

其先锋小说的艺术特点:

（1）在小说中频频出现"马原"的形象,并以此来拆除真实与虚构之间的界限,使得小说呈现出既非虚构亦非写实的状态。

（2）所叙述的故事往往是缺乏逻辑联系的、互不相关的片段,这些片段只是靠马原的叙述"强制性"地拼合在一个小说中。

（3）由于将小说的叙述过程与叙述方法视为创作的最高目的,他的故事丧失了传统小说故事所具备的意义。

马原的先锋小说以《冈底斯的诱惑》和《虚构》较有代表性。

### 苏童的小说创作

1983年开始发表小说，代表作包括《园艺》《红粉》《妻妾成群》《河岸》等。其中，中篇小说《妻妾成群》被张艺谋改编成电影《大红灯笼高高挂》，获得第64届奥斯卡最佳外语片的提名，蜚声海内外。

少年体验作品：此类作品采用少年体验视角，以少年的眼光发现和体验自己周围的世界。苏童以一种"弱式否定"的方式表现了少年在这一时期的心理状态——彷徨、孤独、忧伤，而且总让人觉得是在母亲的眼光注视下的，这体现了苏童作品的女性精神特点。如《桑园留念》《蓝白染坊》《你好，养蜂人》等。

家族系列作品：充满了死亡、动乱、暴力和绝望。主要是把笔端导向了由农业社会、田园乡村向工业社会、都市文明转化的过程中人性的畸形和变态。如《罂粟之家》《祭奠红马》《一九三四年的逃亡》等。苏童构建了"枫杨树"故乡，执着地虚拟一些家族的兴衰史，一面表现眷恋，一面想要逃离。

红粉系列作品：《妻妾成群》（改编成影片《大红灯笼高高挂》）、《红粉》等。苏童曾把这一类作品结集为《妇女乐园》，主要表现女性在封建社会男权中心下，在这种被压抑、被控制、被奴役、被改造的状态下病态的美丽和悲凉。

苏童小说的整体风格是"凄艳"。

### 余华的小说创作

余华自1987年发表短篇小说《十八岁出门远行》以来，作品的数量并不多，但大多有影响并受到好评。其中，尤以短篇小说《死亡叙述》《爱情故事》《往事与惩罚》《鲜血梅花》《我没有自己的名字》，中篇小说《四月三日事件》《现实一种》《世事如烟》《难逃劫数》《古典爱情》和长篇小说《在细雨中呼喊》《活着》《许三观卖血记》所取得的成就更为突出。

余华小说最明显的先锋性特点是"冷漠叙述"，迷恋于对暴力、灾难和死亡的叙述，即主题性颠覆。余华小说的第二个先锋性特点是对现成文类的颠覆，即对旧有的文类实行颠覆性戏仿。

《现实一种》小说叙述的是兄弟仇杀的故事，较为典型地体现了余华小说的基本特点，对伦理文化和人性本质进行了极端的颠覆。

《许三观卖血记》是一则关于民族生存的巨大寓言，但更是20世纪后半期以来中华民族的生存现实。在这种残酷、辛酸与凄苦的复杂交响以及充满苦难的现实背景上，回荡与升腾着伟大而又温和的"父性"的旋律。

**名师讲解**

本知识点中,作家莫言、张炜、马原是常考的内容,建议考生进行区分记忆和理解性记忆。考生可通过阅读相关作品,观看相关影视剧来了解此部分内容。

**真题演练**

【单选题】

1.(2019年4月全国)下列作品中由张炜创作的乡土小说是(　　)。

　　A.《米》　　　　　　　　　　　B.《浮躁》

　　C.《活动变人形》　　　　　　　D.《古船》

【答案与解析】

D。本题旨在考查相关作家所创作的作品。《米》——苏童;《浮躁》——贾平凹;《活动变人形》——王蒙;《古船》——张炜。故本题选D。

2.(2015年4月全国)被认为"引发了80年代中后期中国小说的叙事革命"的作家是(　　)。

　　A.洪峰　　　　B.格非　　　　C.叶兆言　　　　D.马原

【答案与解析】

D。马原的小说创作以1984年发表的小说《拉萨河女神》为界,分前后两个时期。前一时期,主要运用现实主义或现代主义的创作方法,1982年发表的第一篇小说《海边也是一个世界》就是这类代表作。从《拉萨河女神》开始,发表一系列以西藏为故事背景,叙事方式上极具先锋性的小说。可以说,正是马原引发了20世纪80年代中后期中国小说的叙事革命。

**牛刀小试**

【单选题】

讲述抗战时期"我"爷爷余占鳌伏击日寇以及和"我"奶奶的爱情纠葛的小说是(　　)。

　　A.《丰乳肥臀》　　　　　　　　B.《红高粱》

　　C.《檀香刑》　　　　　　　　　D.《透明的红萝卜》

【答案与解析】

B。莫言的《红高粱》描写了一个并不新颖而且极其简单的抗日故事:"我"爷爷余占鳌在墨水河畔伏击日寇以及和"我"奶奶的爱情纠葛。

# 六、王安忆、陈染 ☆ ☆

## 官方描述

### 王安忆的小说创作

| 王安忆小说创作的三阶段 | （1）"雯雯系列"：以优美的抒情笔触,细腻表现年轻人对理想和爱情的真诚追求,表现生活中的美。这是王安忆小说创作的第一个阶段。如《雨,沙沙沙》《命运》《广阔天地的一角》《幻影》《一个少女的烦恼》《当长笛 Solo 的时候》等作品。这一阶段的作品被合称为"雯雯系列"。作家在作品中通过雯雯的形象设定,表现了青春女性的情绪天地,其中还有作家自身的经历,因此,这一时期亦被称为作家的"青春自叙传"时期。<br><br>（2）对广阔现实的关注。这是其小说创作的第二个阶段。作家从人的价值和人的文化心理的视角进行思考,主题意蕴也更加深刻。如对知青返城的反思作品《本次列车终点站》,表现上海生活的《流逝》等,以及《归去来兮》《命运交响曲》《尾声》等作品。<br><br>（3）1984 年后的创作。以历史和文化的角度来观照社会历史、人的命运与情感变迁,站在中西文化冲突的角度来思考民族文化的历史命运及其制约下的民间生存。如《大刘庄》《小鲍庄》等本土文化小说,《一千零一弄》《好婆与李同志》《悲恸之地》等都市文化小说,《荒山之恋》《小城之恋》《锦绣谷之恋》等性爱文化小说以及《逐鹿中街》《神圣祭坛》《弟兄们》等女性文化小说 |
|---|---|
| 重要作品 | 《小鲍庄》是"寻根文学"中的优秀作品,有着对民族文化中"仁义"文化的原罪式的反思。作家在表现民族精神美好一面的同时,又批判了民族中愚昧迷信、知天顺命的劣根性和落后的宗族意识。《小鲍庄》的艺术特色主要在于它所采用的块状的神话结构与多头交叉的叙述视角。<br><br>发表于 1986 年的被合称为"三恋"的《荒山之恋》《小城之恋》《锦绣谷之恋》从"性"的角度探讨人性的奥秘,作家以女性特有的细腻而感性的笔触和叙事风格描绘了女性的性爱心理,更以其女性作家独有的立场表现了女性在两性关系中的处境和心态。"三恋"之中,尤以《小城之恋》所取得的成就最为突出。<br><br>《长恨歌》是一部有着丰厚的思想文化蕴涵和较高艺术成就的长篇小说。通过对王琦瑶的命运书写,为一种已经远逝了的旧文化形态唱了一曲无尽的挽歌。作品的叙述语言精练老到、从容不迫,议论精辟有力、富有智慧,体现出对世事的参透与颖悟 |

### 陈染的小说创作

陈染的出现是纯粹的女性写作的开始,她的作品以强烈的女性意识,对人的心理进行哲学层面的叩问,探索现代人的孤独、性爱和生命而著称。

根据她的成名作小说《与往事干杯》改编的同名电影被选为国际妇女大会参展电影。小说主要情节是一个少女和父子两代人的恋情故事。小说最终要告诉读者的并不只是这样一个戏剧性的故事,而是尖锐地表达了女性爱欲的困境,表现了女性在成长过程中的自恋、自省、迷惘和确认。

另外,陈染深受西方女性文学观的影响和熏陶,在西方女性主义文学的启示下,她的小说具有激进的姿态和富于挑战的意味,以《另一只耳朵的敲击声》最具代表性,这是一部刻意宣谕女性独立身份的作品,显示了陈染作为小说家的成熟。她的小说既飘散着强烈的抒情气息又隐含着浓郁的感伤情绪。

#### ■ 名师讲解

本知识点中,作家王安忆的小说创作为考查的重点,常以选择题形式进行细致考查,因此,考生应重点掌握这部分的内容,陈染的小说创作,考生也应该有所了解。

#### ■ 真题演练

【单选题】

(2017 年 10 月全国)王安忆的《雨,沙沙沙》《命运》《广阔天地的一角》等作品被合称为(  )。

    A. 红粉系列        B. 枫杨树系列        C. 雯雯系列        D. 家族系列

【答案与解析】

C。王安忆的"雯雯系列"以优美的抒情笔触,细腻地表现年轻人对理想和爱情的真诚追求,表现生活中的美。《雨,沙沙沙》《命运》《广阔天地的一角》《幻影》《一个少女的烦恼》《当长笛 Solo 的时候》等作品被合称为"雯雯系列"。

#### ■ 牛刀小试

【多选题】

王安忆作品中被称为"三恋"的有(  )。

    A.《荒山之恋》        B.《小城之恋》        C.《乱都之恋》        D.《赤地之恋》

    E.《锦绣谷之恋》

【答案与解析】

ABE。王安忆发表于 1986 年的被合称为"三恋"的是《荒山之恋》《小城之恋》和《锦绣谷之恋》。作品有意淡化人的社会性,将探索的笔触勇敢地伸入"性"的领域并以此来探讨人性的奥秘。

# 第三节　新时期诗歌

## 一、概述 ☆ ☆ ☆

### ■ 官方描述

**新时期诗歌发展的基本情况**

- **诗人队伍的扩大**

复出的诗人："九叶诗人""七月派诗人"；

"青年诗人"，如雷抒雁等；

"朦胧诗"诗人群：如北岛、舒婷、顾城、食指等；

"新生代"或"第三代"诗人：海子、西川等；

情况特殊的著名诗人如蔡其矫等和广大的业余诗人。

- **诗歌美学形态的多元化**

中国当代诗歌在新时期之初的主要任务在于重新承继中国现代新诗的优良传统，恢复诗歌的现实主义品格。这一任务主要是从两个方面得以完成的：一是对诗歌现实主义品格的丧失进行严肃自觉的反思；二是一些诗人勇敢地对现实、历史和自我进行批判性的反思。

1979 年，在"文化大革命"后期便已产生、以"今天派"为主要创作群体的"朦胧诗"开始公开在诗坛上出现。它打破了现实主义诗歌独领风骚的一元化局面，并且对现实主义的诗歌传统进行了超越性的变革。

20 世纪 80 年代中期，"第三代诗人"的诗歌创作在精神意识和艺术表现方法方面与此前的"朦胧诗人"存在着很大差异。他们丰富、驳杂的艺术实践，打破了此前诗坛现实主义诗歌和"朦胧诗"二元对峙的文学局面，将中国当代文学，特别是诗歌的美学形态带入了多元化的历史时期。

- **诗歌艺术的多向探索**

新时期诗歌普遍追求个性化的表现方式。现实主义诗歌和"朦胧诗"的抒情主体明显强化，诗人纷纷追求"表现自我"。"第三代诗歌"中具有后现代主义特点的作品也在寻找各自独特的个人话语方式。

在表现技巧上，"朦胧诗"广泛吸收现代主义诗歌的表现手法，其中的不少技法也为现实主义所用。"第三代诗歌"的艺术探索更加丰富多样，甚至放荡不羁，在诗体、语言等方面的探索更加前卫，也更具实验性。

新时期的诗歌批评与小说批评相比虽然相对薄弱，但仍然是一个充满活力的文学领域。

### ■ 名师讲解

本知识点作为了解新时期诗歌发展的整体概括，有助于对下面知识点的学习和掌握。

**■ 真题演练**

**【单选题】**

(2012年4月全国)"朦胧诗"的主要创作群体为(　　)。

A. "非非主义"　　　B. "莽汉主义"　　　C. "今天派"　　　D. "上海诗群"

**【答案与解析】**

C。1979年,在"文化大革命"后期便已产生、以"今天派"为主要创作群体的"朦胧诗"开始公开在诗坛上出现。它打破了现实主义诗歌独领风骚的一元化局面,并且对现实主义的诗歌传统进行了超越性的变革。

**■ 牛刀小试**

**【多选题】**

中国当代诗歌在新时期之初的主要任务在于(　　)。

A. 运用想象、联想和意象的拼接与组合　　B. 重新承继中国现代新诗的优良传统

C. 恢复诗歌的现实主义品格　　D. 对于历史的反思和对现实社会的思考

E. 以历史和文化的角度来观照社会历史

**【答案与解析】**

BC。新时期的诗歌创作是在对现实主义诗歌传统的恢复、继承、重建和不断的变革与超越之中开拓其曲折道路的。中国当代诗歌在新时期之初的主要任务在于重新承继中国现代新诗的优良传统,恢复诗歌的现实主义品格。

## 二、"朦胧诗" ☆☆☆

**■ 官方描述**

| "朦胧诗"及其主要代表作家和作品 | |
| --- | --- |
| "朦胧诗" | "朦胧诗"侧重表达对人的本质的现代思考和对人的自我价值、心灵自由的追求,也表现对于现实的严峻批判、怀疑及对美好境界的朦胧向往。艺术技巧上广泛吸收西方现代主义诗歌的表现手法,如象征、暗示、隐喻、变形、意象等,给人一种朦胧之美。"朦胧诗"最有代表性的诗人是北岛、舒婷、顾城、江河、杨炼、梁小斌、王小妮和王家新等。他们在1980年前后分别发表的《回答》(北岛)、《致橡树》(舒婷)、《远与近》(顾城)、《纪念碑》(江河)、《大雁塔》《诺日朗》(杨炼)和梁小斌的《雪白的墙》《中国,我的钥匙丢了》、王小妮的《我感到了阳光》《碾子沟里,蹲着一个石匠》、王家新的《中国画》等诗作,因为诗意情愫和表现方式的特别,引起了诗坛的广泛注意,这些也是"朦胧诗"中较早产生影响的代表性作品 |

| | |
|---|---|
| 北岛 | 北岛是"朦胧诗"中有着世界性影响的重要诗人。<br>北岛诗歌的思想和艺术特色：<br>（1）强烈的忧患意识和现实批判精神是北岛诗歌的首要特点。"告诉你吧，世界／我——不——相——信！／纵使你脚下有一千名挑战者／那就把我算做第一千零一名"（《回答》）。<br>（2）表现了对生活的热爱和对理想的执着追求。"新的转机和闪闪星斗／正在缀满没有遮拦的天空／那是五千年的象形文字／那是未来人们凝视的眼睛"（《回答》）。<br>（3）在艺术表现方式上，北岛善于用鲜明、独特和坚实的意象，并且通过意象之间的拼接、跳跃和组合营造出复杂的富有张力的意象结构，表达作者丰富的思想情感 |
| 舒婷 | 舒婷诗歌的思想和艺术特色：<br>（1）舒婷的诗歌表现了从"文革"中起步的一代青年从狂热、迷茫到觉醒、奋起与追求的心灵历程，也表现了青年人深厚的友情、爱情的美丽、忧伤以及对于国家命运的关切和忧虑，她的不少诗歌散发着理想主义的光辉。<br>（2）揭示了个人丰富复杂的内心世界并抒发了自我情感，又不失对社会现实的关怀和感知，具有较为深厚的人性内容和社会内涵。《祖国呵，我亲爱的祖国》诗作将个体自我与代表祖国丰富的历史侧面的平易而又新奇的意象联系在一起，使自我形象和民族形象融合在一起，密集的意象通过相互关联、转化，层层递进，有力地表达了祖国从苦难到新生的历史过程。其他作品例如《土地情诗》《这也是一切》等也有上述特色，表现了较强的社会意识和现实关怀精神。<br>（3）舒婷善于从具体的事物出发，运用想象、联想和意象的拼接与组合，表达多层次的丰富意蕴。舒婷的诗歌典雅、端丽，怨而不怒、哀而不伤，具有独特的艺术风格 |
| 顾城 | 顾城诗歌的思想和艺术特色：<br>早期诗歌创作具有一定的社会意识，如《呵，我无名的战友》《永别了，墓地》《一代人》。但很快便放弃了这种直接观照现实的写作，使其诗歌中所创造的纯净优美的童话世界和与此相对的创作方法得到了强化，而且这种诗歌精神一直贯穿至其诗歌创作的最后。因此，在20世纪80年代，人们称他为"童话诗人"。<br>艺术特色：<br>（1）短篇抒情诗，象征的手法。<br>（2）摒弃世俗，创造纯净优美的童话世界。<br>（3）善于捕捉、表现感觉与意象 |

### ■ 名师讲解

本知识点常常作为考查的重点,以选择题形式进行细致化考查,因此,考生可采用区分性记忆和理解性记忆的方法。另外,建议考生在复习之余,选读一些北岛的诗歌作品,因为在历年真题中有关他的诗篇考查概率比较大。

### ■ 真题演练

【单选题】

1.(2019 年 4 月全国)诗句"告诉你吧,世界,我——不——相——信,纵使你脚下有一千名挑战者,那就把我算做第一千零一名"的作者是(    )。

    A. 王家新　　　　B. 顾城　　　　C. 北岛　　　　D. 梁小斌

【答案与解析】

C。本题考查诗句所对应的作家。题干诗句出自北岛的《回答》。这是诗人对于他已经不再相信的世界提出来的勇敢不屈的宣战。故本题选 C。

2.(2017 年 4 月全国)"新的转机和闪闪星斗/正在缀满没有遮拦的天空/那是五千年的象形文字/那是未来人们凝视的眼睛",这诗句出自(    )。

    A.《同谋》　　　　B.《宣告》　　　　C.《回答》　　　　D.《古寺》

【答案与解析】

C。北岛是"朦胧诗"中有着世界性影响的重要诗人。诗作表现了对生活的热爱和对理想的执着追求。"新的转机和闪闪星斗/正在缀满没有遮拦的天空/那是五千年的象形文字/那是未来人们凝视的眼睛"出自他的《回答》。

### ■ 牛刀小试

【多选题】

下列属于"朦胧诗"诗人的有(    )。

    A. 江河　　　　B. 顾城　　　　C. 舒婷　　　　D. 韩东

    E. 杨炼

【答案与解析】

ABCE。"朦胧诗"最有代表性的诗人是北岛、舒婷、顾城、江河、杨炼、梁小斌、王小妮和王家新等。他们在 1980 年前后分别发表的《回答》(北岛)、《致橡树》(舒婷)、《远与近》(顾城)、《纪念碑》(江河)、《大雁塔》《诺日朗》(杨炼)和梁小斌的《雪白的墙》《中国,我的钥匙丢了》、王小妮的《我感到了阳光》《碾子沟里,蹲着一个石匠》、王家新的《中国画》等诗作,因为诗意情愫和表现方式的特别,引起了诗坛的广泛注意,这些也是"朦胧诗"中较早产生影响的代表性作品。

## 三、第三代诗人 ☆☆

### ■ 官方描述

<table>
<tr><td colspan="2">"第三代诗人"以及所形成的影响较大的诗群</td></tr>
<tr>
<td>"第三代诗人"</td>
<td>"第三代诗人"是 20 世纪 80 年代中后期涌现的一批年轻的诗人,也称"后朦胧诗群""后崛起诗群"或"新生代诗人"。这批诗人大都出生在"文革"时期,缺少对社会历史和人生挫折的深切沉重的内心体验。以 1986 年《深圳青年报》和安徽的《诗歌报》所联合举办的"中国诗坛 1986 现代诗群体大展"为标志,集中展示了数十个诗歌"流派"的宣言与诗作,一时间,全国诗歌创作动地而起,种种名目的"流派"纷纷出笼,此局面曾被诗评家称为"美丽的混乱"。数以百计的诗歌群落或诗歌"流派"中,影响比较大的有"北京诗群""四川诗群""上海诗群""他们诗群"和"女性主义诗群"</td>
</tr>
<tr>
<td>"北京诗群"</td>
<td>北京诗群主要有海子、西川、骆一禾、牛波、贝岭、严力、雪迪、阿吾、马高明、黑大春、大仙、戈麦和臧棣等人,他们并无统一的诗学主张和诗歌刊物。坚持严肃认真的诗歌精神和人文传统。着力于对人类精神家园的追怀与守护是他们比较一致的方面,浪漫性和唯美性是他们创作的主要特色</td>
</tr>
<tr>
<td>"四川诗群"</td>
<td>四川诗群包含了"非非主义""莽汉主义"和"整体主义"等诗人,其中的欧阳江河、翟永明、钟鸣和柏桦较早知名。"非非主义"的代表人物有蓝马、周伦佑等,是具有较强理论意识,并在诗学理论建设方面做了不懈努力的一个诗歌群落。"莽汉主义"的代表人物有万夏、胡冬、李亚伟等,对崇高和优美的破坏是这些作者创作的主要特征</td>
</tr>
<tr>
<td>"上海诗群"</td>
<td>主要成员有王寅、陈东东、陆忆敏、张小波、孙晓刚等人,他们着力表现在都市中的漂泊与焦灼以及对都市的依恋、热爱、恐惧、嫌恶与逃离。艺术创作上多呈现斑驳的城市意象、快速的语流、急促的诗歌节奏,这是主要的创作特点。较有影响的诗集是张小波、孙晓刚等人的《城市人》</td>
</tr>
<tr>
<td>"他们诗群"</td>
<td>"他们诗群"是指围绕着一份民间诗刊《他们》所聚集起来的诗人,主要成员有南京的韩东、昆明的于坚、西安的丁当、上海的王寅和福建的吕德安等。作品的创作态度是冷静、客观、局外人式的,并展现出有生命的、有意味的审美内容,具有多义的审美效果</td>
</tr>
<tr>
<td>"女性主义诗群"</td>
<td>一群女性诗人由于共同体现了"女性主义"的创作特色而被诗歌评论界命名为"女性主义诗群"。代表人物有伊蕾、翟永明、海男、唐亚平等女性诗人</td>
</tr>
</table>

## 海子、于坚、翟永明的诗歌创作

阵容庞大且又庞杂的"第三代诗人"中出现了不少具有显著的创作特色和重要的创作影响的诗人,撮其要者,主要有海子、于坚和翟永明等人。

**海子**在短暂的生命里,创作了200多万字的诗歌、小说、戏剧等文学作品和文学论文。生前出版有诗集《土地》。身后有《海子诗全编》(1997出版)。其诗歌主要有抒情短诗和"史诗"两种类型。

**于坚**出版有诗集《宝地》。主要作品有《感谢父亲》《尚义街六号》《0档案》和《飞行》等。曾与韩东等人合办诗刊《他们》,影响很大。

**翟永明**被称为是"舒婷之后最重要的女诗人",是当代女性主义诗歌的主要代表。先后出版有诗集《在一切玫瑰之上》(1989)、《翟永明诗集》(1994)、《黑夜的素歌》(1997)、《称之为一切》(1997)及散文随笔集《纸上建筑》(1997)等。

### ▉ 名师讲解

本知识点中,第三代诗人以及它所包含的最有影响力的一些诗群是考查的重点,常常以选择题和名词解释题的形式进行考查,因此,考生应进行区分记忆和理解性记忆,掌握其中的代表人物以及相关的艺术特点和内容等。另外,对于三位重要的诗人也要有所了解。

### ▉ 真题演练

【单选题】

1.(2019年10月全国)下列报刊中,参与举办"中国诗坛1986现代诗群体大展"的报纸是(　　)。

　　A.《人民日报》　　　　　　　　　B.《文艺报》

　　C.《光明日报》　　　　　　　　　D.《深圳青年报》

【答案与解析】

D。1986年,《深圳青年报》和安徽的《诗歌报》联合举办"中国诗坛1986现代诗群体大展",集中展示了数十个诗歌"流派"的宣言与诗作。

2.(2016年10月全国)下列诗人属于"北京诗群"的是(　　)。

　　A.海子　　　　B.周伦佑　　　　C.翟永明　　　　D.于坚

【答案与解析】

A。北京诗群主要有海子、西川、骆一禾、牛波、贝岭、严力、雪迪、阿吾、马高明、黑大春、大仙、戈麦和臧棣等人,他们并无统一的诗学主张和诗歌刊物。坚持严肃认真的诗歌精神和人文传统,着力于对人类精神家园的追怀与守护是他们比较一致的方面,浪漫性和唯美性是他们创作的主要特色。

### ▉ 牛刀小试

【单选题】

欧阳江河、翟永明、钟鸣等诗人属于(　　)。

A. 上海诗群　　　　B. 他们诗群　　　　C. 北京诗群　　　　D. 四川诗群

【答案与解析】

D。"四川诗群"实际上包含了"非非主义"和"莽汉主义""整体主义"等诗人，其中欧阳江河、翟永明、钟鸣和柏桦等较早知名。

【名词解释题】

"第三代诗人"。

【答案与解析】

（1）"第三代诗人"是20世纪80年代中后期涌现的一批年轻的诗人，也称"后朦胧诗群""后崛起诗群"或"新生代诗人"；

（2）这批诗人大都出生在"文革"时期，缺少对社会历史和人生挫折的深切沉重的内心体验；

（3）这批诗人中出现了数以百计的诗歌群落或诗歌"流派"，其中影响比较大的有"北京诗群""四川诗群""上海诗群""他们诗群"和"女性主义诗群"。

# 第四节　新时期散文

## 一、概述 ☆☆☆

### 官方描述

| | |
|---|---|
| 悼念散文 | 散文的复苏首先是从悼念性的文章开始的。这些散文大都写得感情浓郁、充沛。对革命领袖、无产阶级革命家的怀念，着重在对他们血肉之躯的塑造之中凸现其伟大，显得真切动人。《毛泽东之歌》（何其芳）、《临江楼》（何为）、《望着总理的遗像》《怀念萧珊》（巴金）、《永远活在我们心中的好总理》（冰心）、《巍巍太行山》（刘白羽）、《长江横渡》《梅岭诗意》（菡子）、《岚山情思》（柯岩）、《一封终于发出的信》（陶斯亮）、《星》（黄宗英）、《幽燕诗魂》（丁宁）、《忆邓拓》（丁一岚）、《忆何其芳》（荒煤）等都是这类作品中的优秀之作 |
| 思考散文 | 巴金写成的42万言的《随想录》，审视自己也审视社会，剖析自己也剖析时代，以"不隐瞒、不掩饰、不化妆，把心赤裸裸地掏出来"的巨大的真实力量震撼了文坛。以其为标志，新时期散文说真话、抒真情、重理性的美学原则开始复归与强化，主要有：杨绛的《干校六记》、王西彦的《炼狱中的圣火》、陈白尘的《云梦断忆》以及孙犁的《秀露集》《晚华集》《老荒集》等 |

**新时期散文的创作特色**

（1）新时期的散文既贯通古代传统和"文革"之后由西方传入的文学理论，又融会了诗歌、小说、电影等各种体裁的特点，在整体上呈现出复杂性与多样性。

（2）一些已有的范式和传统的禁区已被冲破。作家的创新思想和审美意识、文体观念都大大解放。

（3）新时期散文的品种也较以前丰富，作家回忆录、人物传记、札记随笔、游记以及散文诗等文体纷纷出现。报告文学成为散文的一支主力军。新时期的报告文学从一开始就确立了追求真实与解放思想两大特性。知识分子首先把审视的眼光投向了刚经历过的那个时代，报告文学成为他们反思历史、借以"立此存照"的有力工具。1978 年，《人民文学》第 1 期发表了徐迟的报告文学《哥德巴赫猜想》，第一次把知识分子作为作品的主人公，介绍数学家陈景润的事迹。

**20 世纪 80 年代后的台湾散文家中，龙应台影响较大。主要作品有《野火集》《人在欧洲》《女子与小人》《我的不安》等。散文（杂文）创作主要分为两类：社会批评和女性主义批评。**

**名师讲解**

本知识点中，悼念文学与思考文学是考查的重点，常以选择题的形式进行细致化的考查，由于涉及的作品比较多，建议考生进行区分记忆。新时期的散文创作特色，考生也应该有所了解，其中的报告文学应特别注意。对龙应台可稍作了解。

**真题演练**

【多选题】

（2019 年 10 月全国）下列报告文学中，以知识分子为主人公的作品有（　　）。

A. 徐迟的《哥德巴赫猜想》　　　　B. 理由的《扬眉剑出鞘》

C. 黄宗英的《大雁情》　　　　　　D. 陈祖芬的《祖国高于一切》

E. 鲁光的《中国姑娘》

【答案与解析】

ACD。本题旨在考查对新时期报告文学的掌握情况。

1978 年，《人民文学》发表了徐迟的报告文学作品《哥德巴赫猜想》，其介绍了数学家陈景润的故事。之后，一大批描写不同科学领域的知识分子五彩人生的优秀报告文学作品出现，如黄宗英的《大雁情》和陈祖芬的《祖国高于一切》。BE 两项是与体育有关的报告文学作品。故本题选 ACD。

**牛刀小试**

【单选题】

新时期散文的复苏开始于悼念性的文章，下列属于这类散文的作品是（　　）。

A.《哥德巴赫猜想》　　　　　　　　B.《商州初录》

C.《一封终于发出的信》　　　　　　　D.《给亡妇》

【答案与解析】

C。散文的复苏首先是从悼念性的文章开始的。这些散文大都写得感情浓郁、充沛。对革命领袖、无产阶级革命家的怀念也大都着重在对他们血肉之躯的塑造之中凸现其伟大，显得真切动人。《毛泽东之歌》（何其芳）、《临江楼》（何为）、《望着总理的遗像》《怀念萧珊》（巴金）、《永远活在我们心中的好总理》（冰心）、《巍巍太行山》（刘白羽）、《长江横渡》《梅岭诗意》（菡子）、《岚山情思》（柯岩）、《一封终于发出的信》（陶斯亮）、《星》（黄宗英）、《幽燕诗魂》（丁宁）、《忆邓拓》（丁一岚）、《忆何其芳》（荒煤）等都是这类作品的优秀之作。

# 二、巴金、张中行、余秋雨 ☆ ☆ ☆

## ■ 官方描述

### 巴金《随想录》的思想价值

"文革"带给巴金的震动是巨大的。1977 年 5 月起，巴金在《文汇报》上连续发表了《一封信》《第二次解放》两篇文章，开始了作家、艺术家对"四人帮"的第一声控诉，也最早唤醒了新时期散文的悲剧意识和"说真话"的美学原则。之后，《大公报》开辟了《随想录》专栏，向巴金组稿。

《随想录》是巴金文学道路上的又一座丰碑，也是新时期散文中一部"里程碑式的作品"，树立了说真话的榜样。"说真话"是《随想录》最为显著的特色。总共 150 篇，是巴金"用真话建立起来的揭露'文革'的'博物馆'"。

强烈的"说真话"的意识促使巴金对自己的过去进行严格的自审和反思；把自审上升到对整个民族的审视的高度，从而形成了《随想录》在更深层次上的忧患意识和反思精神；通过对亲朋故人的哀思，控诉了造成许多人间悲剧的"文革"。《随想录》追求"无技巧"的境界，在平实质朴的语言中蕴含深情，自有一种感人肺腑、震撼人心的力量。

### 张中行的散文创作

张中行在 20 世纪 80 年代开始散文创作，1986 年出版《负暄琐话》，其后一发不可收，分别于 1990 年、1994 年出版《负暄续话》《负暄三话》。其庄重、典雅的叙述，质朴而不失俊俏的文风与纯正、厚实的传统文化功底，一时倾倒了众多具有一定学养的读者。

"三话"（《负暄琐话》《负暄续话》《负暄三话》）感染读者的除了以"过来者""当事人"的身份讲述了许多不见于"正史"的"野史"、轶事之外，更多的则是在貌似平淡、枯涩的叙述背后所隐藏的那份浓郁的感情——一种被作者有意压抑，但又时常遏制不住地弥散出来的、似乎没有具体所指却又相当沉郁、令读者不知所措的感情。

张中行的"三话"运笔随意，语言平实自然，以真面目示人，形成了富有特色的"闲话"风格。20 世纪 90 年代以来，以随笔的方式谈论、评说民国人物成为一股潮流，而张中行的《负暄琐话》某种意义上是这种潮流的滥觞。

## 余秋雨散文的思想和艺术特点

余秋雨,著名学者、散文家,出版有散文集《文化苦旅》《山居笔记》以及选集《文明的碎片》《秋雨散文》等。

余秋雨文化散文的特点:

首先给读者留下深刻印象的是他深沉的文化忧患意识。主要来源于两个原因,一个是作者对中国文化自身先进与落后因素并存的无奈与体认;另一个是古今文明的对比。

余秋雨散文的第二个特点是厚重的历史感。他笔下的历史是经过作者的审美眼光过滤过的历史,具有某种浓郁的、展示人生或命运的思情气息。

余秋雨散文的第三个突出的特点就是他在散文中所表现出的理性精神。在其散文中,有充满哲学思辨和独特体验的理性精神闪光点。

语言结构特点:行云流水、华丽雍容、在变化中可见思维的机智的散文语言。采用了小说式的叙事形态,使散文带有了一定的情节性。

### ■ 名师讲解

本知识点中,三位作家是考查的重点,常以选择题等形式进行考查,因此,建议考生对三位作家进行区分性记忆和理解记忆。另外,考生可在复习之余,阅读相关作品,有助于对相关知识点的理解和掌握。

### ■ 真题演练

【单选题】

1.(2012年4月全国)下列不属于余秋雨散文特点的是(　　)。

　A. 深沉的文化忧患意识　　　　B. 厚重的历史感

　C. 较强的理性精神　　　　　　D. 随意自然的闲适风格

【答案与解析】

D。余秋雨文化散文的特点:(1)给读者留下深刻印象的是他深沉的文化忧患意识。(2)厚重的历史感。(3)在散文中所表现出的理性精神。(4)具有行云流水、华丽雍容、在变化中可见思维的机智的散文语言。

2.(2016年4月全国)被称为"用真话建立起来的揭露'文革'的'博物馆'"的作品是(　　)。

　A.《随想录》　　　B.《山居笔记》　　　C.《野火集》　　　D.《干校六记》

【答案与解析】

A。"说真话"是《随想录》最为显著的特色。总共150篇,是巴金"用真话建立起来的揭露'文革'的'博物馆'"。强烈的"说真话"的意识促使巴金对自己的过去进行严格的自审和反思;把自审上升到对整个民族反思的高度,表现了作家的忧患意识;通过对亲朋故人的哀思,控诉了造成许多人间悲剧的"文革"。

3. (2017年4月全国)张中行以随笔的方式谈论、评说民国人物的散文集是(　　)。

　　A.《负暄琐话》　　　B.《云梦断忆》　　　C.《干校六记》　　　D.《野火集》

【答案与解析】

A。20世纪90年代以来,以随笔的方式谈论、评说民国人物成为一股潮流,而张中行的《负暄琐话》某种意义上是这种潮流的滥觞。

**牛刀小试**

【单选题】

张中行以"过来者""当事人"的身份讲述许多"野史"、轶事的作品是(　　)。

A.《炼狱中的圣火》　　B.《老荒集》　　　C.《负暄琐话》　　　D.《云梦断忆》

【答案与解析】

C。张中行的"三话"(《负暄琐话》《负暄续话》《负暄三话》)感染读者的除了以"过来者""当事人"的身份讲述了许多不见于"正史"的"野史"、轶事之外,更多的则是在貌似平淡、枯涩的叙述背后所隐藏的那份浓郁的感情——一种被作者有意压抑,但又时常遏制不住地弥散出来的、似乎没有具体所指却又相当沉郁、令读者不知所措的感情。

# 第五节　新时期戏剧

## 一、概述 ☆☆☆

**官方描述**

| 新时期戏剧创作的基本情况 | |
| --- | --- |
| 现实主义精神的复归 | 1977—1978年,出现批判"四人帮"的话剧:《枫叶红了的时候》《丹心谱》《于无声处》。<br>与此同时,涌现歌颂老一辈革命家的话剧:《陈毅市长》《陈毅出山》等。<br>20世纪70年代末期形成"社会问题剧"创作的高潮。崔德志的《报春花》、赵梓雄的《未来在召唤》、赵国庆的《救救她》、邢益勋的《权与法》、沙叶新的《假如我是真的》等,表现了直面现实的勇气和魄力。<br>1980年召开的剧本创作座谈会,使得现实主义戏剧稳步发展。<br>特点:鲜明的批判色彩;强烈的政治性和社会性;戏剧方式的传统性 |

| | |
|---|---|
| **探索戏剧的出现** | 20 世纪 80 年代初期，一些剧作家用新的艺术手段表达对于生活和人的生存问题的思考，创作了一批具有创新精神的探索剧作。较早出现的一部极富探索意味的剧作是由马中骏、贾鸿源、瞿新华合作的《屋外有热流》，此外还有高行健的《绝对信号》、谢民的《我为什么死了》等，它们多采用时空的灵活拓展、意识流、荒诞派手法等现代戏剧技巧，打破了传统戏剧的规范 |
| | 1985 年及之后，探索戏剧继续发展。代表作有：高行健的《野人》，王培公、王贵的"青年戏剧"《WM（我们）》，魏明伦的荒诞川剧《潘金莲》，刘树纲的《一个死者对生者的访问》，陶骏、王哲东的多元组合剧《魔方》，孙惠柱、张马力的"心理分析剧"《挂在墙上的老 B》，马中骏、秦培春的写实与象征并存的"异面融合剧"《红房间白房间黑房间》等。<br>除了这种以表现为主的现代派戏剧之外，还有以再现为主的现实主义戏剧。20 世纪 80 年代初期李龙云的《小井胡同》、80 年代中期刘锦云的《狗儿爷涅槃》以及 80 年代后期何冀平的《天下第一楼》基本代表了写实为主的再现主义戏剧的发展过程 |

**■ 名师讲解**

本知识点中，社会问题剧以及探索戏剧是常考的内容，多以选择题和名词解释题的形式进行细致化的考查，因此，考生应注意识记其中的代表作品。

**■ 真题演练**

【单选题】

（2012 年 4 月全国）70 年代末期出现的《报春花》《未来在召唤》《假如我是真的》等作品属于（　　）。

A．通俗戏剧　　　　B．实验戏剧　　　　C．探索戏剧　　　　D．社会问题剧

【答案与解析】

D。在 20 世纪 70 年代末期形成了一个"社会问题剧"创作的高潮。崔德志的《报春花》、赵梓雄的《未来在召唤》、赵国庆的《救救她》、邢益勋的《权与法》、沙叶新的《假如我是真的》等是当时的优秀剧本，表现了直面现实的勇气和魄力。

【名词解释题】

（2015 年 10 月全国）探索戏剧。

【答案与解析】

（1）20 世纪 80 年代初期，一些剧作家用新的艺术手段表达对于生活和人的生存问题的思考，创作了一批具有创新精神的探索剧作。

（2）较早出现的一部极富探索意味的剧作是由马中骏、贾鸿源、瞿新华合作的《屋外有热流》。

（3）此外，还有高行健的《绝对信号》、谢民的《我为什么死了》等。

（4）它们多采用时空的灵活拓展、意识流、荒诞派手法等现代戏剧技巧，打破了传统戏剧的规范。

■ **牛刀小试**

【单选题】

我国80年代初期较早出现的一部极富探索意味的剧作是（　　　　）。

A.《野人》　　　　　　　　　　B.《屋外有热流》

C.《寻找男子汉》　　　　　　　D.《耶稣·孔子·披头士列侬》

【答案与解析】

B。20世纪80年代初期，一些剧作家用新的艺术手段表达对于生活和人的生存问题的思考，创作了一批具有创新精神的探索剧作。较早出现的一部极富探索意味的剧作是由马中骏、贾鸿源、瞿新华合作的《屋外有热流》。此外，还有高行健的《绝对信号》、谢民的《我为什么死了》等。

# 二、沙叶新、高行健 ☆ ☆

■ **官方描述**

## 沙叶新的戏剧创作

新时期以来，沙叶新的主要剧目有《陈毅市长》《假如我是真的》（又名《骗子》）、《大幕已经拉开》（与李守成、姚明德合作）《马克思秘史》《寻找男子汉》《论烟草之有用》（与李守成合作）以及《孔子·耶稣·披头士列侬》和《白雪·太阳·人》等。沙叶新的剧作呈现出的独特韵味使其成为新时期话剧史上不可忽略的代表。

**沙叶新的艺术准则是"寄深情于现实"。他的《陈毅市长》以一种巧妙的结构方式将这位革命家的形象塑造得鲜明生动、真实丰满，这种结构就是他自己所谓的"冰糖葫芦式"的戏剧形式。**剧作以解放初期百废待兴的上海为背景，截取了陈毅担任市长后的十个生活横断面突出主人公的个性。

1986年，他创作的《寻找男子汉》带有一种幽默喜剧的色彩，但在那种看似现实感极强的生活事件背后，正是作者对于民族文化底蕴的审视与反思。剧中主人公——现代女青年舒欢对"真正的男子汉"的寻求，体现了沙叶新对民族阳刚之气的呼唤与张扬。

沙叶新1988年创作《耶稣·孔子·披头士列侬》。在这部充满着绚丽的想象和哲理意味的剧作中，作者显然是付出了他的激情与心血。在20世纪80年代这个戏剧的艰难生存期，沙叶新的艺术选择为话剧创作提供了新的可能性。在这个意义上，《耶稣·孔子·披头士列侬》当成为新时期话剧史上不可忽略的一笔。

## 高行健的戏剧创作

高行健是一个坚持时间最长,并且兼具了理论与创作实践双重能力的作家。在话剧写作领域,高行健以《绝对信号》《车站》《野人》《彼岸》等作品奠定了他在探索戏剧中不可替代的位置。同时,在理论方面,他的《现代小说技巧初探》《现代戏剧手段初探》也显示了不俗的眼光。

《绝对信号》以小剧场的新颖方式和独特的剧作结构、别具匠心的舞台形象而引起人们的广泛注目。

《车站》更为典型地运用了荒诞派戏剧的艺术表现方式。

**在高行健所有的戏剧作品中,《野人》应该说是最为成熟的一部,它是多声部哲理剧的一个典范。**

### ■ 名师讲解

本知识点中,常考的内容是沙叶新的戏剧创作,以选择题的形式进行细致考查,建议考生做区分性记忆,尤其注意作家不同时期的代表性作品所体现的思想意蕴。另外,高行健的戏剧创作,考生也要有所了解和掌握。

### ■ 真题演练

【单选题】

1. (2019年10月全国)下列沙叶新的剧作中,采用"冰糖葫芦式"结构形式的作品是( )。

    A.《陈毅市长》             B.《马克思秘史》

    C.《假如我是真的》       D.《寻找男子汉》

【答案与解析】

A。沙叶新的《陈毅市长》以一种巧妙的结构方式将这位革命家的形象塑造得鲜明生动、真实丰满,这种结构就是他自己所谓的"冰糖葫芦式"的戏剧形式。

2. (2016年4月全国)体现沙叶新对民族阳刚之气的呼唤与张扬的剧作是( )。

    A.《假如我是真的》      B.《马克思秘史》

    C.《寻找男子汉》        D.《孔子·耶稣·披头士列侬》

【答案与解析】

C。1986年,沙叶新创作的《寻找男子汉》带有一种幽默喜剧的色彩,但在那种看似现实感极强的生活事件背后,正是作者对于民族文化底蕴的审视与反思,剧中主人公——现代女青年舒欢对"真正的男子汉"的寻求,体现了沙叶新对民族阳刚之气的呼唤与张扬。

### ■ 牛刀小试

【单选题】

高行健是一个坚持时间最长,并且兼具了理论与创作实践双重能力的作家。其典型地运用了荒诞派戏剧的艺术表现方式的作品是（　　　）。

A.《绝对信号》　　　　B.《车站》　　　　C.《野人》　　　　D.《彼岸》

【答案与解析】

B。高行健的《车站》典型地运用了荒诞派戏剧的艺术表现方式。《车站》的戏剧结构和故事方式都有些类似于贝克特的《等待戈多》，只是等待的对象变成了一辆迟迟没有停站的公共汽车。

【多选题】

下列作品中，主要由高行健创作的话剧有（　　　）。

A.《车站》　　　B.《陈毅市长》　　　C.《绝对信号》　　　D.《假如我是真的》

E.《曙光》

【答案与解析】

AC。在话剧写作领域，高行健以《绝对信号》《车站》《野人》《彼岸》等作品奠定了他在探索戏剧中不可替代的位置。故选 AC。

# 三、20 世纪 90 年代戏剧 ☆

**官方描述**

| 20 世纪 90 年代戏剧的基本格局 | |
| --- | --- |
| **主旋律戏剧** | 成都军区战旗话剧团的无场次话剧《结伴同行》，根据真人真事创作的《徐洪刚》，上海戏剧学院演出的《徐虎》，首都舞台上演出的《厂长马恩华》，还有获第五届中国戏剧节优秀剧目奖的《虎踞钟山》，是主旋律戏剧的代表 |
| **通俗戏剧** | 20 世纪 90 年代戏剧中最具活力的一个构成部分。这里的通俗戏剧只是指在戏剧题材和观念传达上呈现出世俗化特性的戏剧。<br>譬如 1994 年出现的一批以市民生活和爱情、婚姻、家庭为题材的，内容趋向于通俗化的作品。像《热线电话》的情节颇有戏剧性，内容也不乏道德劝喻，同时也很有时代色彩。《同船共渡》刻画了一位温良宽厚、真挚朴实的老船长形象，他具有丰富的人生阅历，渴望在晚年获得人生温暖。1993 年上演的《大西洋电话》里的女医生、《留守女士》里的乃川、《美国来的妻子》里的元明清、《情感操练》中的小职员、《灵魂出窍》中的款爷等人物，都堪称富有人情味的形象 |

| | |
|---|---|
| **先锋性实验话剧** | 实验话剧在20世纪90年代虽然没有像80年代那样的生存空间,但还是不断地有人进行着有益的探索。1993年上演的新版《雷雨》在这方面可以称作代表。<br><br>1993年的实验话剧中,还有像过士行的《鸟人》、孟京辉的《思凡》等,保持了探索的品位和先锋的立场,在适应大众审美情趣以立足于文化市场方面作出了有益的探索。另外,实验戏剧的一个重要构成部分是对外国经典作品的演出。以"环境戏剧"方式演出的契诃夫《樱桃园》,林兆华导演的《三姊妹·等待戈多》,将契诃夫和贝克特的两部名剧糅于一体 |
| **商业戏剧** | "商业戏剧"的最大特征便是以商业化策略经营戏剧生产。1994年,由谭路璐任独立制作人、中央实验话剧院演出的《离婚了,就别来找我》,以票房收入为旨归,选用当红明星江珊和史可出任主角,上演之前也做足了宣传攻势,戏一上演票就销售一空。演至第六场,制作人投入的十万元成本就全部收回来了。北京人艺上演的《蝴蝶梦》,情节事件被游戏化。在1996年出现了《棋人》《好人润五》《三个女人》《楼顶》等一批独立制作人话剧演出,毫不遮掩地追求商业效应 |

■ **名师讲解**

本部分内容,历年考查次数较少,作为整个新时期文学的一部分,考生可稍作了解。

■ **牛刀小试**

【单选题】

20世纪90年代通俗戏剧以爱情、婚姻、家庭为题材的代表性作品有( )。

A.《冰糖葫芦》　　　B.《热线电话》　　　C.《好人润五》　　　D.《三个女人》

【答案与解析】

B。20世纪90年代通俗戏剧中,出现了一批以市民生活和爱情、婚姻、家庭为题材的,内容趋向于通俗化的作品。像《热线电话》情节颇有戏剧性,内容也不乏道德劝喻,同时也很有时代色彩。《同船共渡》刻画了一位温良宽厚、真挚朴实的老船长形象,他具有丰富的人生阅历,渴望在晚年获得人生温暖。

# 模　拟　卷

## 中国现代文学史模拟卷（一）

（课程代码：00537）

满分 100 分，考试时间 150 分钟。

### 第一部分　选　择　题

一、单项选择题：本大题共 20 小题，每小题 1 分，共 20 分。在每小题列出的备选项中只有一项是最符合题目要求的，请将其选出。

1. 在"五四"新文学创作中，最有成就的门类是（　　）。

    A. 话剧　　　　　　　B. 议论文　　　　　　C. 诗歌　　　　　　　D. 散文

2. 下列均属于周作人的散文集的是（　　）。

    A.《自己的园地》《雨天的书》《小河》

    B.《自己的园地》《热风》《泽泻集》

    C.《雨天的书》《自己的园地》《谈龙集》

    D.《雨天的书》《自己的园地》《踪迹》

3. 朱自清步入文坛最早是以什么身份？（　　）

    A. 政治家　　　　　　B. 哲学家　　　　　　C. 诗人　　　　　　　D. 散文家

4. 丁西林的第一部独幕喜剧是（　　）。

    A.《压迫》　　　　　　B.《终身大事》　　　　C.《兵变》　　　　　　D.《一只马蜂》

5. 田汉"五四"时期戏剧创作的重要艺术特色是（　　）。

    A. 现实主义与浪漫主义熔为一炉　　　　B. 现实主义与后现代主义熔为一炉

    C. 现代主义与象征主义熔为一炉　　　　D. 浪漫主义与象征主义熔为一炉

6. 于 1927 年年底成立，主要成员有蒋光慈、钱杏邨、孟超等，出版刊物有《太阳月刊》《海风周刊》等的是（　　）。

    A. 创造社　　　　　　B. 太阳社　　　　　　C. 南国社　　　　　　D. 民众戏剧社

7. 茅盾在"五四"时期发表了一系列文章，大力提倡的艺术主张是（　　）。

    A. 文学为人生　　　　B. 文学为艺术　　　　C. 自然主义　　　　　D. 浪漫主义

8. 方罗兰、章秋柳这两个人物形象出现于茅盾小说（　　）。

A.《虹》　　　　B.《蚀》　　　　C.《三人行》　　　　D.《野蔷薇》

9. 茅盾在《子夜》中塑造的典型民族资本家是(　　)。

A. 潘月亭　　　　B. 赵伯韬　　　　C. 吴荪甫　　　　D. 周朴园

10.《寒夜》中体现了反道德、重自我的新型女性是(　　)。

A. 杨梦痴　　　　B. 瑞珏　　　　C. 梅　　　　D. 曾树生

11.《激流三部曲》中成就最高的是(　　)。

A.《家》　　　　B.《春》　　　　C.《秋》　　　　D.《寒夜》

12. 巴金描写了一个小公务员在现实生活重压下所经历的家庭破裂的悲剧故事的作品是(　　)。

A.《寒夜》　　　　B.《憩园》　　　　C.《家》　　　　D.《秋》

13. 下面不属于老舍短篇小说的是(　　)。

A.《月牙儿》　　　　B.《微神》　　　　C.《断魂枪》　　　　D.《野蔷薇》

14.《骆驼祥子》在人物塑造上很鲜明地体现了老舍的主张,即写出(　　)。

A."灵的文学"　　B."生活的文学"　　C."哲理的文学"　　D."诗的文学"

15. 祁老者、冠晓荷是老舍什么作品中的人物?(　　)

A.《月牙儿》　　　　B.《骆驼祥子》　　　　C.《四世同堂》　　　　D.《微神》

16. 下列作品的题材属于反映湘西人生的是(　　)。

A.《柏子》　　　　B.《某夫妇》　　　　C.《或人的太太》　　　　D.《有学问的人》

17. 翠翠是沈从文哪部作品的女主角?(　　)

A.《八骏图》　　　　B.《边城》　　　　C.《三三》　　　　D.《雨后》

18. 沈从文揭示知识分子病态人格的小说是(　　)。

A.《边城》　　　　B.《二月》　　　　C.《萧萧》　　　　D.《八骏图》

19. 哪部作品的诞生以及曹禺的《日出》《原野》等优秀剧作的相继问世,标志着中国现代话剧艺术的成熟?(　　)

A.《雷雨》　　　　B.《北京人》　　　　C.《家》　　　　D.《蜕变》

20. 潘月亭这一人物形象出自(　　)。

A.《雷雨》　　　　B.《日出》　　　　C.《北京人》　　　　D.《原野》

**二、多项选择题**:本大题共 **5** 小题,每小题 **2** 分,共 **10** 分。在每小题列出的备选项中至少有两项是符合题目要求的,请将其选出,错选、多选或少选均无分。

21. 曹禺《日出》的艺术特点有(　　)。

A. 采用"横断面"的描写方法　　　　B. 运用象征手法进行表现

C. 矛盾冲突的生活化　　　　D. 采用暗场处理的方法

E. 具有浓厚的神秘色彩

22. 20 世纪 30 年代小说作家形成了哪几个主要群落(　　)。

    A. 东北作家群　　　B. 左翼作家群　　　C. 湘西作家群　　　D. 京派作家群

    E. "新感觉派"作家群

23. 新文学第二个十年中的小说流派主要有(　　)。

    A. 社会剖析派　　　B. 京派　　　　　　C. 现代派　　　　　D. 七月诗派

    E. 浪漫派

24. 20 世纪 30 年代出现的专门的散文刊物有(　　)。

    A.《文学》　　　　　B.《论语》　　　　　C.《现代》　　　　　D.《人间世》

    E.《语丝》

25. 沙汀 20 世纪 40 年代创作的"三记"指(　　)。

    A.《淘金记》　　　　B.《困兽记》　　　　C.《南行记》　　　　D.《还乡记》

    E.《湘西散记》

## 第二部分　非选择题

**三、名词解释题：本大题共 3 小题，每小题 4 分，共 12 分。**

26. 春柳社

27. 语丝社

28. 新月诗派

**四、简答题：本大题共 4 小题，每小题 8 分，共 32 分。**

29. 简析穆旦诗歌中的"自我"形象。

30. 简析艾青诗歌的思想内容以及在诗歌艺术上的独特建树。

31. 简析沙汀《在其香居茶馆里》的艺术成就。

32. 简析张爱玲小说的思想内容。

**五、论述题：本大题共 2 小题，每小题 13 分，共 26 分。**

33. 论述王蒙新时期的创作情况、特色及对新时期文学的贡献。

34. 试论述巴金《激流三部曲》中觉新的人物形象。

# 参 考 答 案

**一、单项选择题：本大题共 20 小题，每小题 1 分，共 20 分。**

1.【答案与解析】D。在"五四"新文学创作中，散文是最有成就的门类。"五四"时期稍有成就的作家，基本上都是散文家。"五四"时期最早出现的散文作品，是以议论时政为主的杂感短论，即杂文。

2.【答案与解析】C。周作人的散文集有《自己的园地》《雨天的书》《泽泻集》《谈龙集》《谈虎集》《永日集》《看云集》等。故选 C。

3.【答案与解析】C。朱自清最早是以诗人身份步入文坛的，1922 年以后转向散文创作，20 年代出版的散文集有《踪迹》《背影》，在当时曾引起广泛反响，作者亦成为"五四"以来最有影响的散文作家之一。其中的《背影》《荷塘月色》等，长期以来被认为是散文创作的典范。

4.【答案与解析】D。丁西林 1923 年写出的第一部独幕喜剧《一只马蜂》一鸣惊人，显露出他出众的幽默才能和高度的喜剧艺术技巧。故选 D。

5.【答案与解析】A。现实主义与浪漫主义熔为一炉，交互辉映，是田汉"五四"时期戏剧创作的重要艺术特色。田汉剧作中的"现实主义"主要是指对当时黑暗现实的真实描绘，而"浪漫主义"则既包括传统浪漫主义重主观、重想象的特点，又包容了西方现代主义思潮像唯美主义、感伤主义等特质。故选 A。

6.【答案与解析】B。无产阶级革命文学运动首先由后期创造社和太阳社成员发起。太阳社于 1927 年年底成立，主要成员有蒋光慈、钱杏邨、孟超等人，出版刊物有《太阳月刊》《海风周刊》等。此后，许多提倡无产阶级文学的文章被发表。这些倡导初步论述了革命文学的根本性质、任务，接触到作家世界观的转变问题。

7.【答案与解析】A。茅盾是文学研究会的主要成员，在文学创作上提倡"文学为人生"的艺术主张。故选 A。

8.【答案与解析】B。方罗兰、章秋柳这两个人物形象出现于茅盾小说《蚀》，故选 B。《蚀》由三个系列中篇所组成：《幻灭》《动摇》《追求》。三部曲既有联系又有区别，整个作品以大革命前后一群小资产阶级知识青年的生活经历和心灵历程为题材，深刻地揭示了革命中的各种矛盾和阶级分化。作者试图表现现代青年在革命浪潮中所经过的三个时期：幻灭、动摇、追求。

9.【答案与解析】C。吴荪甫是茅盾作品《子夜》的主角，是 20 世纪 30 年代中国民族工业资本家的典型。吴荪甫资本雄厚，又竭尽全力地奋斗，但仍无法改变惨遭破产的悲剧命运。吴荪甫的形象及其失败命运，形象地揭示了当时中国社会的半殖民地半封建性质，更昭示了资本主义道路在中国是行不通的。

10.【答案与解析】D。《寒夜》中的曾树生是一个在困境中企图拯救自己的妇女,从她的选择可以看出她对人生价值与意义的看法,体现出一种反道德、重自我的新型现代女性的道德特征。故选 D。

11.【答案与解析】A。《激流三部曲》包括《家》《春》《秋》三部,其中以《家》的成就最高、影响最大。

12.【答案与解析】A。巴金的《寒夜》通过描写一个小公务员在现实生活的重压下所经历的家庭破裂的悲剧,揭示了旧中国正直善良的知识分子的命运,暴露了抗战后"国统区"的黑暗现实。

13.【答案与解析】D。《月牙儿》《微神》《断魂枪》等是老舍短篇小说中的佳作。《野蔷薇》是茅盾最早的短篇小说集。

14.【答案与解析】A。《骆驼祥子》在人物塑造上很鲜明地体现了老舍写出"灵的文学"来的主张。老舍善于刻画人物心理的艺术功力几乎体现在所有人物的塑造上,尤其以揭示人物的灵魂痛苦为最。

15.【答案与解析】C。老舍的鸿篇巨著《四世同堂》由三部连续性的长篇《惶惑》《偷生》《饥荒》组成,反映的是抗战期间北京沦陷人民的苦难生活及其觉醒和斗争。作品以祁家为中心,广泛地描写了北平市民阶层的各式人等。祁老者是"四世同堂"的祁家的长者,冠晓荷是民族败类的形象。

16.【答案与解析】A。《柏子》《萧萧》《灯》《丈夫》等篇,在对"乡下人"性格特征的展现中,对湘西乡村儿女人生悲喜剧进行了价值重估。这些作品中的"乡下人",其道德风貌、人生形式与过去的世界紧密相连,俨然出乎原始的文化环境。他们热情、勇敢、忠诚、善良,纯洁高尚,合乎自然。故选 A。

17.【答案与解析】B。翠翠是沈从文《边城》里的女主角,翠翠的爷爷老船夫对自己的生活是满足的,翠翠心中有所爱有所求,却不为此挣扎奋斗。

18.【答案与解析】D。沈从文的《八骏图》是对于知识者的一个解剖,同时也是对于民族之病的一个诊察,揭示了知识分子病态人格。《八骏图》写的几种人都是病态的:受现代文明的压抑,教授们生命活力退化,性意识已经严重扭曲;表面上道貌岸然,内心深处却醒醒不堪。故选 D。

19.【答案与解析】A。《雷雨》的诞生以及曹禺的《日出》《原野》等优秀剧作的相继问世,标志着中国现代话剧艺术的成熟。在《雷雨》中,作者鞭挞了封建专制赖以生存的黑暗社会,批判了封建专制与虚伪道德。

20.【答案与解析】B。潘月亭这一人物形象出自《日出》。他是大丰银行的经理,会耍权术,善投机,心狠毒。故选 B。

**二、多项选择题：本大题共 5 小题，每小题 2 分，共 10 分。**

21.【答案与解析】ACD。《日出》的艺术特点有：采用"横断面"的描写方法、矛盾冲突的生活化、采用暗场处理的方法对戏剧结构起辅助作用。故选 ACD。

22.【答案与解析】ABDE。20 世纪 30 年代小说创作基本情况：取得了很高的成就，反映广阔的社会生活和深厚的历史内容的长篇小说最为突出。30 年代小说作家形成的几个主要群落：（1）左翼作家群。（2）京派作家群。（3）"新感觉派"作家群。（4）东北作家群。

23.【答案与解析】ABC。1928—1937 年是中国现代文学史上的第二个十年，又统称为"30 年代文学"。该时期的小说流派主要有：（1）社会剖析派：1932—1937 年间。在茅盾的影响下，现代文学史上曾出现了一大批追随他的创作风格的作者和作品，茅盾和这些作家的创作被后来一些文学史家称为"社会剖析派小说"。（2）京派作家群：主要是指 20 世纪 20 年代末期至 30 年代，文学中心南移上海之后继续滞留北京或其他北方城市的一个自由主义作家群，当时亦称"北方作家"派。（3）现代派：代表人物有戴望舒等，现代派的得名除了因为他们主要以《现代》杂志为阵地之外，在艺术上，现代派主要以象征主义为中心，诗歌的语义和内涵更有暗示性、不确定性和多义性的特点。

24.【答案与解析】BD。首先排除 E 项，《语丝》出版于 1924 年。《论语》《人间世》属于专门的散文刊物，《现代》《文学》属于大型文学专刊，故答案为 BD。

25.【答案与解析】ABD。抗战后，沙汀接连完成了描写四川农村生活的三部长篇：《淘金记》《困兽记》与《还乡记》。其中，《淘金记》是"三记"中的最优秀者。故选 ABD。

**三、名词解释题：本大题共 3 小题，每小题 4 分，共 12 分。**

26.【答案与解析】1906 年年底由李叔同、陆镜若和欧阳予倩等人在东京成立，这是我国第一个话剧团体。1907 年在日本东京演出的《茶花女》和排演的五幕话剧《黑奴吁天录》，是中国现代话剧的最初萌芽。

27.【答案与解析】

（1）"语丝社"创办于 1924 年，因办《语丝》周刊而得其名。（2）主要成员有鲁迅、周作人、林语堂、孙伏园等。（3）《语丝》多发表针砭时弊的杂感小品，倡导幽默泼辣的"语丝文体"。

28.【答案与解析】

（1）新月诗派始于 1926 年 4 月 1 日的《晨报副刊·诗镌》，代表人物有徐志摩、闻一多等，后期又出现了卞之琳、李广田等人。

（2）在艺术上，他们要求艺术的"和谐""均齐"，强调诗人戴着镣铐跳舞，表现为追求诗歌的格律，因此，该派也称格律诗派。

（3）为建立新诗的形式规范，闻一多提出"三美"主张。

**四、简答题：本大题共 4 小题，每小题 8 分，共 32 分。**

29. 【答案与解析】

（1）是在动荡混乱时代，一个现代派诗人内心情绪的凝结，在"我"的形象系谱中显示出深厚的社会历史内容。

（2）运用现代主义手法，展示内心的分裂、残缺、矛盾和痛苦以及对理想的不懈追求。

（3）在对个体生命的自觉感悟与沉思中，交织着诗人对人类命运、历史沉浮和民族忧患的沉思。

30. 【答案与解析】

（1）艾青诗歌的主要思想内容：

艾青的诗歌具有强烈的时代感和厚重的历史感，写出了民族的悲哀，人民的苦难，注重挖掘在苦难中顽强挣扎、坚韧奋斗的民族精神，表达了对祖国、对人民的深沉的爱，表现了对光明、理想、美好生活的追求。

（2）艾青诗歌在艺术上的独特建树：

第一，注重诗歌意象的选取和诗歌形象的创造。

第二，注重感觉印象与所宣泄的主观感情的融合。

第三，散文化语言和自由体形式的追求。

31. 【答案与解析】

（1）杰出的讽刺艺术。用客观写实的笔墨揭露假、恶、丑，产生了辛辣的讽刺效果。

（2）独特的场景安排。人物的刻画，都是在对茶馆的场面描写中完成，呈现出有主有次、有浓有淡、层次分明的立体感。

（3）精湛的结构艺术。采用了双线结构，明写方治国与邢幺吵吵之间的争斗，暗写邢幺吵吵的大哥与新任县长的相互勾结。

32. 【答案与解析】

（1）张爱玲小说以超脱于政治与阶级的观点去看待人生；

（2）集中地暴露了个人身上的邪恶性；

（3）刻画了现代都市与资本主义文化的尖锐矛盾；

（4）表现了女性在现代社会的生存处境。

**五、论述题：本大题共 2 小题，每小题 13 分，共 26 分。**

33. 【答案与解析】

（1）创作情况：

1978 年进入创作探索喷发期，发表长篇小说《相见时难》，小说集《冬雨》《冻的湖》《蝴蝶》《木箱深处的紫花绸服》《〈夜的眼〉及其他》《王蒙中篇小说集》《妙仙庵剪影》。

（2）特色及主要贡献：

① 风格：结构随意化，语言幽默、抒情、调侃，立意富有寓意。

② 贡献：对西方现代派"意识流"手法在小说创作中的借鉴和运用。《夜的眼》对新时期艺术创新产生较大影响，《布礼》《春之声》《风筝飘带》《蝴蝶》等"集束手榴弹"式的意识流小说以主题隐晦、人物虚化、情节淡化、放射性心理结构、时空倒错、内心独白、幻觉、梦境、大容量的生活信息等特征吸引了大批作家，与朦胧诗一起突破了传统文学的描写观念。

34.【答案与解析】觉新是一个贯穿全书的重要的中心人物，矛盾而病态的封建家庭制度的牺牲品，典型的"多余人"形象。

（1）对封建家庭制度的俯首听命

觉新所处的环境，头上有众多家族长辈，压在他头上使他动弹不得。在封建等级制度和封建传统思想的毒害下，他处处怕别人说闲话，时时考虑"光宗耀祖"，担心高家从他手中败落，害怕承担不孝的罪名。

（2）内心无法压抑对自由的渴望

觉新是一个受过新式教育的思想进步的青年，他的内心也有属于自己的对于自由、对于感情的渴望，但是在家庭、在自幼受到的传统思想的影响下，他却只能默默压抑这种渴望。

（3）懦弱苟且国民性的典型代表

觉新行动的动摇性，是他内心经历着的新旧两种观念激烈冲突的表现，是民族积淀心理在西方民主思想冲击下的痛苦挣扎。觉新所代表的不仅仅是自己，更是一代青年知识分子的处境，他们是新时代的新青年，但旧思想旧制度却在他们身上烙下了深深的烙印，挣扎、动摇是他们共同的心理。

# 中国现代文学史模拟卷（二）

（课程代码：00537）

满分 100 分，考试时间 150 分钟。

## 第一部分　选择题

一、单项选择题：本大题共 20 小题，每小题 1 分，共 20 分。在每小题列出的备选项中只有一项是最符合题目要求的，请将其选出。

1. 下列均属于文学研究会作家的是（　　）。

 A. 台静农、废名、许地山、闻一多　　　　B. 周作人、沈雁冰、郑振铎、冰心

 C. 郭沫若、叶绍钧、沈雁冰、郑振铎　　　D. 周作人、郁达夫、蒋光慈、徐志摩

2. 鲁迅揭露中国几千年的历史是"暂时做稳了奴隶的时代"和"想做奴隶而不得的时代"，揭露封建社会吃人本质的前期杂文作品是（　　）。

 A.《灯下漫笔》　　　　　　　　　　　B.《论睁了眼睛看》

 C.《忽然想到》　　　　　　　　　　　D.《春末闲谈》

3. 历史题材作品中，掺进部分现代生活内容，具有古今杂糅艺术特色的作品是（　　）。

 A. 鲁迅的《故事新编》　　　　　　　　B. 郭沫若的《屈原》

 C. 郁达夫的《采石矶》　　　　　　　　D. 冯至的《伍子胥》

4. 下列能概括鲁迅前期杂文特色的是（　　）。

 A. 对帝国主义的抨击　　　　　　　　　B. 对国民党反动统治的揭露

 C. 广泛而深刻的社会批评和文明批评　　D. 歌颂人民革命

5.《沉思》《微笑》等王统照早期小说，主要表现（　　）。

 A. 北方农民的现实生活　　　　　　　　B. 社会现实的弊端

 C. "爱"与"美"的追求与幻灭　　　　　D. 对"爱的哲学"的歌颂

6. 中篇小说《少年漂泊者》的作者是（　　）。

 A. 蒋光慈　　　　B. 柔石　　　　　C. 洪灵菲　　　　D. 茅盾

7. "五四"时期"问题小说"的代表作品是（　　）。

 A.《沉沦》　　　　B.《斯人独憔悴》　　C.《水葬》　　　　D.《赌徒吉顺》

8. 开中国现代乡土小说先河的作家是（　　）。

 A. 鲁迅　　　　　B. 茅盾　　　　　C. 台静农　　　　D. 叶绍钧

9. 报告文学《饿乡纪程》和《赤都心史》的作者是（　　）。

 A. 郭沫若　　　　B. 郑伯奇　　　　C. 李金发　　　　D. 瞿秋白

10. 周作人在《人的文学》中提出"人的文学"的主张,下列最符合原意的表述是(    )。

    A. 以人的生活为材料的文字

    B. 视人的一切生活本能都是美的善的文字

    C. 合乎礼教道德的生活的文字

    D. 以人道主义为本,对于人生诸问题,加以记录研究的文字

11. 冰心早期写过一些婉约典雅的小诗,曾独步一时,被人们誉为(    )。

    A. "哲学体"    B. "爱的哲学"    C. "冰心哲学"    D. "冰心体"

12. 中国最早的话剧团体是(    )。

    A. 南国社    B. 春阳社    C. 春柳社    D. 民众戏剧社

13. 纱厂女工刘金妹这一女性形象出自田汉的话剧(    )。

    A.《咖啡店之夜》    B.《丽人行》    C.《名优之死》    D.《回春之曲》

14. 发生在左翼作家阵营内部的论争是(    )。

    A. 关于"文学基于普遍人性"的论争    B. 关于"文艺自由"的论争

    C. 关于"大众语"的论争    D. 关于"两个口号"的论争

15. 赵伯韬这个人物形象出自于(    )。

    A.《腐蚀》    B.《子夜》    C.《幻灭》    D.《林家铺子》

16. 《野蔷薇》的作者是(    )。

    A. 老舍    B. 胡适    C. 茅盾    D. 巴金

17. 茅盾《子夜》中为资本家效劳的鹰犬形象是(    )。

    A. 赵伯韬    B. 屠维岳    C. 吴荪甫    D. 冯云卿

18. 对巴金早期思想和创作具有明显影响的是(    )。

    A. 国家主义    B. 无政府主义    C. 无产阶级思想    D. 泛神论

19. 在巴金小说中,具有"恨人类"思想的人物是(    )。

    A. 觉慧    B. 杜大心    C. 汪文宣    D. 杨老三

20. 老舍以中英两个民族文化心理对比来剖析国民性的小说是(    )。

    A.《二马》    B.《老张的哲学》    C.《赵子曰》    D.《离婚》

**二、多项选择题:本大题共 5 小题,每小题 2 分,共 10 分。**在每小题列出的备选项中至少有两项是符合题目要求的,请将其选出,错选、多选或少选均无分。

21. 下列都属于 20 年代"乡土小说"的主要作者有(    )。

    A. 台静农、冯文炳    B. 废名、师陀

    C. 彭家煌、蹇先艾    D. 王鲁彦、许钦文

    E. 许杰、萧红

22. 老舍 20 世纪 40 年代创作的长篇小说包括(    )。

A.《火葬》　　　　B.《我这一辈子》　　C.《骆驼祥子》　　D.《四世同堂》

E.《鼓书艺人》

23. 参加1928年革命文学论争的各方有（　　）。

A. 创造社成员　　　　B. 太阳社成员　　　C. 新月社成员　　　D. 鲁迅、茅盾

E. 胡秋原、苏汶

24. 徐志摩的前期作品主要收入（　　）。

A.《太平景象》　　　　　　　　B.《翡冷翠的一夜》

C.《猛虎集》　　　　　　　　　D.《志摩的诗》

E.《云游集》

25. 孙犁描写冀中白洋淀农村生活和斗争的小说有（　　）。

A.《嘱咐》　　　　　　　　　　B.《赤叶河》

C.《我的两家房东》　　　　　　D.《荷花淀》

E.《芦花荡》

## 第二部分　非选择题

**三、名词解释：本大题共3小题，每小题4分，共12分。**

26. "现代罗曼司"小说

27. 七月诗派

28. 寻根小说

**四、简答题：本大题共4小题，每小题8分，共32分。**

29. 简析"五四"文学的三个阶段。

30. 简析台湾新文学早期作家赖和小说题材的主要特色。

31. 简析《朝花夕拾》的艺术风格。

32. 简析戴望舒在抗战爆发后诗风的变化。

**五、论述题：本大题共2小题，每小题13分，共26分。**

33. 论述郁达夫小说从《沉沦》到《薄奠》《迟桂花》创作风格的变化。

34. 论述汪曾祺小说的艺术风格。

# 参 考 答 案

**一、单项选择题：本大题共 20 小题，每小题 1 分，共 20 分。**

1.【答案与解析】B。文学研究会 1921 年 1 月在北京成立。发起人有周作人、朱希祖、蒋百里、郑振铎、耿济之、瞿世英、郭绍虞、孙伏园、沈雁冰、叶绍钧、许地山、王统照十二人。人们习惯称文学研究会的创作为"人生派"或"为人生"的文学。后来陆续发展的会员有谢婉莹（冰心）、顾毓琇、黄庐隐、朱自清、王鲁彦、夏丏尊、舒庆春（老舍）、胡愈之、刘半农、刘大白、朱湘、徐志摩、彭家煌等。

2.【答案与解析】A。《春末闲谈》《灯下漫笔》都揭露了封建社会的吃人本质，但揭示"暂时做稳了奴隶的时代"和"想做奴隶而不得的时代"的是《灯下漫笔》。故选 A。

3.【答案与解析】A。《故事新编》在写作上的鲜明特点之一是依据古籍和容纳现代。《故事新编》各篇的主要人物、主要事件，都有历史文献的依据，但"博考文献"只是作为鲁迅历史小说的"基础材料"，在写法上，他取"一点因由"加以"点染"，即在历史材料基础上进行加工、提炼、改造和艺术虚构，将现代人的生活融入古人古事之中。经过这样的艺术创造，形成了《故事新编》的古今交融的艺术特点：古人和今人有机地纳入同一形象系列，古代情节与现代情节有机地交融一体，从而加强了作品的艺术感染力，取得更好的战斗效果。

4.【答案与解析】C。广泛而深刻的社会批评和文明批评是鲁迅前期杂文的特色，民主与科学是鲁迅前期杂文创作的指导思想，彻底的反帝反封建的精神是贯穿他杂文始终的灵魂。

5.【答案与解析】B。王统照的《沉思》《微笑》等，以对现实的深切关注和浓郁的人道主义思想为基本特征，以揭示社会问题，表达对于人生与社会问题的思考和对于社会黑暗的批判为目的，从不同的角度提出了人生的问题。故选 B。

6.【答案与解析】A。1925 年前后，无产阶级革命文学的概念和有关创作方法开始进入现代文学的领域，一些先行者更尝试进入革命文学的创作领域。在小说创作上，最突出的革命文学作家是蒋光慈，他此时期的代表作品有《少年漂泊者》与《短裤党》等。

7.【答案与解析】B。"问题小说"的创作目标主要致力于"为人生"。最有代表性的作品有冰心的《斯人独憔悴》《两个家庭》《超人》，庐隐的《海滨故人》，许地山的《缀网劳蛛》《商人妇》，王统照的《沉思》《微笑》等。

8.【答案与解析】A。乡土文学作家普遍受到鲁迅乡村题材小说创作的深厚影响，因此，鲁迅是开中国现代乡土小说先河的作家。

9.【答案与解析】D。《新俄国游记》（又名《饿乡纪程》）和《赤都心史》是瞿秋白的两部通讯散文集。

10.【答案与解析】D。周作人发表《人的文学》《平民的文学》，从个性、人道主义的角度来要求新文学的内容,提出文学应对人生诸问题加以记录和研究。

11.【答案与解析】D。冰心早期写过一些婉约典雅的小诗,曾独步一时,被人们誉为"冰心体"。

12.【答案与解析】C。中国现代戏剧活动开始于留日学生组织的春柳社,该社 1907 年在日本东京演出《茶花女》和《黑奴吁天录》。

13.【答案与解析】B。《丽人行》打破"幕"的分割,运用话剧的多场次结构,将全剧分为二十一场。剧中三位女性之一是女工刘金妹,她被日兵强奸后含愤自杀被救,但被辱的经历已使她的生活无法回复到正常的轨道,迫害和苦难接踵而至。

14.【答案与解析】D。1935 年"一二·九"运动爆发,在全民族救亡运动的推动下,由左翼作家周扬、郭沫若等提出的"国防文学"口号,立即得到了广泛响应。胡风、冯雪峰为补救其不足,提出了"民族革命战争的大众文学"口号,于是出现了论争。"两个口号"也即是国防文学和民族革命战争的大众文学 。

15.【答案与解析】B。《子夜》里的赵伯韬是个买办资产阶级的形象:(1)他是美国垄断资产阶级走狗,并且与反动统治阶级有关系。(2)作者还用他荒淫的生活方式来揭示他骄奢的性格特征。

16.【答案与解析】C。《野蔷薇》是茅盾 1929 年 7 月出版的短篇小说集,它收录了作者创作于 1928—1929 年的《创造》《自杀》《诗与散文》《一个女性》《昙》5 篇短篇小说。

17.【答案与解析】B。《子夜》中为资本家效劳的鹰犬形象是屠维岳,他是资本家的走狗。

18.【答案与解析】B。年轻的巴金最初的志向是要献身社会革命事业,他被无政府主义激进的思想所吸引。巴金早期的世界观的实质是"把革命民主主义的内核裹藏在无政府主义的外衣之中"。

19.【答案与解析】B。在杜大心身上最突出的特点是"恨人类",它根植于"人类爱"的思想中,由爱生恨,残酷的阶级压迫的现实使他对"爱"产生了怀疑。同时,对群众的不觉悟感到痛心和失望。他最恨的是剥削者。

20.【答案与解析】A。《二马》的背景是英国,小说以马则仁(老马)、马威(小马)父子从北京到伦敦的生活轨迹为经,以中英两国国民性的比较为纬,展开了较为广阔的画面。

**二、多项选择题:本大题共 5 小题,每小题 2 分,共 10 分。**

21.【答案与解析】ACD。乡土文学作家群崛起于 1923 年左右,代表作家有王鲁彦、废名(冯文炳)、许钦文、彭家煌、许杰、蹇先艾、台静农等。

22.【答案与解析】ADE。B 项是老舍发表于 20 世纪 40 年代的中篇小说,C 项是老舍发表于 20 世纪 30 年代的长篇小说。其余三项均是老舍 20 世纪 40 年代创作的长篇小说,故选 ADE。

23.【答案与解析】ABD。无产阶级革命文学运动首先由后期创造社和太阳社成员发起。创造社和太阳社举起无产阶级革命文学的旗帜,为20世纪30年代革命文学的发展作出了贡献,但又显示出无产阶级革命文学初创期的幼稚和不成熟。鲁迅、茅盾也参与到论争当中。

24.【答案与解析】BD。徐志摩有诗集《志摩的诗》(1925)、《翡冷翠的一夜》(1927)、《猛虎集》(1931)和《云游集》(1932)。以1927年为界,徐志摩的诗歌创作分为前后两期。收入《志摩的诗》《翡冷翠的一夜》两集中的前期作品,除少数作品流露出一些消极、虚幻的情思外,大多具有比较积极的思想意义,真挚地独抒心灵,追求爱与美以实现个性解放,在一定程度上反映了"五四"的时代精神,格调清新健康。

25.【答案与解析】ADE。孙犁(1913—2002),原名孙树勋。1936年在白洋淀作小学教师,1938年参加抗战,在晋察冀根据地工作。1939年开始正式发表小说、散文,先后出版《荷花淀》《芦花荡》《嘱咐》《采蒲台》等作品集。孙犁的小说基本上以他的家乡冀中平原农村为背景,具体生动地描写了抗日战争和解放战争中,冀中地区人民的斗争生活。

**三、名词解释题:本大题共3小题,每小题4分,共12分。**

26.【答案与解析】40年代后期出现的以徐訏和无名氏为代表的"现代罗曼司"小说,这类小说以传奇化的情节,杂糅以爱国主题、情爱故事和异域情调,具有很强的浪漫特点。徐訏有《鬼恋》《风萧萧》等;无名氏有《塔里的女人》《野兽、野兽、野兽》等。

27.【答案与解析】

(1)以胡风主编的《七月》和《希望》等刊物为主要阵地的现实主义抒情诗派。

(2)坚持现实主义原则,主张发扬"主观战斗精神";注重主观感情的直接宣泄和抒发,注重抒情的形象化。

(3)代表诗人有鲁藜、绿原、阿垅、曾卓、牛汉等。

28.【答案与解析】

(1)1985年韩少功在《作家》杂志上发表了文章《文学的"根"》,推动了文化寻根思潮。

(2)注重开掘题材中所蕴含的历史文化传统,代表作品有韩少功的《爸爸爸》、阿城的《棋王》。

**四、简答题:本大题共4小题,每小题8分,共32分。**

29.【答案与解析】

(1)1917—1920年是新文学的萌芽期;

(2)1921年新文学社团出现到1926年北伐战争前夕,是文体大解放的创作活跃期;

(3)1926年春到1927年冬,创作一度进入沉寂期。

30.【答案与解析】

(1)描写日本殖民统治下台湾人民的悲惨遭遇和反抗;

(2)揭露日本殖民统治者的丑恶本质;

（3）批判传统封建思想和旧势力的愚昧；

（4）表现台湾知识分子的苦闷。

31.【答案与解析】

（1）回忆性质的散文集。

（2）叙事、议论、抒情有机结合,寓褒贬于平淡叙述中。

（3）清新恬淡与讽刺幽默相统一。

32.【答案与解析】

（1）戴望舒早期诗作,多抒写对现实生活的迷惘、失望、感伤的情绪。

（2）抗战后的诗收入《灾难的岁月》,《我用残损的手掌》等作品表现了诗人的爱国主义与民族气节。

（3）诗风从现代主义向现实主义转变,诗歌的思想内涵更加具有社会性,写实性得到了进一步的加强。

**五、论述题：本大题共 2 小题,每小题 13 分,共 26 分。**

33.【答案与解析】

（1）郁达夫早年以《沉沦》为代表的小说多以作家个人经历为创作基础,着重表达个人内心对于客观世界的感受,表现出浓烈的抒情和个人自剖色彩,叙述视角多是第一人称；

（2）1923 年前后写的《薄奠》《春风沉醉的晚上》等作品,题材由知识分子拓展到普通劳动者,写实成分增大,感情基调也有所改变；

（3）20 世纪 30 年代的《迟桂花》等作品,反映的社会生活面更为宽广,由"性"的苦闷到"生"的苦闷,对于下层民众的生活也有更多的表现,创作风格上自我表现的成分转弱,客观再现的成分进一步强化。

34.【答案与解析】

（1）汪曾祺小说具有散文化特征,情节淡化,寓人生哲理于凡人小事的叙述之中,寓真善美于平常琐碎的事件描写之中；

（2）小说具有一种清新隽永,淡泊高雅的风俗画效果；

（3）语言具有诗化特征,简洁明快,纡徐平淡,流畅自然,生动传神,是一种"诗化的小说语言"。

学 习 笔 记